Dream game ドリームゲーム

KEYWORDS

## 聖遺物(レリック)

魔法的な性質を持つオーパーツの総称。それぞれ固有の性質を持ち、長らく現代技術でも再現が困難であるとされている。世界各地で出土しており、魔法の発動を阻害する『アンティナイト』や魔法式保存の性質を持つ『瓊勾玉』などその種類は多数存在する。聖遺物(レリック)については未だに解明されていないことが多く、国防軍や国立魔法大学などで研究が進められている。

## ドリームキャスター

『神代文明』と呼ばれる時代の魔法技術製品である聖遺物(レリック)の一種。本来は国立魔法大学の聖遺物研究室に送付されるはずだったが、誤って第一高校の百山校長宛に届けられた。設定された条件に合致した想子(サイオン)を吸収し自動的に起動、精神干渉系魔法と同様の作用をもたらす。効果が霊子(プシオン)をベースに作用するため、想子(サイオン)を使った通常の情報強化や領域干渉では防げず、精神干渉系魔法に対する耐性がある者にも作用する。

The irregular
at magic high school

佐島勤
Tsutomu Sato
illustration／石田可奈
Kana Ishida
illustrator assistant／ジミー・ストーン、末永康子
design／BEE-PEE
魔法科高校の劣等生
The irregular at magic high school
Appendix 1

## 吉田幹比古
よしだ・みきひこ
1年E組。達也のクラスメイト。
古式魔法の名家。
エリカとは幼少期からの顔見知り。

## 司波達也
しば・たつや
1年E組。『雑草』と
揶揄される二科生（劣等生）。
全てに達観している。

## 司波深雪
しば・みゆき
1年A組。達也の妹。
首席入学した優等生。
冷却魔法が得意。兄を溺愛する。

## 光井ほのか
みつい・ほのか
1年A組。深雪のクラスメイト。
光波振動系魔法が得意。
思い込むとやや直情的。

## 西城レオンハルト
さいじょう・れおんはると
1年E組。達也のクラスメイト。
硬化魔法が得意。明るい性格。

## 北山 雫
きたやま・しずく
1年A組。深雪のクラスメイト。
振動・加速系魔法が得意。
感情の起伏をあまり表に出さない。

## 千葉エリカ
ちば・えりか
1年E組。達也のクラスメイト。
剣術が得意。
チャーミングな
トラブルメーカー。

## 柴田美月
しばた・みづき
1年E組。達也のクラスメイト。
霊子放射光過敏症。
少し天然が入った真面目な少女。

# 魔法科高校の劣等生 Appendix1

The irregular at magic high school

ある欠陥を抱える劣等生の兄。
全てが完全無欠な優等生の妹。
二人の兄妹が魔法科高校に入学した時から、
波乱の日々の幕が開いた――。

佐島 勤
Tsutomu Sato
illustration
石田可奈
Kana Ishida

The irregular at magic high school

# ドリームゲーム

月曜日：ぼうけんのはじまり

西暦二〇九五年九月十二日、月曜日。その日、一つの荷物が国立魔法大学付属第一高校に届いた。

一辺三十センチの、立方体の木箱。過剰とも思える程まで厳重に封がされたそれの受取人はこの学校の校長、百山東《ももやまあずま》だった。百山《ももやま》校長には骨董《こっとう》品収集の趣味があるので、これもそうした歴史的遺物の一つと考えれば厳重な封にも違和感は無い。ただ間が悪い事に、彼は今日から一週間京都《きょうと》の魔法協会本部へ出張している。

現代の個配システムは完全時間指定制だ。あの校長に限って予定を忘れるなどということがあるのだろうか？　と教頭の八百坂《やおさか》は首を捻《ひね》りながら、封をしたままの状態でその荷物を校長室に運び込んだ。

彼は知らない。

その荷物が送り主のミスで誤配された物であることを。

本来の送付先が国立魔法大学の聖遺物《レリック》研究室で、その中身が本来の送り先に相応《ふさわ》しい未確認文明――俗に「神代文明」と呼ばれている――の魔法技術製品であることを。

聖遺物《レリック》は箱の中で設定された条件に合致した想子《サイオン》を吸収し自動的に起動した。

幸いなことに、その製品は有害な物ではなかった。少なくとも、肉体的には。だが――身体《からだ》に害が無ければ問題無い、といかないこともあるのだ。望まず巻き込まれた当事者にとっては。

気がつくと、達也《たつや》は森の中にいた。

(ここは……どこだ？)

しかし、森があるような所へ向かった記憶が彼には無い。彼の記憶は自室のベッドに入り目を閉じたところで途切れている。

(眠っている間に拉致された……？　いや、あり得ないな)

意識を過《よぎ》った推測を、視覚情報で否定する。彼が見ているのは自分の服装だった。

達也《たつや》は一高の制服を着ていた。

就寝前はきちんとパジャマに着替えている。拉致した相手をパジャマから制服に着替えさせる誘拐犯はいないだろう。記憶が欠落しているという可能性もゼロではなかったが、彼の持つ異能の性質上薬物は効かないし、四葉《よつば》本家で受けさせられた訓練により精神干渉魔法や非魔法的洗脳手段に対してもほぼ完全と言える抵抗力がある。そもそも彼は、忘れたいことがあっても何一つ忘れられないタイプの人間だ。

達也《たつや》はこの状況に対する合理的な説明を一時的に棚上げし、自分の現状を把握することにした。可能性は極めて低いが、深雪《みゆき》とのリンクが切れていては一大事だ。自分をここに連れてきた犯人の目的が深雪《みゆき》を害することにあるのかもしれないのだから。

彼はまず、情報体認識の視力を深雪《みゆき》へ向けた。深雪《みゆき》の情報はすぐに見つかった。自分と深雪《みゆき》をつなぐ秘術は正常に稼働《かどう》している。妹は今、自宅・自室のベッドで睡眠状態にある。肉体の活動状況から推測するに、夢を見ている最中のようだ。

そこで達也《たつや》は奇妙なことに気づいた。自分と妹の空間的な距離が極めて近いのだ。具体的には、お互いに自分の部屋にいる時の距離だった。

彼は自分自身に「眼《め》」を向けてみた。そして思わず息を止めてしまう程の驚愕《きょうがく》を覚えた。

彼の身体《からだ》には実体が無かった。

体感――自分の身体《からだ》が存在するという実感はあるのに、達也《たつや》の「眼《め》」に映る自分の身体《からだ》に、物質としての構造が無い。

(身体《からだ》があるという認識を直接精神に流し込まれている?)

彼がまず疑ったのは、自分が精神干渉系魔法の影響下にあるのではないか、ということだ。しかし達也《たつや》はすぐにこの考えを打ち消した。前述したように、彼は精神干渉系魔法に高い耐性を持っている。無論、彼の抵抗力を上回る術者の仕業である可能性はゼロでは無かったが、今回はそれ以外にもこれが精神干渉系魔法による幻覚ではないという根拠があった。

彼の今の身体《からだ》には実体が無い。だがそこに何も無いというわけでもなかった。

今の達也《たつや》の身体《からだ》は霊子《プシオン》で形作られていた。彼の能力では霊子《プシオン》体の構造を解析することはできないが、どうやら「そこに存在する」という認識を観測者にもたらす作用を持っているようだ。

精神に対して能動的に知覚情報を発信する情報体なのだろう、と達也《たつや》は推測した。

一体どういう仕組みになっているのか、達也《たつや》は好奇心を抑えるのに苦労した。少なくとも彼の知る限り、精神に対してここまでリアルな知覚情報を送り込む技術は実現していない。単に鮮明な視覚や触覚をもたらすだけでなく、それを自分の身体《からだ》だと完全に錯覚させているのだ。達也《たつや》も情報体を認識する自身の異能を意識して使わなければ気づかなかっただろう。これは最《も》早《はや》、もう一つの現実だ……。

そこまで考えて、達也《たつや》は周りの景色に「眼《め》」を向けてみた。

結果は、彼の予想したとおりだった。この森も、この空も、自分が踏みしめている（と感じている）この大地も、全てが霊子《プシオン》情報体でできていた。

（これは、夢の中か……？）

ふと達也《たつや》の脳裏にそんな疑問が湧き上がる。夢は記憶を整理する為《ため》の精神活動であり、それが疑似体験を生成する方法で行われる為《ため》に、その疑似体験に対応するよう肉体に命令する信号が誤って精神から脳へ送信されるのだ、という仮説がある。現代、特に魔法研究者の間では強く支持されている説で、達也《たつや》もその概要は知っていた。そして自分が今知覚している世界は、霊子《プシオン》によって構成されている。それは精神によって作り出された世界と同義ではないか。

だが達也《たつや》は直感的に、この推測が間違っていると感じた。彼に霊子《プシオン》を見分ける能力は無いが、それでも、この世界を構成する霊子《プシオン》は彼だけのものではないように思われた。

——ここは誰か一人の精神で作り出された世界ではない。

——ここは少なくとも百人単位の精神から集めた霊子《プシオン》を使って作り上げられた舞台だ。

その閃《ひらめ》きは、天啓のように彼の意識へもたらされた。そして、その観点で改めてこの風景を「視《み》て」みると、それが正解であるように思われた。

もしこの世界が自分の霊子《プシオン》だけでなく他人の霊子《プシオン》も材料としているのなら、ここにいるのは自分だけではないはずだ。達也《たつや》は仮説の検証と現状の打開の為《ため》に、自分以外の人間を捜すことにした。


人里、あるいはそこへ通じる街道を求めて歩き出した達也《たつや》は、この「世界」が現実世界を厳密に模写したものではないということを発見した。森の中だというのに地面が平らで移動を阻害する木の根や下草が無いのだ。再現度がある程度のレベルに止まっていると言えばいいのだろうか。森の中にいるという雰囲気を味わえて、同時に足を取られるストレスを感じないように調整されている感じだ。まるでテーマパークだな、というのが達也《たつや》の実感だった。

これがテーマパークならそろそろ最初のアトラクションに出くわす頃だろう——そう考えたのが悪かったのだろうか。それとも単に、予測が的中しただけなのだろうか。

突如前方で草むらを踏み分ける音が聞こえた。音が聞こえた先へ目を向けると、それまで存在しなかった下草の茂みがいきなり現れ、その奥から光を放つ——反射する、ではない——二対四個の目がのぞいている。その形と地面からの高さから、虎やライオンに匹敵するサイズの犬または狼《おおかみ》だろうと達也《たつや》は判断した。

達也《たつや》はそれが間違いなく一秒前には存在しなかったことを確認している。彼に霊子《プシオン》の構造を理解する能力は無い。だが霊子《プシオン》の存在自体は知覚できる。分布の濃淡を見分けることは可能だ。

（まるでＲＰＶＧだな）

達也《たつや》自身はＲＰＶＧ――ロールプレイング・ビデオゲームで遊んだことは無いが、幅広い年齢層にファンがいて毎年多くのタイトルが発売されていることは知っていた。仮想型端末を使ったＲＰＶＧは視覚情報と聴覚情報に限定する限り、現実と区別がつかないクオリティに達しているらしい。もしかしたら自分が今引きずり込まれているのはその発展形、ＲＰＶＲＧ（ロールプレイング・バーチャルリアリティゲーム）かもしれないという思考が一瞬、達也《たつや》の脳裏を過《よぎ》る。

その閃《ひらめ》きについて深く突き詰めて考えることができなかったのは、余裕が無かったからだ。彼が茂みの中に光る目を発見してからその持ち主が襲ってくるまでに掛かった時間は一秒前後。その対処に、達也《たつや》は意識を割かざるを得なかった。

霊子《プシオン》情報体で構成されたこの世界では、彼の固有魔法は使えない。達也《たつや》が自分に本来備わった魔法を使う為《ため》には構造情報を読み解くことが必須条件で、彼には霊子《プシオン》情報体の構造が認識できないからだ。通常の魔法もおそらく使えないだろう。霊子《プシオン》情報体に干渉する為《ため》には精神干渉系の魔法が必要だが、彼に精神干渉系魔法の適性は無い。

今の彼は最大の武器である魔法が使えず、他に武器となる物も持たない徒手空拳の身で大型肉食獣に襲われようとしている状況。だが、達也《たつや》は恐怖に捕らわれていなかった。彼は恐れ気も無く、飛び掛かってきた巨大な狼《おおかみ》の鼻先に握り締めた拳の小指側——鉄槌《てっつい》を振り下ろした。

全長三メートル、肩高一メートル、まさにライオンサイズの狼《おおかみ》が達也《たつや》の足下に叩《たた》き落とされる。

達也《たつや》はその首目掛けて右足を踏み下ろした。首の骨が砕ける確かな感触。触覚までリアルなのだな、と彼は場違いに暢気《のんき》なことを考えた。

というのも、狼《おおかみ》はもう一匹いたからだ。人間的な思考スタイルに基づくセオリー通り、二匹の狼《おおかみ》は上下に攻撃を分担していた。達也《たつや》が打ち落としたのは喉笛を狙って飛び掛かってきた個体。もう一匹は彼の左足に喰《く》い付いていた。

達也《たつや》は自分の左足を牙で挟み込んでいる狼《おおかみ》を見下ろし、無造作にその足を振った。牙を喰《く》い込ませることのできなかった狼《おおかみ》の顎《あぎと》はその一振りであっさり外れる。予想外の事態にうろたえている狼《おおかみ》を見下ろし、予想どおりの結果に眉一つ動かさなかった達也《たつや》は右足でその頭を蹴り上げた。身体《からだ》の大きさからみて二百キロは下らない狼《おおかみ》の巨体が木の幹に叩《たた》きつけられ、その根元に落ちる。

達也《たつや》はこの結果に驚かなかった。自分の身体《からだ》に関する推測が間違っていなかったことに、むしろ彼は満足していた。

今の達也《たつや》の身体《からだ》は、霊子《プシオン》で構成されている。ならばその性質上、精神の力で干渉することが可能なはずだと彼は考えていた。自分の思いどおりに身体《からだ》が動く、それがこの推測の根拠だ。そして今、狼《おおかみ》の牙が彼の身体《からだ》に喰《く》い込まなかったこと、生身では到底不可能なパワーを発揮したことで、達也《たつや》は自分の仮説が正しかったことを確信した。

彼は自身の魔法を通じて常人の数百倍、事によると数千倍の苦痛を経験している。図らずもそれが宗教者の苦行と同じ効果を発揮し、彼の精神を堅強なものとしていた。

苦行は悟りにつながらない。これは仏教の開祖が見出《みいだ》した真理だ。巻き藁《わら》を打ち続けた拳の骨が変形し皮膚が硬化するように、苦痛に耐え続けた精神は堅牢《けんろう》さを得る代わりに柔軟性を失う。外的な干渉に左右されなくなる代わりに内的な進化もできなくなる。進化は強者になることを必要とする弱者の権利であり、既に強者である者に進化の権利は与えられないからだ。

そういう宗教的な話は別にしても、達也《たつや》が苦痛を乗り越えてきたことによって堅強な精神を手に入れたのは事実だった。それは彼の思い込みではなく、精神干渉系統を得意とする四葉《よつば》の魔法師たちが認めていることだった。

今のこの身体《からだ》が霊子《プシオン》情報体であり自分の精神が影響を及ぼせるなら、自分が「この世界は現実ではない」と正しく認識している限り外的な要因でこの身体《からだ》が変化することは無いと達也《たつや》は考えたのである。つまり、自分が傷つけられることは無いと思ったのだ。

そして巨大狼《おおかみ》との戦いでそれが実証された。今以上に精神がこの世界の浸食を受けたならば――例えば今着ている、いつもの制服がファンタジー的な衣装に変化するとか――この世界の法則に従って傷ついたり死んだりすることもあるかもしれないが、今のところその心配は無いと達也《たつや》は結論した。

達也《たつや》に蹴り飛ばされた巨大狼《おおかみ》が、ふらつきながらも立ち上がる。如何《いか》に大型の獣であっても深刻なダメージを受けているはずだ。生身の獣であったならば、闘争の続行ではなく逃走を選んで然《しか》るべきだった。

だがその狼《おおかみ》は、動きに精彩を欠きながらも再び彼に向かって襲い掛かった。まるで、他に選択肢を持たないかのように。そういう風にプログラムされているかのように。

事実、そのとおりだったのだろう。この巨狼《きょろう》はターゲットとして設定された相手に、自分が斃《たお》されるまで襲い掛かる役目を与えられている。そうとしか思えない無謀な執念だ。

終わらせてやろう。と達也《たつや》は思った。たとえ相手が幻影の獣でも、死ぬまで無理やり戦わせられる姿は他人事《ひとごと》と思えなくて、見ていて気持ちの良《い》いものではない。

狼《おおかみ》が牙をむいて達也《たつや》に飛び掛かる。

彼の身体《からだ》は、その頭上に跳び上がっていた。畳んでいた膝を伸ばして空中で獣の頭を踏みつける。そのまま一緒に落下し、達也《たつや》は狼《おおかみ》の首を踏み抜いた。

死体の上から飛び退《との》いて、そのまましばらく観察する。彼は狼《おおかみ》が生き返り再び襲い掛かってくることは無いと見極めて、森を抜ける歩みを再開した。

霊子《プシオン》の濃淡を頼りに歩いて行くと、程無くして達也《たつや》は街道にたどり着いた。コンクリートやアスファルトはおろか、石畳の舗装もされていない。単に土を押し固めただけのものだ。この世界は少なくとも前近代のものとして設計されているらしい。もっとも、街道上に雑草が全く生えていないところなどやはり作り物めいている。達也《たつや》はそんな感想を懐《いだ》きつつ、この道をどちらへ向かうか思案した。

道である以上、どちらへ行っても人の住む町へ通じているはずだ。彼はこの世界が人間的な合理性の下に作られていることを疑っていなかった。真っ平らな地面、等間隔で並んだ木立、幅が一定の道。この規則的な舞台設計から、この世界の造物主《デザイナー》は自分と同じ現代人に違いないと達也《たつや》は考えていた。だったら「何処《どこ》にも通じていない道」である可能性を恐れる必要は無い。問題はどちらへ向かえばより早く自分以外の人間に会えるか、だった。

ただ、それを決定する検討材料は無い。彼はこの世界についてまだ何も知らない。ここが彼の思っているようなゲームの世界ならそろそろ次のイベントが起こりそうだ、と達也《たつや》が考えたちょうどその時、蹄《ひづめ》と車軸のきしむ音が彼の耳に届いた。

（おいおい……本当に次のイベントが起こったのか？）

この都合がいい展開に、ゲーム世界の仮説がますます信憑《しんぴょう》性を増したように達也《たつや》は感じた。短絡しそうになる思考を振り払いつつ、彼は音の聞こえてきた方へ身体《からだ》ごと振り向いた。

街道は緩やかにカーブしている。音に続いて木々の陰から姿を見せた物は、彼が予想したとおり馬車だった。馬は四頭立てで巨大でも異形でもない、普通の馬だ。馬車は木製で、これを見る限りこの世界の工業技術水準は低く設定されているようだ。ただ車体の作り自体はしっかりしている。また芸術的な素養が低い彼の目で見ても中々に華麗な装飾が随所に施されており、この面のレベルは高いように感じた。

御者の容貌は現代日本人のものだが、服装はヨーロッパ中世風の、達也《たつや》の目には大袈裟《おおげさ》なものだった。中世の、ではなくあくまで「中世風」。現代日本の若者がヨーロッパ中世期と聞いて思い浮かべるであろう、映画風に、あるいはビデオゲーム風に誇張された物だ。この世界は達也《たつや》と同じくらいの年頃の少年少女の意識を反映しているのか、と達也《たつや》はまた一つ考察の材料を見つけた。

馬車の速度はゆっくりしたものだ。平均的な二十代男性の小走り程度のスピードだろう。道幅にも十分な余裕があるし、横に避けるのは容易だった。

馬車を呼び止めることも選択肢として脳裏に思い浮かべていた。多分、イベントとしてはそちらの方が正解なのだろう。だからこそ達也《たつや》はそれを選ばなかった。正しいシナリオに従うことでこの世界に呑《の》まれていくリスクを恐れたのだ。そのシナリオの先には彼の死があって、それが自分の精神に悪《あ》しき影響を与える可能性もゼロでは無い。

しかし、彼をこの世界に引きずり込んだ「何か」は、そんなに対処が易《やす》い相手ではなかったようだ。彼は馬車をやり過ごすつもりだったが、馬車の方が彼を放っておかなかった。

馬車の扉が達也《たつや》の正面に来た所で御者が手綱を引き、馬を止める。その直後、車内を隠していた窓のカーテンが開き、彼にとって最も耳に慣れ最も耳に心地の良《い》い声で馬車の中から呼び掛けられた。

「お兄様⁉」

予想はしていたが、やはり深雪《みゆき》もこの夢幻の世界――彼の仮説が正しければ――に引き込まれていたようだ。

「やはりお兄様！　神よ、感謝いたします！」

作り物ではこの真《ま》っ直《す》ぐな感情の発露を表現できないだろう。この少女は彼の記憶を元に構築した物語の登場人物ではなく、深雪《みゆき》本人の心が宿っていると達也《たつや》は確信した。

ただその外見は、いつもの深雪《みゆき》と異なっていた。いつもどおりの輝く美貌、いつもどおりの優美な姿態。だが着ている物が違う。達也《たつや》のように、一高の制服では無かった。

馬車の扉が開き、深雪《みゆき》が飛びつくように駆け下りてくる。右手で長いスカートの裾を持ち上げて。

くるぶしまである丈の長いドレス。スカートを大きく膨らませる枠組みは使っていない（達《たつ》也《や》は「パニエ」という単語を知らなかった）。襟元は大きく開いており、わずかに胸の谷間が見えている。現実の深雪《みゆき》なら、家の外では決して着ないだろう衣装だ。

首には大粒の宝石をちりばめた幅広のチョーカー。両手首には金細工のブレスレット。両手の中指に一つずつ、これも大粒の宝石がはまった指輪をつけている。

純白のドレスにそれらの宝飾品は良く映えていたが、深雪《みゆき》の趣味を考えると少々派手すぎる。おそらく妹はこの夢に呑《の》まれているのだろうと達也《たつや》は思った。

この少女が深雪《みゆき》本人であることを達也《たつや》は疑っていない。彼女が深雪《みゆき》に良く似た別人、あるいは数合わせの動く人形ではないかという疑念は彼の頭に一瞬も浮かばなかった。彼の特殊な「眼《め》」、情報体認識視力が使えなくても、自分が妹を見間違えることはない。達也《たつや》はそのことに揺るがぬ自信があった。彼女が間違いなく深雪《みゆき》本人であり、いつもの深雪《みゆき》でないならば、何かが妹にそうさせているとしか考えられない。

この世界に迷い込んでから、達也《たつや》は今まで不安も恐れも感じなかった。自分の肉体が健在であると分かっている以上、いつかは現実に戻れると分かっていたからだ。しかし深雪《みゆき》のこの姿を目の当《ま》たり《あ》にして、彼の心に切迫感が生まれた。

深雪《みゆき》の魔法の才は自分を遥《はる》かに上回る。比べることすらおこがましいレベルの格差がある。それを達也《たつや》は客観的な事実として認識している。精神干渉に対する抵抗力は必ずしも魔法力に比例するものではないが、深雪《みゆき》はその魔法師としての特性上、精神干渉系魔法に対する抵抗力は強いはずだ。もしかしたら彼が後天的に獲得した耐性より深雪《みゆき》の先天的な耐性の方が高いかもしれないとすら達也《たつや》は思っていた。

その妹が、いくら夢の中とはいえ、完全に操られているのだ。自分もいつまで自我を保てるか分からない。早く目を覚ます方法を見つけなければ、と達也《たつや》は焦《あせ》りを覚えたのだった。

「お兄様？」

自分の思考に沈んでいた達也《たつや》だが、深雪《みゆき》の不安をたたえた声に引かれて意識を現実に戻した。

自分を見上げる妹の瞳には恐怖がちらついている。

「もしかして……わたしがお分かりにならないのですか⁉」

「いや。深雪《みゆき》だろう？」

深雪《みゆき》からそんな眼差《まなざ》しとそんな悲鳴を向けられては、自分の懸念《けねん》など後回しだ。達也《たつや》は別の名前が設定されている可能性など微塵《みじん》も疑わず、深雪《みゆき》の問いにそう答えた。

「ああ、良かった……！　もしわたしのことまでお兄様に忘れられたりしたなら、深雪《みゆき》は生きていく自信がございません」

「すまない、深雪《みゆき》。だがお前の名前以外、どうも記憶が定《さだ》かでないのだ」

探りを入れるセリフは、この場の思いつきだった。

「まあ……！　おいたわしや、お兄様！」

深雪《みゆき》のセリフに、自分の設定が分かっていなくても問題ないと思わせる断片を達也《たつや》は見出《みいだ》したのだが、それは間違いではなかったようだ。

「追放刑を受けた際に忘却の呪いを掛けられたとうかがっておりましたが……それでもわたし

のことは忘れずにいてくださったのですね！　深雪《みゆき》は感激しております！」

とりあえず妹のテンションがおかしいことは横に置いておこう、と達也《たつや》は思った。……客観的に見ていつもとそれほど変わらないのでは？　という疑問は視界の更に外へ追いやった。

「ですがお兄様、もう大丈夫です！　お兄様の冤罪《えんざい》は晴れました。陛下もお兄様には『すまぬことをした』と深く後悔を示されております」

「俺は追放されていたのか」

「ご心配には及びません。城へ戻れば忘却の呪いを解くことができます。いえ、呪いを解くまでもなく、わたしがお兄様のお忘れになられていることを全てお教えできます。お兄様のことでわたしが知らないことなど無いのですから」

それは少しどころではなく恐ろしい問題発言だ、と達也《たつや》は思ったが、これも正体の見えぬ黒幕《ディレクター》の手になる演出だと考えることで妹に対する不安を抑え込み、沈黙を守った。

「とにかく城へ参りましょう。馬車にお乗りください。中でご説明いたします」

「分かった」

それは警戒していた「正しいシナリオ」に違いなかった。だが、ここに至って抵抗は無意味であると達也《たつや》は判断した。

動きにくそうなスカートをはいている深雪《みゆき》に手を貸して馬車へ上げる。それを自分が無意識にやってのけたことに気づかず、彼はその後に続いた。

　馬車は四人乗りのレイアウトだったが、乗客が彼ら二人きりにも拘《かか》わらず、深雪《みゆき》は達也《たつや》が向かい側に座るのを許さなかった。手を摑《つか》んで自分の隣に座らせ、その腕に自分の腕をからめる。それだけで肩から腰までぴったり密着していたが、まだ満足できなかったのか、深雪《みゆき》は首を傾《かし》げて彼の肩へ頭を預けた。幸せそうに目を閉じた妹から漂ってくる匂いはきつい白粉《おしろい》や紅《べに》のものではなく、いつもの爽やかなシャンプーの香りだった。

「お兄様とわたしは兄妹《きょうだい》のように育ちました……」

　唐突に、目を閉じたままの深雪《みゆき》が歌を口ずさむように語り始めた。

「わたしたちの仲は実の兄妹《きょうだい》以上に睦《むつ》まじかったのです」

　兄妹《きょうだい》の間で「睦《むつ》まじい」という表現は妥当ではないように感じたが、達也《たつや》はそれを指摘しなかった。自分と深雪《みゆき》が実の兄妹《きょうだい》ではないという夢物語が、この時、達也《たつや》の心に予想外の衝撃を与えていた。

「お兄様はご自分のご身分もお忘れなのですよね？」

「ああ、分からない」

　突然の問い掛けにも、一言短く答えるので精いっぱいだった。

「わたしはこの小さな国の国王の娘で、お兄様のお父上はこの国の将軍でした」

「過去形か」

「はい。左将軍閣下――お兄様のお父上様は二年前、蛮族からこの国を守って命を落とされました」

深雪《みゆき》の言葉に達也《たつや》は強い違和感を覚えた。自分の父親がそんな立派な人物だったというエピソードが、たとえ脚本上の設定と分かっていても納得できなかったのだ。

思わず顔を顰《しか》めた達也《たつや》が故人を悼《いた》んでいるものと深雪《みゆき》は誤解したのだろう。今まで以上に彼を気遣う思いが彼女の眼差《まなざ》しに乗る。達也《たつや》は控えめに笑みを浮かべて首を横に振り、目で続きを促した。

「左将軍の地位はお兄様が継がれることになっていました。しかしあの右大臣が、それに異を唱えたのです。お兄様はまだ若すぎるという理由で、しばし左将軍は空席としお兄様が十分な経験を積まれた後、将軍位に就かせるべきだと」

それ自体はおかしな理屈とは思えなかったが、どうやら話の流れからしてその右大臣とやらが陰謀の黒幕らしい。

達也《たつや》でなくても簡単な推理であり、それは外れていなかった。

「しかしそれは右大臣が自分の息子を将軍にする為《ため》の謀略でした！　右大臣はお兄様を近衛《このえ》隊長に推挙することで左軍とのつながりを断ち、一年を掛けてお兄様を罠《わな》に落としました」

「どんな罠《わな》だったんだ？」

「ああ、それさえもお忘れなのですね……」

深雪《みゆき》が悲しげに目を伏せる。自分が着せられた罪すら忘れさせるというのは、実際に起こったことであれば確かに酷《むご》い仕打ちだろう。自分が何故《なぜ》故郷を離れなければならなかったのか、その理由も分からずさまよわなければならないということだから。

しかしこれはフィクションである。深雪《みゆき》の大袈裟《おおげさ》な悲嘆の演技（本人にとっては紛れもない現実）を前にして、達也《たつや》は口の端が引きつらないよう意識した。

「何も覚えていらっしゃらないとのことでしたので基本的なことから説明させていただきます。我が国は古代の英知である魔法を今に伝える九ヶ国の一つです」

「魔法があるのか」

達也《たつや》の心の中では驚きと納得が相半ばしていた。しかも魔法を伝える国が九ヶ国。明らかに現実の魔法大学付属高校九校体制に対応している。

「はい。ただし、魔法はそれぞれの国の王族しか使えません。まず王家の血を引いていることが第一条件ですが、それだけでは不十分です。直系王族から秘蹟《ひせき》を授かる必要があります」

「直系王族による儀式を受けなければならないということだな？」

「そのとおりです」

達也《たつや》の問いに、深雪《みゆき》がコックリ頷《うなず》く。その顔に少し緊張の影が見え隠れするのは、それだけこれが重大な秘密事項なのだろう。もしかしたら、王家の血を引かぬ家臣にもらしてはならない知識なのかもしれない。

「秘蹟《ひせき》──儀式の方法は口伝により伝承されます。秘蹟《ひせき》を授かる側は儀式の間ただ祈るのみで、その方法を知ることはありません。この秘蹟《ひせき》を授ける知識こそが王の権威の礎《いしずえ》となっていると申せましょう」

「口頭のみでは失伝してしまうリスクもあるだろうに」

「そうです。……それを利用されてしまいました」

深雪《みゆき》が口惜《くや》しそうに唇を堅く引き結ぶ。その態度でおおよその見当はついたが、達也《たつや》は何も言わず続きを待った。

「秘蹟《ひせき》の詳細を記した文書《もんじょ》がただ一つ、王城最上階の祭壇に収められています。最上階のその部屋に足を踏み入れる資格を持つ者は、秘蹟《ひせき》を授ける知識を伝えられた王族を除けばただ一人……。祭壇の警護を任せられている近衛《このえ》隊長だけです」

警護の担当が一人だけで、それが隊長として部下を率いる職務を持つ者であるというのはいささか無理のある設定に思われたが、達也《たつや》はなおも沈黙を守った。

「ところが一年前、秘蹟《ひせき》に関する知識の一部を蛮族が手に入れたという報告が城にもたらされました。最初は誰もが馬鹿馬鹿しいと一笑に付しましたが、国境の砦《とりで》が魔法による攻撃を受けるに至り、疑念が城中に広まりました」

「それは普通に、他の八ヶ国のどこかが蛮族と手を結んだのではないのか？」

思わず話の腰を折った達也《たつや》の言葉に、深雪《みゆき》が深々とため息をつきながら頷《うなず》いた。

「……お兄様の仰《おっしゃ》るとおりです。魔法を伝える九王国は表向き平和同盟を締結していますが、裏では他国の力を削《そ》ごうと常に策謀を巡らせています。冷静であったなら、ほとんどの者がそう考えたはずです」

深雪《みゆき》が達也《たつや》から目を逸《そ》らした。

「ですがあの時は、城中が疑心暗鬼に包まれていました。王家の血筋といっても、庶子の裔孫《えいそん》の所在まで把握し切れるものではありません。市井《しせい》に紛れた王家の末裔《まつえい》が盗まれた秘蹟《ひせき》を授かって王国に牙をむいたのではないか――そう考えるものが多数を占めました」

「しかし、儀式のやり方は厳重に秘されているはずだ」

達也《たつや》のこのセリフは疑問ではなく相槌《あいづち》だった。

「はい。だから自然に、疑惑の目はお兄様に向いたのです。直系王族を除いてただ一人、祭壇に近づく資格を持った近衛《このえ》隊長たるお兄様に」

深雪《みゆき》が一旦言葉を切って息を整える。こみ上げてくる怒りを懸命に抑えているのだろう。

「お兄様は近衛《このえ》の職を解かれ、追放を申し渡されました。秘蹟《ひせき》に関する知識を盗み見ているかもしれないと疑われ、忘却の呪法を……」

いきなり深雪《みゆき》が身を引いて深々と頭を下げた。

「お兄様、申し訳ございません！　深雪《みゆき》が至らぬばかりに！」

椅子に額を擦《こす》り付《つ》けんばかりに座へ伏す深雪《みゆき》の身体《からだ》を、達也《たつや》が優しく抱き起こす。

「かばってくれたのだろう？　深雪《みゆき》が謝ることではないさ」

深雪《みゆき》の頬に流れた涙を、達也《たつや》が指でそっと拭う。彼がそれだけで手を離した時、深雪《みゆき》の潤んだ瞳に期待外れの不満が過《よぎ》ったのを、達也《たつや》は見なかったことにした。

「……お見苦しい姿をお目に掛けました。申し訳ございません」

「いや、気にしなくて良い」

「ありがとうございます」

達也《たつや》はふと、自分の言葉遣いがこれで良《い》いのか気になった。この世界の深雪《みゆき》は「姫」で、自分は兄ではなく幼馴染《おさななじみ》、しかも元家臣だ。常識的に考えてここは敬語を使うべきではないか。

――と考えて、達也《たつや》は慌ててその思考を打ち消した。

(何をその気になっているんだ、俺は)

「それで、蛮族の侵攻はどうなった？」

達也《たつや》は深雪《みゆき》の意識を罪悪感から逸《そ》らせる為《ため》、というより、これ以上余計なことを考えないように自分の意識を逸《そ》らす為《ため》に話題を変えた。

だがそれは深雪《みゆき》にとっても、本題を切り出すちょうど良《い》いきっかけになったようだ。

「そうです！　お兄様の冤罪《えんざい》は晴れました！　そもそも砦《とりで》攻めに魔法は使われていません。砦《とりで》の守備隊長が自らの失態を隠す為《ため》に上げた虚偽の報告だったのです」

「そんなことをよく白状したものだ」

防衛戦に係る虚偽報告。その後の展開によっては国を危うくする重大な背信行為だ。ばれれば厳罰は免《まぬが》れないのだからその隊長は当然、墓の中まで持っていくつもりで嘘《うそ》をついたはずだ。拷問でもされたのだろうか。

彼の疑問は深雪《みゆき》がさっと目を背けたことで解消された。

(まあ、RPGだからな……)

達也《たつや》はそれ以上深く考えないことにした。

「それが二ヶ月前のことです。陛下はすぐにお兄様の追放処分を取り消され、謝罪の意味を含めお兄様を左将軍として迎え入れると仰《おお》せです」

一通りの事情は分かった。色々と不自然な部分はあるが、それを言っても仕方がないだろう。どんなに現実的でも、これはフィクションなのだ。背景が書き割り——薄っぺらいのは仕方がない。それに現実であっても歴史事実であっても、大したバックグラウンドのない事件なんてあちこちに転がっている。

「いくつか質問させてもらってもいいか」

「ええ、もちろんです」

馬車は思ったより乗り心地が良かったが、心地良く居眠りできるほどでもなかった。夢の中で眠れば現実に戻れるか？　というアイデアも脳裏を過《よぎ》ったが、それより深雪《みゆき》の声を聞き、顔を見ている方を達也《たつや》は選んだ。

「忘却の呪法という言葉が出てきたが、魔法と呪法は違うのか？」

「魔法は世界を書き換える力です。それに対して呪法は文字どおり人を呪う力であり、対象は個人にすぎず、しかも命を奪うような術が成功することは稀《まれ》です。また、魔法は詠唱のみで発動しますが、呪法は大掛かりな祭壇と作成に長期間を要する呪具が必要となります。あと、呪法は王族でなくても修得が可能です。そこが最大の違いですね」

「なるほど」

それは達也《たつや》に馴染《なじ》みのある魔法の姿ではなかった。どちらかといえば現代魔法成立前の、通俗的なオカルトのイメージに近い。一体この魔法体系《せってい》を考え出したのが誰なのか興味を禁じ得なかったが、今の深雪《みゆき》にそれを質問しても答えが得られないのは確実だ。好奇心は棚上げしておくことにした。

「俺のことだが、よく追放だけで済んだな。今の話を聞く限り無期の投獄、あるいは死罪でもおかしくない罪状に思われるが」

「証拠は無かったのです！　ただ祭壇に近づくことができたのはお兄様だけだという理由で……。わたしが城を空けていなければ、お兄様を追放になどさせませんでしたのに！」

一応辻褄《つじつま》は合っている、と達也《たつや》は考えた。深雪《みゆき》がその場にいたら、達也《たつや》の追放というプレイベントが成立しないだろう。何より深雪《みゆき》が納得しないに違いない。脚本を考えるのも大変だと達也《たつや》は無意味に感心した。

「右大臣はどうなったんだ？　お前の口振りからするとまだ大臣のままのようだが」

達也《たつや》の問いに、深雪《みゆき》が歯を食い縛る。

「……証拠が見つからないのです。守備隊長も、右大臣の関与だけは頑として認めようとせず……」

「ふむ」

達也《たつや》がそう声を漏らしたのは「そこでまた一騒動《イベント》がありそうだな……」と考えたからだが、深雪《みゆき》は明らかに勘違いしているセリフを慌てて追加した。

「ご懸念《けねん》には及びません！　今度こそ、この身に代えても、お兄様には指一本触れさせませんから！」

今自分が体験していることは現実の出来事ではない。ある意味で文字どおりの「夢物語」だ。しかしそうと分かっていても、この発言は達也《たつや》にとって聞き流せないものだった。

「そんなことは望んでいない！」

深雪《みゆき》がビクッと身体《からだ》を震わせる。その瞳には見紛《みまが》いようのない恐怖が宿っている。所詮作り話のお芝居なのに、むきになってどうする、と達也《たつや》は自分自身に呆《あき》れた。だが、彼の舌は止まらなかった。

「お前を犠牲にするなど可能性を考えるだけで怖気立《おぞけだ》つ。そんなことになるくらいなら、世界の全てを敵に回した方がましだ」

我ながらドスの利《き》いたセリフだ、と達也《たつや》は呆《あき》れた。これでは深雪《みゆき》が脅《おび》えるのも無理はない。

——と自分では思ったのだが、深雪《みゆき》は何故《なぜ》か熱に浮かされたような眼差《まなざ》しを達也《たつや》に向けている。

「……とにかく、俺にとってはお前の身こそが何よりも大切なんだ。俺のことを心配してくれているのは分かるが、そんなことは言わないでくれ」

深雪《みゆき》の視線に居心地の悪さを感じて、達也《たつや》は微妙に目を逸《そ》らしながら彼女にそう言い聞かせた。

「——はい、お兄様」

だから達也《たつや》はこの時の、深雪《みゆき》の蕩《とろ》け切った笑みを見ていなかった。


城に着くまでの時間を聞くと、四時間ほど掛かる、とのことだった。それでは日が暮れてしまうだろう、という質問に対する答えは「否」。まだ正午になっていないらしい。では夜が明ける前に出て来たのか、と訊《き》くとこれも「否」。どうにも計算が合わない。

首を捻《ひね》っている達也《たつや》に、深雪《みゆき》が笑って種明かしをする。

「わたしは今、神殿に住んでいるのです」

話を聞いてみれば、どうやら深雪《みゆき》は日本に当てはめると伊勢《いせ》斎宮《さいぐう》に似た役目を与えられているようだ。いや、役を振られていると言った方が正確かもしれない。そこで今朝、達也《たつや》が国に戻っているという神託を受け、慌てて飛び出してきたらしい。

「そんな重要な仕事を任せられていて、よく護衛も無しに出てこられたな」

達也《たつや》の当然と思われる疑問に、深雪《みゆき》は首を傾《かし》げた。

「護衛ですか？　必要ないと申しましたが……」

ついて来ていますよ、と指さす方を見れば、確かに十二騎を数える武者の姿。しかしついさっきまで、彼らは間違いなく存在していなかった。

「演出ミスか……」

「はっ？　演出、ですか？」

「いや、何でもない」

思わず洩《も》れた言葉を誤魔化し、達也《たつや》はもう一度護衛の騎馬隊へ目を向ける。

背景の不自然な点を指摘され、慌てて穴を塞いだ対応を微笑《ほほえ》ましいと取るべきか、画面に存在しなかったエキストラを無から生み出した演出力に警戒すべきか、達也《たつや》は内心、決めかねていた。

馬車の道中は刺激の少ないものだった。達也《たつや》は深雪《みゆき》がいるから退屈しなかったが、娯楽劇としては手抜きだろう。――と彼が考えていた所為《せい》なのか、単なる偶然なのか。

突如、護衛隊の動きが慌ただしいものになる。二騎が前方に駆けていき、残り十騎が馬車を取り囲んで防御態勢を取った。

「何事です！」

深雪《みゆき》が窓の外に向かって叫ぶ。

「おそれながら申し上げます！　ホーン・ベアの集団が前方より近づいております！」

答えたのは偵察から駆け戻ってきた騎士だった。

（ホーン・ベア……鬼熊《おにぐま》か）

達也《たつや》はドラゴンでも出たのかと考えていたのだが、そこまでテンプレではなかったようだ。

彼は前を向いて目を凝らした。視線の先には馬車の内壁があるだけだったが、肉眼を向けたのは単に意識の焦点を合わせる為《ため》だ。

彼の異能知覚、情報体認識視力に映る霊子《プシオン》の塊。現実世界では意味として認識される情報が、ここでは映像として意識内に再生される。下り坂を転がる岩のように押し寄せてきている霊子《プシオン》群が「ホーン・ベア」なのだろう。

「総員、構え！　姫様をお守りするのだ！」

隊長らしき騎兵の合図で全員が盾と槍《やり》を構えた。それを馬車の窓から見ていた達也《たつや》は、手綱を持たなくても大丈夫なのかと疑問を覚えたが、そういうものなのだろうと考え直した。

それより、ここからどうするのか興味があった。彼は戦術も戦史も学んでいない。騎兵の戦術がどういうものか知識は無い。ただ人が馬に乗って戦うという構造上、そのメリットは機動力と高所を利した攻撃力でデメリットは防御力の乏しさにあると想像していた。

護衛の騎兵は盾こそ持っているもののあとは革の胸当て、手甲代わりの厚手の手袋、脛当《すねあ》てを兼ねたロングブーツという軽装で、馬も鎧《よろい》などつけていない。得物も銃や弓矢ではなく槍《やり》。足を止めて迎え撃つようなことはしないだろう。ホーン・ベアが道路に出て来たところで穂先を揃《そろ》えて突撃、が最も理に適《かな》っている。しかし問題は、敵が道路を通ってやって来るとは限らないということだ。人間でもそうなのだから、角の生えた熊が森の中から直接襲ってこないという保証はどこにも無いはずだ。

——という達也《たつや》の予想はどれも外れた。

馬車の約三十メートル前方に、熊に似た、但しサイズが三メートルを超える獣が現れる。額には犀《さい》のような反りを持った円錐形《えんすいけい》の独角《どつかく》。どうも民間伝承の「鬼熊《おにぐま》」とは身体的特徴が一致しないように思われたが、それも今更だ。

「出たぞ！　陣形を整えろ！」

隊長騎の号令で、護衛隊員が相互の距離を縮める。やはり密集突撃か、とそれを見ていた達《たつ》也《や》は思った。だが騎兵隊は槍《やり》と盾を構えているだけで一向に動き出す気配が無い。

そうこうしている内にホーン・ベアは数を増やし、合計六頭の群れになった。

「来るぞ！」

隊長騎の号令に従ってホーン・ベアが走り出す。——そんな印象を受けた位、タイミングがぴったり合っていた。しかも、三頭ずつ二列横隊で整然と駆けて来るのだ。実はこいつら神殿とやらのペットじゃないか、などという馬鹿げた妄想が一瞬達也《たつや》の脳裏を過《よぎ》った程の奇妙な段取りだ。

しかしさすがにそこまで支離滅裂な脚本ではなかった。

護衛の騎兵が二人一組で突進し、熊の魔物目掛けて槍《やり》を突き出す。体格差からして二対一では厳しくないか、と達也《たつや》は懸《け》念《ねん》した。そして今回は、彼の予想が的中する。

ホーン・ベアが鉤《かぎ》爪の付いた前足を振り回す。

槍《やり》が折れ、破片が宙を舞う。

黒い毛皮を捉えた穂先も、浅く食い込んだだけで止まってしまう。多分、硬い筋肉の層で止められたという設定なのだろう。それでも皮膚を裂けば血が出るものだが、傷口からは何も出てこない。流血表現は規制されているのか？　と達也《たつや》はまたしても馬鹿げたことを考えた。

しかしそれは彼の一部。達也《たつや》の意識の大部分は、きちんと現状に対応していた。馬車の扉に手を掛ける。

「お兄様!?」

慌てて彼を呼ぶ妹に、

「少し手伝ってくる」

振り返り肩越しに応えて、達也《たつや》は馬車の外へ飛び降りた。

深雪《みゆき》の「魔法を使います！」という叫びをエールに、その後に続くアナログテレビ時代に停波中または受信不能である時に起こっていた「砂嵐」と呼ばれる雑音のような音の連なり——どうやらこの世界の呪文はこういう風に聞こえるらしい——をBGMにして、達也《たつや》は護衛の列を抜けてきたホーン・ベアに突っ込んだ。

馬に襲い掛かろうとしていた角付き熊の側頭部にほれぼれするようなフォームの飛び蹴りを叩《たた》き込む。自分が三メートルのジャンプを成し遂げたことについて、達也《たつや》に驚きは無い。この身体《からだ》は精神が命じるままに動く。魔法を使えない代わりにコミックヒーローのような脚力、腕力を発揮することも不可能ではない。

ただそれは、自分の身体《からだ》に対する支配権でしかない。一蹴りで鬼熊の頭部を砕くこともできるのではないか、と達也《たつや》は思ったのだが、そこまで思いどおりにはいかなかった。倒れたホーン・ベアは一回転してすぐに立ち上がる。達也《たつや》も蹴りの反動で少し後ろに飛ばされていた。

彼が着地した場所にはきれいな断面を見せて二つに分かれた槍《やり》が転がっている。彼はその両方を手に取った。

剣を習った経験は無いが、棍棒《こんぼう》ならば達也《たつや》も使ったことがある。穂先と石突を錘《おもり》にして彼は再びホーン・ベアに挑みかかった。砥《と》ぎ上げた短剣のように鋭利な光を放つ鉤《かぎ》爪を掻《か》い潜《くぐ》り、二足直立している後ろ足の膝に二連の打撃を打ち込む。穂先は皮膚を削《そ》いだに過ぎなかったが、石突の方に手応えがあった。

ぐらり、と魔物の巨体が揺らぐ。

彼の方にホーン・ベアが倒れ込んでくる。ただ横倒しになるのではなく、自分の膝を砕いた小癪《こしゃく》な人間を叩《たた》き潰さんとばかり前足を振り下ろしながら。

達也《たつや》は三メートル超の巨体を冷静に躱《かわ》した。地響きを伴い足先五十センチに落ちてきた鬼熊もどきの頭部を、激しい気合いと共に踏み潰す。彼の身につけた武術に震脚という技法は存在しないが、直接的な攻撃手段として似たような技は修得していた。ホーン・ベアが倒れた時を凌駕《りょうが》する地響きが上がり、踏み下ろされた達也《たつや》の右足は今度こそ魔物の頭部を蹴り砕いた。

足首から下が頭に減《め》り込む。頭骨を踏み抜いても飛び散る脳漿《のうしょう》に汚れることは無かった。こういうところはリアルじゃなくて良かったと思う。余計な雑念を右から左に流して、達也《たつや》は次の獲物を捜す。しかし。

「お兄様、お下がりください！」

深雪《みゆき》の声と同時に、達也《たつや》は馬車の傍《そば》まで跳び退《すさ》った。健在の騎兵も牽制《けんせい》の一撃を加えて、こちらへ駆け戻ってきている。生きている味方が全て馬車の両脇まで下がったのを確認して、ステップに立つ深雪《みゆき》が最後の一句を高らかに叫んだ。

「ホワイトアウト！」

そのフレーズは自然現象であると同時に、魔法の名称として現実にも使われている。本来は大河や湖の畔《ほとり》、海岸地帯など豊富な水源に隣接するゾーンで使用される水蒸気凍結の魔法、深《み》雪《ゆき》の得意魔法であるニブルヘイムの下位バージョンなのだが、この世界を作った造物主《きゃくほんか》はそんな細かいことを気にしていないらしい。

深雪《みゆき》の詠唱と同時に、ホーン・ベアの群れが濃密な白い煙に包まれた。煙の正体は小さな氷の結晶だ。何処《どこ》からともなく調達された大量の水蒸気を材料にして作り出された氷の霧は待つほども無くゆっくり晴れていく。地面に降りた氷晶はすぐに溶けて街道の土に吸いこまれ、後に残ったのは凍り付いた巨獣の屍骸《しがい》のみだった。

「後はお任せします」

傍《かたわ》らの騎兵にそう声を掛け、深雪《みゆき》が馬車の中へ戻っていく。屍骸《しがい》を道端へ動かす護衛隊の作業を少しの間眺めていた達也《たつや》だったが、どうやら自分に出る幕は無いと判断して深雪《みゆき》のいる馬車の中へ戻った。


車内に戻った達也《たつや》は、いきなり平手打ちのお迎えを受けた。

馬車の中には深雪《みゆき》しかいないと分かっていたから、達也《たつや》もこれには仰天した。深雪《みゆき》が自分に手を上げるなど、二人の関係が今のものになる三年前のあの日以前ですら、考えられないことだったからだ。振り抜かれんとする右手を達也《たつや》は反射的に摑《つか》み取《と》ってしまったが、両目に涙をためている深雪《みゆき》を見て、大人しく叩《たた》かれた方が良かったかと早くも後悔していた。

今にも涙が零《こぼ》れ落ちそうな深雪《みゆき》と無言で見詰め合う格好となった達也《たつや》の心中は、居心地の悪さ満載だった。彼としては十秒前から今のシーンをやり直したかった。それはもう、切実に。

ここがフィクションの世界だと分かっているので尚更《なおさら》だ。しかしフィクションであっても、ここにはリテイクを命じる監督がいない。

(調子が狂うな……)

深雪《みゆき》の説明が事実でこの世界の時間経過が現実と同じ体感を持つなら、あと三時間は「泣きそうな妹と二人きり」という気まずい空気に耐えなければならない。相手が違えばそれが同じ年頃の少女であろうとずっと幼い女の子であろうと、泣こうが喚《わめ》こうが平気だという自信が達《たつ》也《や》にはある。しかし、深雪《みゆき》の涙は彼の精神力を少しずつではあっても確実に削っていた。

深雪《みゆき》が何に怒っているのか、達也《たつや》は何となく分かっている。しかしだからこそ、ここで謝るのは正しくない気がしていた。この状況を打開する為《ため》、達也《たつや》は思い切って言い訳を試みた。

「深雪《みゆき》、お前が俺のことを心配してくれるのは嬉《うれ》しいと思う」

彼女の手首を捉えていた右手を彼女の掌《てのひら》に移動させ、外側からそっと包み込むように握り直し、達也《たつや》が深雪《みゆき》に優しく告げる。

深雪《みゆき》が大きく目を見開き、その拍子にたまっていた涙が零《こぼ》れ落ちた。結局彼女の涙が流れるところを見る羽目になったが、達也《たつや》はその反応にホッとしていた。

それは、いつもの妹だった。

もしかしたら「心配などしておりません!」とか「何を勘違いされていますの?」といった類のツンツンした反応が返ってくるかもしれないと彼は考えていたのだ。達也《たつや》はそんな深雪《みゆき》を見たくなかったたし、泣きながら「お兄様のバカー！」などと言われようものなら目が覚めた後も妹に対して普通に接する自信が無かったのである。

とにかく、そういった懸念《けねん》は杞憂《きゆう》に終わったわけで、達也《たつや》は一安心して本格的な説得に取り掛かった。

「お前が強いことも知っている。お前の魔法の前には、本来、俺などの出る幕は無い」

「そんなことはありません！　学問だって武術だってお兄様の右に出る者などおりません。本来なら……」

そこで深雪《みゆき》の言葉が不自然に途切れた。達也《たつや》は「おやっ？」と思ったが、この場は深雪《みゆき》を丸め込む方が優先だ。違和感は一旦、棚上げにした。

「だけどな、深雪《みゆき》。俺はお前の護衛役だ。いや、そんな役目が無くても、お前を護《まも》ってやることが俺の生きる意味だ」

「そんな、お兄様……わたしの為《ため》に生きるだなんて、それではまるで……」

深雪《みゆき》が目を逸《そ》らした。それだけならまだしも、頬に両手を当て首を横に振りながら身悶《みもだ》えしている。何処《どこ》かで見たような光景だ。達也《たつや》の記憶力はそれがどこで見たものだったかすぐに思い出したが、これも心の棚に放り込んだ。

「いけませんわ、お兄様。わたしたちは実の兄妹《きょうだい》ですのに……でもお兄様がお望みであれば、わたしはお兄様にこの身の全てを……」

何やら不穏な囁《ささや》きが聞こえたが、その前にもっと聞き流せないセリフが深雪《みゆき》の口から紡《つむ》がれていた。

「深雪《みゆき》。今、俺たちが『実の兄妹《きょうだい》』と言ったか？」

この世界における達也《たつや》と深雪《みゆき》の設定は「実の兄妹《きょうだい》のように育った幼馴染《おさななじみ》」だったはずだ。もしかして妹に掛けられた精神支配が解けたのだろうか？

「はっ？　いえ……そうですね。わたしは何を勘違いしていたのでしょう？」

しかし、それはぬか喜びだった。

「あまりにも身近で、本当のお兄様のように思っておりました。ですが今は、お兄様の実の妹でなくて良かったと思っております……」

深雪《みゆき》が達也《たつや》へ熱い眼差《まなざ》しを送る。しかしすぐに、ハッとした表情を浮かべてわざとらしく顔を背けた。彼女はどうやら、喧嘩《けんか》を続けていることにしたいらしい。

最早《もはや》言い訳は必要無いようにも思われたが、深雪《みゆき》のリクエストに従って達也《たつや》は釈明を続けた。

「――お前が無事でいることが、俺にとって何より優先する。お前に襲い掛かるものを前にして、俺が何もしないという選択肢はあり得ない。分かってくれないか、深雪《みゆき》」

深雪《みゆき》が達也《たつや》へ視線を戻した。彼女の瞳は、不自然なくらい落ち着きを取り戻していた。

「お兄様のお心は嬉《うれ》しく思います。しかし、深雪《みゆき》もまたお兄様の御身《おんみ》を案じているのです。こう言っては不謹慎ですが、幸い今のお兄様は近衛《このえ》の職を解かれた身。武器を手に魔物へ立ち向かわねばならない義務はありません」

　感情の揺らぎが無い眼差《まなざ》し。

「この身をお守りくださると仰《おつしや》るなら、どうかお兄様、深雪《みゆき》の側を離れないでください」

（浸食が進んでいるのか……）

　深雪《みゆき》の見せた些《さ》細《さい》な変化に、達也《たつや》は状況の悪化を感じた。


　それから城に着くまで、似たような出来事が三回あった。ただし、達也《たつや》が馬車の外に出ることは許されなかった。

　護衛は半数に減っている。現代魔法に慣れた思考は、何故《なぜ》最初から深雪《みゆき》が魔法で撃退しないのかと疑問を覚えてしまうに違いない。達也《たつや》も人伝《ひとづて》にこの話を聞いたなら、そう感じたことだろう。しかし現場に立ち会っていた彼は、それが不可能だと理解していた。この世界の魔法は、効果を得るまでに時間が掛かるのだ。毎回、ＣＡＤに馴染《なじ》んだ者にとっては信じられない程の長時間、深雪《みゆき》は呪文を唱えなければならなかった。護衛が壁にならなければその途中で襲われていたに違いない。

　しかし深雪《みゆき》に訊《たず》ねたところ、王族の魔法は王族以外にも使える呪法に比べて破格に短時間で使用できるということだ。これでは魔法使いに単独戦闘は無理だろう。

　現実の魔法も元はこういうものだったのかもしれない。少なくともお伽話《とぎばなし》や伝説の中の魔法は、呪文を唱える間時間稼ぎをしてくれる仲間を必要としていた。

大きな威力を発揮できる代わりに、長い準備時間が必要。費用対効果を考えれば一瞬で大威力を実現する現代魔法のあり方が異常なのであり、こちらの方が正しい姿に見える。

そういった理屈を抜きにしても、準備に時間が掛かる、それがこの世界の魔法だ。現実と同じつもりでいて足をすくわれないようにしなければならない、と達也《たつや》は思った。

そんなことを考えている内に、石の城壁が見えてきた。城壁の中に町がある、中国やヨーロッパに良くあるタイプの城塞都市だ。壁はかなり高く、また堅固な作りに見えた。他国の軍に備える意味ももちろんあるだろうが、それより遭遇するたび護衛の騎兵に犠牲を出した魔物・巨獣に備える意味が強いように思われた。

第一王女とか巫女頭《みこがしら》とか仰々しい肩書が触れ回され、馬車の進行と共に次々と扉が開いていく。そうして城壁の中の城、王城の門をくぐって馬車は止まった。

外から扉が開かれる。深雪《みゆき》の手を取ってステップを降りた達也《たつや》は、見覚えのある二人を見つけた。ようやく深雪《みゆき》以外の役者が出て来たというわけだ。

「隊長、俺のことは覚えてるか？」

詰襟の上着に短いマントが良く似合っている。現実でもまたこういう格好《コスプレ》をさせてやろう、と人の悪い事を考えながら、達也《たつや》が答えを返す。

「レオ、だろう？」

「おおっ！　忘却の呪いを掛けられていると聞いてたんだが、嬉《うれ》しいねぇ、俺の名前を憶《おぼ》えていてくれたか！」

「ねえ隊長、あたしは？」

「エリカ。あっているか？」

「当ったりー！　さっすがあたしたちの隊長ね」

レオと同じような服を着た男装の少女騎士が満面の笑みではしゃぐ。

そして二人は示し合わせたように、同時に片膝をついた。

「タツヤ隊長、お帰りなさいませ」

「我ら近衛《このえ》隊一同、お戻りをお待ちしておりました」

かしこまった態度で頭《こうべ》を垂れるレオとエリカ。達也《たつや》は背中にむず痒《がゆ》さを感じたが、長い時間耐える必要は無かった。

「レオンハルト卿《きょう》、エリカ卿《きょう》、出迎えご苦労様です」

ツンと澄ました顔で深雪《みゆき》が達也《たつや》の背後から声を掛ける。レオとエリカが更に深く頭を下げた。

「エリカ卿《きょう》。陛下に謁見を賜りたいのですが、取次ぎをお願いしてもよろしいでしょうか」

「畏《かしこ》まりました」

深雪《みゆき》の居丈高な態度に反感の欠片《かけら》も見せず、エリカが顔を伏せたまま立ち上がり、後ろ向きに二歩進んで、振り返り足早に城の奥へ向かう。

「レオンハルト卿《きょう》。タツヤ卿《きょう》はお疲れです。控えの間に案内してください」

「ハッ！」

レオが緊張した声で短く応えて、二人を先導して歩き出す。

その背中に女王様然とした態度でついて行く深雪《みゆき》。「こうはなってくれるなよ」と達也《たつや》は心の中で、現実世界の自室のベッドで眠っている深雪《みゆき》の本体に語り掛けた。


薄暗い石造りの廊下を歩きながら、いよいよクライマックスか？　と達也《たつや》は考えていた。お約束どおりなら、国王に謁見する場で右大臣の陰謀が暴かれ活劇展開に雪崩込むはずだ。一体誰が国王を演じているのか興味深かったが——残念ながら、達也《たつや》の好奇心が満たされることは無かった。

(どうやら俺に脚本家の才能は無いらしい)

達也《たつや》は皮肉気に、あるいは自嘲気味にそう考えていたが、この劇の脚本家と達也《たつや》のどちらがより才能に乏しいか、意見が分かれるところに違いない。多分、どっちもどっちだ、という結論に落ち着くことだろう。

堪《こら》え性《しょう》がないことに、クライマックスは謁見の間へたどり着くことなく訪れた。

「何事です！」

深雪《みゆき》が不快げに叫ぶ。それも当然で、小さなホールになった廊下の分岐点に鎧《よろい》を着けた兵士が待ち構えていた。全身鎧《よろい》ではなく胸甲と手甲のみで手にする得物も長物ではなく片手剣だが武装していることに変わりは無い。その格好で王女の行く手を遮ったとなれば、戯《たわむ》れで済まされる限度を超えていた。

「殿下」

その声と同時に武装兵の人垣がさっと割れ、背後から白い長衣《ながぎぬ》を着た見覚えの無い初老の男が姿を見せた。

「右大臣」

深雪《みゆき》の口から憎々しげな声が吐き出される。

（これが右大臣か……）

達也《たつや》が声に出さず感慨深げに呟《つぶや》いた。彼の心中に、当たり前だが怒りや憎悪《ぞうお》は無い。自分はこの男に陥《おとし》れられたそうだが、彼自身にその実感は無い。と言うより、それはこのゲームにおける単なるプレストーリーでそんな事実は無いと知っているからだ。

それより彼は安堵《あんど》していた。右大臣の顔が、彼の知る誰とも一致しなかったことに。達也《たつや》も深雪《みゆき》の交友関係を完全に把握しているわけではない。特に実習授業で一緒になるだけの同級生とかお稽古事の先であいさつをするだけの女の子とか、友人未満の知り合いまで網羅してはいない。しかし深雪《みゆき》が好悪《こうお》の感情を懐《いだ》く程度に接触の多い男性ならば百パーセント認識している自信が達也《たつや》にはあった。悪い虫を近づけない為《ため》に、それが必要となるからだ。

その彼が右大臣の顔を知らない。それはつまり、この悪役が現実の誰かをモデルにしていないということを意味していた。

自分が嫌いな相手を夢の中で卑劣な悪役に割り当てる。それは余り褒められた性根ではない。深雪《みゆき》がそんなさもしい真似《まね》をしない、心根の美しい娘だと改めて知り達也《たつや》の機嫌は上向いた。

——兄バカと笑うことなかれ。自分なら間違いなく気に喰《く》わない知り合いを小悪党に抜擢《ばってき》するに違いないという自覚が達也《たつや》にはあった、その裏返しなのだ。

達也《たつや》がそんな呑気《のんき》なことを考えている内に、舞台は確実に山場へ向かっていた。

「一体どういうつもりです」

「どういうとは？　殿下におかれましては、何についてお訊《たず》ねですか？」

「とぼけないでください！」

右大臣の人を小馬鹿にした回答に、深雪《みゆき》が激昂《げきこう》した。

確かに激して当然の場面だが、深雪《みゆき》の怒り方は激し過ぎる。彼女の気性の激しさを戯画的に強調しているよう達也《たつや》には感じられた。

「王女であるわたしに武装した兵を差し向けるなど、王家に対する反逆ですよ！」

「殿下に刃を向けるなど滅相もありません。臣《しん》はただ、殿下に目をお覚まし頂きたいだけでございます」

慇懃《いんぎん》な口調に嘲りを込めて右大臣が答える。それは安っぽい「奸臣《かんしん》」のイメージそのままの口上だった。

　何てステレオタイプの悪役だ、と達也《たつや》は呆《あき》れた。

「一国の王女、しかも神殿に仕える巫女頭様《みこがしらさま》ともあろうお方が、平民一人の為《ため》にお勤めを疎《おろそ》かにされているのは如何《いかが》なものかと存じまして」

「なっ……」

「元凶を取り除くべく、殿下のお心を惑わす不埒者《ふらちもの》を誅《ちゅう》しようと家人《けにん》ともども馳《は》せ参《さん》じました次第にございます」

「わたしは心惑わされたりなどしていません！」

　この程度のことにすっかり逆上したのもお手軽すぎたが、反論したポイントがまた白々しかった。

　少なくとも達也《たつや》を除く全員がそう思ったようで、右大臣とその手下だけでなく、レオまで呆《あき》れたような目を深雪《みゆき》に向けている。「神秘的な巫女《みこ》姫」の威厳丸つぶれの光景だ。

「……コホン」

　深雪《みゆき》もさすがに「まずい」と感じたようだ。わざとらしい咳払《せきばら》いをして、表情を改めた。

「わたしはお勤めを疎《おろそ》かになどしておりません。タツヤ卿《きょう》をお迎えするのは陛下の勅命です」

「…………」

　要するに仕切り直しを試みたわけだが、この反応を見る限り上手《うま》く行かなかったようだ。

この雰囲気は達也《たつや》にとっても気まずかった。深雪《みゆき》を責める材料に彼自身が使われているからだ。なので、達也《たつや》はフォローに入ることにした。

「レオ」

「おっ、おう」

「お前は近衛《このえ》だな？」

「そうだぜ……いえ、そうです、隊長」

今まで聞いた設定を総合すると彼は「元隊長」であって「隊長」ではないのだが、そんなことを気にしている場合ではない。ということで達也《たつや》はその発言をスルーした。

「彼らは王城内で剣を抜いている。勅命によってではなく、右大臣の私命によってだ。近衛《このえ》として、これを看過していいのか？」

「そうかっ！」

（「そうか」じゃないだろ）

心の中で達也《たつや》は盛大に突っ込んでいたが、またしても口には出さなかった。気づかなかったのはレオの責任ではない。彼は姿を見せない黒幕《ディレクター》の演技指導に従っているだけだ。

「お前ら、剣を収めな！」

レオが幅広の剣を抜いて右大臣の手下を威嚇する。その剣は長さこそ「少し長め」という程度だったが、厚みと幅が対峙《たいじ》する兵たちが手にする得物の倍近かった。その重量感は数の圧力をひっくり返す迫力を滲《にじ》ませている。右大臣の私兵がジリッと後退した。

「ええい、何をしている！　相手は二人だ、押し包んで捕えろ！　手強《てごわ》いようなら殺しても構わん！」

「てめえら、反逆だぞ！」

「深雪《みゆき》、下がれ」

右大臣の号令に従い私兵集団が押し寄せ、レオがそれを迎撃する。達也《たつや》が深雪《みゆき》の腕を引いて後ろに下がるのはそれと同時だった。

深雪《みゆき》はまるで抵抗しなかった。達也《たつや》の腕に包まれ、彼の胸に身体《からだ》を預けきっている。

「深雪《みゆき》、彼らの抵抗力を奪う魔法は無いか？」

達也《たつや》の質問にも聞こえないふり、ではなく、本当に聞いていなかった。

「深雪《みゆき》？」

「は、はい、お兄様」

二回目に訝《いぶか》しげな声で呼ばれ、ようやく話し掛けられていることに気づいたほどだ。

「彼らの抵抗力を奪う魔法は無いか？」

こういう反応は起きている間にも時々あることなので、達也《たつや》は気にせず根気よく先程の質問を繰り返した。

「あっ、そうですね」

深雪《みゆき》がこの程度のことに気づかなかったのもレオと同じで彼女の所為《せい》ではないのだが、同じネタを二度続けて使われるのはさすがに不愉快だった。苛立《いらだ》ちが顔に出ないよう気をつけなければならなかったが、もしかしたら余計な気配りだったかもしれない。深雪《みゆき》は既に目を閉じて詠唱に入っていた。

「タツヤ隊長、何でこんな面白そうなことになってるの？」

別の通路口から掛けられた声にも、深雪《みゆき》が集中を乱した気配は無い。

「殿中で刃傷《にんじょう》沙汰《ざた》なんて切腹ものだよ」

「エリカ、それは世界観が違わないか？」

余りにも背景にそぐわないセリフだった所為《せい》で達也《たつや》は思わず無駄口を挿《はさ》んでしまったが、深《み》雪《ゆき》は一心に聞き取ることのできない呪文を唱え続けている。

「決まり文句よ」

エリカもどこかで聞いたような答えを返すのみで、それが何処《どこ》だったのか、自分がなぜそんな言い回しをしたのか気にする様子は全く無かった。

「それで、こいつらは反逆ってことでいいのね？」

「そのとおりだが、余計な手出しは無用だぜ」

エリカの質問に答えたのはレオだった。答えるだけならよかったのだろうが、エリカにしてみれば余計なおまけがついている。エリカが何も言い返さないはずはなかった。

「あんたにゃ聞いてないわよ、ベルンハルト《強い熊》」

「レオンハルト《強い獅子》だ！　テメエ、わざとだろ！」

「あれっ？　もしかしてベルンハルトさんを馬鹿にしてるの？　全国のベルンハルトさんに謝りなさい」

「テメエこそ俺に謝れよ！　名前をわざと間違えるなんて失礼すぎだろがよ！」

無駄話をしながら、レオの大剣とエリカの片手剣は右大臣の私兵を確実に無力化している。

血は流れているが死者は出ていない。エリカはともかく、レオの剣技が随分と様になっているのが、見ている達也《たつや》には不思議だった。

達也《たつや》は戦いの様子を観察しながら、深雪《みゆき》からも意識を逸《そ》らしていない。

深雪《みゆき》の口から「砂嵐」の音が途絶えたのを達也《たつや》は聞き逃さなかった。

「エリカ、レオ、下がれ！」

達也《たつや》はあえて「魔法が放たれる」ということを伝えなかった。

エリカもレオも「何が」と問い返すことなく、突然の指示に戸惑うこともせず、達也《たつや》の言葉にそのまま従う。

「深雪《みゆき》」

準備ができた、という意味を込めて達也《たつや》が深雪《みゆき》の名を呼ぶ。

「ハイバネーションジェイル！」

深雪《みゆき》が達也《たつや》の意図を誤解するはずもなく、低温麻痺《まひ》の魔法が放たれた。

一斉に床へ崩れ落ちる兵士と右大臣。

公式名称に英語が使われているとはいえ、英語名称を大声で叫ばれるとますますチープなＲＰＶＧ《ロール・プレイング・ビデオ・ゲーム》みたいだな、と考えても仕方の無いツッコミを思い浮かべつつ、達也《たつや》は倒れた一団が完全に無力化されているかどうか近づいて確かめる。

彼に油断は無かった。

むしろ全体に目を配っていたからこそ、その奇襲を避けることができたと言える。

倒れた集団の中央から、突如白い影が飛び掛かってきた。

不用意に迎撃することはせず、達也《たつや》は後方へ飛んで躱《かわ》した。

白い人影が達也《たつや》の立っていた位置に、両手をついて着地する。その時点では間違いなく人影、右大臣であった頃の面影が残っている。――ただし二回り以上サイズが増していた。

人間がこんな短時間で増量するはずがないのだが、ここはある意味、心象風景の中だ。「秒単位、分単位の変身は不可能」という現代魔法の常識が通じていなくても不思議は無い。

レオが右大臣の背後から切り掛かった。重量級の大剣が右大臣の背中を裂き、断ち切ることなく途中で止まる。

右大臣であったものがグッと力を入れる。

傷口から大剣が吐き出された。

剣を抜こうと力を入れていたレオが蹈鞴《たたら》を踏んで後退《あとずさ》る。

エリカが勇ましい気合いと共に剣を突き込んだ。

白い毛皮がその切っ先を阻《はば》む。

変貌した右大臣が獣の雄叫《おたけ》びを上げて立ち上がった。

「……熊じゃん」

「オメーの無駄口がフラグだったんじゃねえか？」

「あんたが余計な茶々を入れたからじゃないの？」

「名前を間違えんなってのが何で茶々なんだよ！」

獣を間に挟んで憎まれ口を応酬するエリカとレオ。

その獣は、エリカの言うとおり「熊」だった。頭に三本の捻《ね》じれた角があり、目に瞳は無く赤い光に満たされ、鮫《さめ》の歯のような牙が口の中にずらりと並び、手の爪は鋼の光沢を放っていようと全体のフォルムは巨大な白熊だった。

ここの天井は三メートル以上の高さがあるが、熊の体高は天井に迫っている。小回りが利《き》くような図体《ずうたい》ではない。廊下を戻れば立ち上がった状態では追って来れないだろう。

「お兄様⁉」

だが達也《たつや》は逃走を選ばなかった。四足の熊が俊足であることを、達也《たつや》は実体験で知っていた。あの時素手で戦ったツキノワグマは体高百八十センチ、この白熊は三メートル弱だが、大きいからといって鈍重だという保証は無い。

「時間を稼ぐ。深雪《みゆき》、詠唱を」

「そんな、無茶です！」

「深雪《みゆき》、ニブルヘイムは使えるか？」

深雪《みゆき》の悲鳴を冷静な声で遮断する。声量はそれ程大きなものではない。声の調子だけで翻意させられないと覚《さと》ったこの少女は、確かに達也《たつや》の妹だった。

「使えます。──ご武運を」

「良い子だ」

妹の祝福に後押しされて、達也《たつや》は三角《みつづの》の白熊へ突進する。

兄の何気ない一言で顔を真っ赤に染めた深雪《みゆき》がニブルヘイムの詠唱に入る。

達也《たつや》の両手に、不意の負荷が掛かる。その重量は何故《なぜ》か彼の手に馴染《なじ》んだ。

彼は振り下ろされる白い豪腕を躱《かわ》して、右手に出現したメイスを振り下ろした。

ひどく自然な感覚。エリカの剣を通さなかった毛皮の奥に、確実なダメージを与えた手応《ごた》えがする。

咆哮《ほうこう》と共に繰り出された横殴りの爪を左手のメイスをぶつけることで受け止める。達也《たつや》の腕よりも細いメイスの柄はその猛威に悲鳴も上げなかった。

「さすがタツヤ隊長だぜ！」

「どう見てもあんたと得物が逆よね」

「うっせー、よっ！」

レオが鬼白熊の背後で大剣を構える。水平に振り回された重量級の刃が右後ろ足の膝裏を捉え、鬼白熊が右前足を床についた。

「やるじゃん！」

歓声を上げるエリカ。その時には既に、彼女の剣は振り下ろされていた。片前足をつくことでポジションが下がった頭部を狙う鋭い斬撃。エリカの刃は硬い角を避け、正確に鬼白熊の左目を潰していた。

右大臣の変化体《へんげ》が再び咆哮《ほうこう》を放つ。ただし今度は、苦悶《くもん》の叫びだ。裏拳で振り回された左前足も明らかに苦し紛れのもの。その一振りを躱《かわ》して、達也《たつや》は正面からメイスを打ち込まんと鬼白熊に迫る。

閃光《せんこう》が迸《ほとばし》る。

甲高い悲鳴が上がった。絹を裂くような悲鳴の主はエリカだった。

レオも食い縛った歯の間から苦悶《くもん》の呻《うめ》きを漏らしている。

鬼白熊の三角《みつづの》から電撃が放たれたのだ。自然の動物では無い以上、異能の力を備えている可能性は当然あった。これは達也《たつや》たちの油断と言える。

そしてその、達也《たつや》はといえば。

三角《みつづの》の白熊の前に、二本のメイスを交差させて立ちはだかっていた。

顔を上げ、メイスを交互に振り回す。集中攻撃を受けた右の角が重い連打に屈して砕け散る。

鬼白熊が獣の叫びを上げて仰《の》け反《ぞ》る。二歩、三歩とよろめく姿は、その姿に反して妙に人間臭かった。

「ヤハリ、オ前ハ除カネバナラン」

牙が並ぶ熊の口から、聞き取りにくい人の言葉が吐き出された。

「自分の息子が出世できないからか？」

達也《たつや》が嘲る口調で応じたのは、この戦闘の目的が時間稼ぎだからだ。

「すっごい執念。それを正しい方向に使えればねー」

「将軍の位はコネで務まる程容易《たやす》いもんじゃねえがな」

それを知ってか知らずか、エリカとレオも無駄話に加わった。

「ソンナツマラヌ理由デハナイ！」

吼《ほ》えるように反論する元右大臣。いや、咆哮《ほうこう》の合間に人の言葉がかろうじて聞こえると言った方が正しい状態だったが、何故《なぜ》か聞き取りに苦労はしなかった。

「我ガ国ハ偉大ナル古代魔法皇国ノ正当ナ後継者ダ。オ前ノソノ異能ハ、王国ノ権威ヲ否定スル」

「異能だと？　何のことだ？」

その疑問は、あながち演技ばかりではなかった。彼は確かに魔法師というより異能者だが、この世界ではその固有魔法は使えない。この右大臣のなれの果てが何を以《もっ》て彼のことを異能者と呼ぶのか、純粋な疑問が彼の中に芽生えていた。

「自分ノ身体《からだ》ヲ見テミルガイイ！」

言われるがままに目を落とし、達也《たつや》は驚愕《きょうがく》に囚《とら》われた。

「オ前ハ雷ノ魔法ニ何ノ影響モ受ケテイナイ」

「魔法ですって⁉」

だが達也《たつや》を捕らえている驚きは、元右大臣が口にしたものでもエリカが漏らしたものでもなかった。

「オ前ノ異能ハ魔法ヲ無効化スル。魔法ガ効カヌナド、アッテハナラナイコトダ」

彼が驚いているのは自分の服装。

達也《たつや》は何時《いつ》の間《ま》にか、レオが身につけている騎士服と同じ衣装を身に着けていた。

（俺もこの世界に呑《の》まれたのか⁉　一体、何時《いつ》の間《ま》に……）

この自問は形式的なものだ。疑問を浮かべた瞬間に、答えは分かっていた。

突如、両手にメイスが出現したあの時。

ラスボスを倒すというこの世界のシナリオを自発的に演じようとしたあの瞬間、この世界を動かしている法則《システム》に付け込まれたに違いなかった。

「お兄様、お下がりを！」

深雪《みゆき》の声に達也《たつや》の身体《からだ》が反応する。彼は空白化した思考のまま、魔法の射線から退避した。

白い線が空中を走り、右大臣の変化体が一瞬で凍り付いた。


「お兄様、やりましたね！」

歓声を上げて深雪《みゆき》が達也《たつや》に抱きつく。彼女を傷つけない為《ため》にメイスを放り投げた達也《たつや》は、途中で受け止めることもできず首に深く手を回されてしまった。

香《かぐわ》しい匂いが髪の間から立ち昇る。自制心が大きく揺らいだのを自覚した達也《たつや》は、助けを求める意味と人目を憚《はばか》る意味とその両方でエリカとレオを探した。

だが二人の姿は何処《どこ》にも見えない。それどころか右大臣の変化した魔物の姿も、床に転がっていた右大臣の私兵集団も消えていた。まるで最初から達也《たつや》と深雪《みゆき》の二人だけであったかのように、辺りに人影は無く静まり返っていた。


「お兄様……」

熱い吐息と、それ以上に熱い眼差《まなざ》し。

達也《たつや》は何故《なぜ》か、妹の抱擁を解くことができない。

深雪《みゆき》が少し上を向いて、長いまつげに縁どられた瞼《まぶた》をゆっくり閉じた。

眼差《まなざ》しが遮られ、吐息が一層熱く感じられる。

じりじりと自分の顔が深雪《みゆき》に近づいていることに気づいて、達也《たつや》はこの夜最大のショックを受けた。

自分が、自分から、妹にキスをしようとしている。


だが彼の腕は逆に、深雪《みゆき》の背中に回され彼女をしっかり抱きしめる。

それが成らぬと知るや、今度は深雪《みゆき》を突き放そうとした。

達也《たつや》は自分の肉体に静止を命じた。

(趣味が悪いぞ！)

達也《たつや》にラブシーンを命じている姿無き黒幕《ディレクター》へ抗議を送るが、答えが返ってくるはずもない。

その間にも少しずつ、確実に、達也《たつや》と深雪《みゆき》の唇は近づいていた。

(ふ・ざ・け・る・なぁ！)

唇同士が触れ合わんとしたまさにその時。

達也《たつや》は全精神力を動員して拒否を叫んだ。

その瞬間、
ガラスが割れるような音が三百六十度全方位から鳴り響き、
彼の意識は闇に落ちた。

高く澄んだ電子音が意識に届く。

達也《たつや》は目を開けて、いつもの天井を視界に認めた。

自分を包む布団《ふとん》とクッションの感触で分かる。ここは間違いなく現実の、自分の部屋だ。

(朝か……)

目覚まし時計に起こされたのは久し振りだった。

身体《からだ》を起こすと、背中が汗で濡《ぬ》れていた。

おそらくあの「夢」の、ラストシーンの所為《せい》だ。

「危なかった……」

達也《たつや》はボソリと、声に出して呟《つぶや》いた。

あれ程の危機は、かつて感じたことが無かった。

(一体何だったんだ、あれは)

考えても仕方がないことは分かっている。余りにも材料が無さすぎる。

だが放置しておくわけにはいかないことも達也《たつや》には分かっていた。あの「夢」が一度きりである保証は何処《どこ》にも無いのだ。

(師匠に相談してみるか)

トレーニングウェアに着替えながら、達也《たつや》はそう考えた。

もちろん、深雪《みゆき》とキスしそうになったことは絶対に伏せておくと、固く心に誓って。

（第二夜に続く）

# 火曜日：ゆうしゃのたびだち

「ふむ……極めて興味深い話だね」

人払いをして二人きりになった本堂で達也《たつや》の話を聞き終えて、達也《たつや》の体術の師匠であり彼の最も頼りになる助力者である古式魔法「忍術」の伝承者、九重八雲《ここのえやくも》は大きく頷《うなず》いた。

「信じ難《がた》い話だと自分でも思いますが、少なくとも俺にとっては身を以《もっ》て体験した事実です」

その仕草が少々わざとらしく感じられて、達也《たつや》は言わずもがなの念を押した。

「疑ってなどいないさ。普通の高校生から同じことを聞いたら『単なる夢』で片付けるところかもしれないけど……他ならぬ達也《たつや》くんが、わざわざ僕に相談していることだからね」

八雲《やくも》はそう言って、すっかり冷めたお茶をグイッと飲んだ。

「第一、君は夢を見ないだろう？」

八雲《やくも》の言葉に、達也《たつや》がムッとした表情を浮かべる。

「……覚えていないだけかもしれません。眠っている間のことですから」

「あり得ないだろう。君が覚えていないなんて」

達也《たつや》は何も言い返さなかった。ただ視線で無言の抗議を送るのみだ。

八雲《やくも》が白々しい笑みを浮かべて、きれいに剃《そ》り上げた頭を掻《か》いた。

「……とにかく、君が眠っている間に体験したことを否定するつもりはないよ。それどころか、非常に興味深い術だと思っている」

「術……やはりあれは精神干渉魔法により引き起こされた現象ですか？」

「精神干渉魔法か……精神へ干渉する術には違いないだろうけど、『精神干渉魔法』かどうかはまだ分からないな」

謎掛けのような八雲《やくも》の言葉は、明敏な達也《たつや》にも理解できないものだった。

「そうだねぇ……」

達也《たつや》だけでなく、八雲《やくも》本人にも良く理解できていない様子だ。

「今聞かせてもらった話だけでは正体も対策も分からないな。せめて一度きりの現象か繰り返し引き起こされるものなのか、それだけでもはっきりしないとね」

「様子見、ということですか」

「悪いね。何だか頼りないことしか言えなくて」

「いえ……確かに材料不足ですから」

達也《たつや》は床に座ったまま――当然正座だ――一礼して、流れるような動作で立ち上がった。

「悪夢が続くようなら、またご相談にうかがいます」

達也《たつや》に続いて、八雲《やくも》が体重を感じさせない身のこなしで立ち上がった。

「是非。また話を聞かせてよ」

「ご相談しなければならないようなことにならないのが、俺としては望ましいんですが」

「まあまあ、そんなつれないことを言わないで」

「……失礼します」

九重寺《きゅうちょうじ》——八雲《やくも》の寺から達也《たつや》が帰宅すると、既に朝食の準備ができていた。

「おはよう、深雪《みゆき》」

「お兄様、おはようございます」

今日はいつもより早いな、と言い掛けて、達也《たつや》は別のセリフを口にした。

「何か良《い》いことでもあったのか？」

妹がいつもより上機嫌に見えたからだ。

「えっ……顔に出ておりますか？」

深雪《みゆき》が恥ずかしげに目を逸《そ》らす。目元がほんのりと赤らんだ、照れている表情だ。

「何だか、とても良《い》い夢を見た気が致しまして」

「夢を見た気がする？」

「内容は覚えていないんです。でも、楽しかったという気持ちは確かに残っています。ただ……」

そこで深雪《みゆき》は、少し拗《す》ねている表情になった。

「肝心な所で目が覚めてしまって……それがとても残念です」

「内容は覚えていないんだろう？」

「それはそうですけど……すみません、お兄様。わたし、変なことを言っていますね」

「いや、そういうこともあるだろう。夢なんて覚えていないことの方が多いんだから」

「──そうですね」

はにかんだ笑みを浮かべて深雪《みゆき》が頷《うなず》く。

彼女は兄の背筋を伝う冷や汗に気づいていなかった。

◇◇◇

その夜。達也《たつや》は不穏な気配を感じて──普通ではあり得ない想子《サイオン》の波動を感じて目を開けた。

彼の視界に飛び込んできたのは、見覚えのない天井だった。

「どこだ、ここは……？」

その問い掛けは反射的な独り言だった。この天井が自分の部屋のものではないと認識した瞬間、自分が昨晩の夢と同じ世界へ引きずり込まれていると達也《たつや》は覚《さと》っていた。

しかし、彼の問い掛けに答える形で流れ込んできた知識は予想外のものだった。その内容も意外だったが、意識に直接アクセスされた驚きの方が強かった。

（まずいな……昨日より浸食が進んでいる）

この世界の影響が強まれば、意思はともかく行動の自由が失われる。この世界を演出している黒幕《ディレクター》の思いどおりに操られてしまうということは、昨晩身を以《もっ》て体験している。

(今夜は気を緩めないようにしなければ)

昨夜も別に気を緩めたわけではなく、目の前の戦闘に意識を集中した隙を突かれてしまったのだが、達也《たつや》にしてみれば痛恨の油断だった。

気をつけていれば夢の世界から加えられる干渉を遮断できるという確証も無い。だが当面はそれ以外に対策が無かった。

とにかく、このままベッドでじっとしていても仕方がない。夢の中で眠れば目を覚ますというものでもないだろう。昨日の経験から推測するに、シナリオは強制的に進行する。惰眠を貪ろうとしても、次のシーンへ強引に飛ばされるのが落ちだ。――達也《たつや》はそう考えた。

彼がベッドから抜け出そうとした、ちょうどその時。

「お兄様、おはようございます」

部屋の外から声を掛けられた。誰の声か、彼にはすぐに分かった。異母兄妹《きょうだい》の深雪《みゆき》が今朝も自分を起こしにきたようだ――

(――馬鹿な！　深雪《みゆき》は実の妹だ)

この世界の達也《たつや》と深雪《みゆき》は腹違いの兄妹《きょうだい》という設定だ。だがそれはあくまで、「この世界」に関する知識として彼の意識にダウンロードされたものであるはずだった。しかしその知識に恩考が汚染されている。

（まずいぞ、これは……）

達也《たつや》は自分の予想が甘かったことを覚《さと》った。今夜、この世界の影響力は意識に及んでいる。ここから抜け出す方法を早く見つけなければならない。

「お兄様？　まだお休みでいらっしゃいますか？」

危機感に捕らわれて達也《たつや》が返事をしなかったことに深雪《みゆき》は不審を覚えたようだ。

「失礼します」

深雪《みゆき》の声は遠慮がちなものだったが、行動は大胆だった。達也《たつや》の返事を待たず、扉を開けて入ってくる。

「お兄様!?　ご気分が」

「いや、何でもない」

ベッドサイドへ駆け寄ってきた深雪《みゆき》のセリフを途中で遮って、達也《たつや》は床に足を降ろした。

「おはよう、深雪《みゆき》」

立ち上がって両肩に手を置き「大丈夫だ」という表情で笑い掛ける。

「……おはようございます、お兄様」

深雪《みゆき》は目を逸《そ》らし、か細い声で挨拶を返す。その仕草に達也《たつや》は「おやっ？」と思った。この恥じらい方は、いつもと違う。いつもの深雪《みゆき》なら恥じらいに頬を染めても、目を逸《そ》らしはしない。彼はこんな妹も可愛《かわい》いと思った。それが彼自身の感情なのか、それとも「夢」に影響されてのものなのか、深く考えることが何となく躊躇《ためら》われた。

「……朝食の準備が調っておりますが、すぐに召し上がられますか？」

「ああ。すぐに着替えるから食堂で待っていてくれ」

「あの、お着替えを」

「うん？」

ぼそぼそと口の中で呟《つぶや》かれた声は、意味の有る言葉として達也《たつや》の耳に届かなかった。これも現実には無かったことだ。

「……いえ、何でもございません。お兄様、お先に失礼致します」

「──そうか。すぐに行く」

不自由なものだが、普通はこんなものかもしれない。そんな、少しメタかもしれないことを考えながら、達也《たつや》は深雪《みゆき》を部屋から送り出した。

達也《たつや》の意識に直接送り込まれた設定書によれば、彼の役回りは地方貴族──伯爵家の庶子だった。要するに妾《めかけ》の子だ。この世界が一夫一妻制なのか、それとも母親の身分が側室にできないほど低いものなのか、そこまでは設定書にも記されていない。

そして深雪《みゆき》は嫡出子（正妻の子）だが、嫡子（跡継ぎ）ではない。これまたそれ以上の説明は無かったが、この世界はどうやら男系相続制が採用されているようだと達也《たつや》は推測した。

部屋の造りや調度品を見ても、社会レベルが昨晩と同じく「中世風味ファンタジー世界」に設定されているのは明らかだ。それなのに、着替えとして用意された服はといえば。

（何故《なぜ》一科生の制服なんだ……？）

そう。左胸と両肩に第一高校のエンブレムが刺繍《ししゅう》された、一科生の制服だったのである。

これは深雪《みゆき》の願望が反映された結果なのだろうか。もしそうだとするなら、妹は自分よりこの世界に強い影響力を有していることになる。

自分の命運が妹の掌中にあるという認識は妙に現実とリンクしていて、達也《たつや》を複雑な気分にさせた。


深雪《みゆき》に告げたとおり、着替え終わった達也《たつや》は食堂へ向かった。だが彼は朝食にありつけなかった。部屋を出た達也《たつや》は、いつの間にか馬車に揺られていた。彼には食事をした記憶も旅支度をした記憶も、馬車に乗り込んだ記憶すらも無かったが、そういう一連の出来事が背景として進んでいたという知識はあった。

どうも今夜は、シナリオに直接影響しない些事《さじ》は省略される仕様のようだ。

（その方がフィクションらしいけどな）

言葉に出さず皮肉に呟《つぶや》いた達也《たつや》へ、向かい側から深雪《みゆき》が話し掛ける。

「お兄様、陛下がいきなりわたしたちをお呼びになるなんて……一体、何のご用なのでしょうか」

馬車の中は二人きり。いつもなら深雪《みゆき》は達也《たつや》の隣に座る。昨夜と違い、深雪《みゆき》の衣装はいつもの見慣れた制服だ。しかし、こういう細かい現実との食い違いが達也《たつや》の意識にノイズを蓄積させていた。

「分からないな。父上は何も仰《おつしや》られなかったのか？」

父上、という呼び方は世界観に合わせた意識的なものだ。もっと違和感を覚えるかと思ったが、すんなり口にできた自分が達也《たつや》は少し意外だった。どうやら自分で考えている以上に、自分は薄情な人間らしいと彼は思った。

「はい、何も……ただどうも陛下のお召しは当初、お兄様だけだったようなのです。それをお父様が、わたしも、と」

「ふむ……父上は王宮の公子をお前の婿に望んでいるからな。多分、今回のお召しがそれだけ盛大なものになるとお考えなのだろうが……」

二人の父親が中央の大貴族の次男、三男を深雪《みゆき》の婿に迎えて爵位を継がせたいと考えているのは公然の秘密ですらない、周知の事実だった。伯爵家の長男は達也《たつや》だが、彼は庶子だ。嫡出子である深雪《みゆき》の婿に跡を継がせるというのは身分制度的にもおかしな考え方ではないし、また深雪《みゆき》は大貴族の子息どころか王族に見初められてもまるで不思議のない、国中に知られた美姫《びき》である。

「そうするとますます、陛下が俺をお召しになる理由が分からん」

達也《たつや》は武門の一部にその武才を知られているものの、社交界とは無縁の人生を送ってきた。いや、送ってきたことになっている。高位貴族が多数参加する華やかな場に出番があるとは思えない。

「まさか、魔王が現れたなどという与太話に関わる話ではあるまいし……」

この時、名門の公子を自分の婿にという達也《たつや》のセリフに俯《うつむ》いていた深雪《みゆき》が、何事を思いついたのかグッと両手を握りしめた。しかし達也《たつや》は、それに気づいていなかった。


王城に到着した達也《たつや》はすぐに謁見の間へ案内された。ちなみに何故《なぜ》ここが王城と分かったのかというと、城門の上に「王城」という文字が浮遊していたからだ。廊下ですれ違う人々の頭上にも「侍従」とか「侍女」とか「衛兵」とかの文字がふらふらと揺れている。親切設計のつもりなのだろうが、如何《いか》にもゲームという感じでせっかくのリアリティが台無しだ。もしかしてRPGの「お約束」なのだろうか？　しかし深雪《みゆき》の上には役を示す文字が浮かんでいない。どうやら「プレーヤー」にはこのガイダンスが表示されないらしい。あるいは各人の行動次第で役が固定されないのだろうか、と達也《たつや》は思った。

身長の倍以上の高さがある廊下を進むと、両脇に控えた衛兵が達也《たつや》たちの歩みに合わせて扉を開く。扉を開ける役目は衛兵で良かっただろうか、と益体も無いことを考えながらそれをくぐること七度、達也《たつや》は深雪《みゆき》を従えて終点の広間に着いた。

謁見の間だ。達也《たつや》と深雪《みゆき》はこの世界の作法に従って顔を伏せた。

さて、国王は誰が演じているのだろうか。それとも、この世界を作り出している未知の技術が生み出した人形なのだろうか。玉座に座る「国王」の頭上に文字が浮かんでいるかどうか確かめようとして視線を少しずつ上に挙げ、途中で確認の必要が無いことを知った。

国王役は彼も妹も良く知る人物だった。

(十文字会頭《じゆうもんじ》……貴方《あなた》まで何をやっているんですか)

「タツヤ卿《きよう》、ミユキ嬢、面を上げよ」

克人《かつと》の前、一段低くなった所に立っている老人の声に従い、達也《たつや》は腰を伸ばした。老人の頭上には「大臣」の文字。これだけでは何大臣か分からない、というツッコミはきっと、してはならないのだろう。

「遠路ご苦労」

「畏れ入ります」

たった一言で克人《かつと》が国王になりきっているのが分かった。深雪《みゆき》同様すっかり夢の世界に取り込まれてしまっているらしい。そう考えながら、達也《たつや》は与えられた役割に従い恭《うやうや》しく一礼した。

「さて……卿《けい》を呼んだのは他でもない。王国に名高きその武技を以《もつ》て、臣民の憂いを断って欲しい」

「非才なるこの身の及ぶことであれば」

それらしい芝居がかったセリフ回しを意識しながら、達也《たつや》は妥当な線だと考えていた。どうやら自分には腕自慢の田舎貴族役が割り振られているらしい。達也《たつや》はそう思った。

しかしこれは、過小評価だった。

「タツヤ卿《きょう》、魔王出現の報は耳にしておるか」

達也《たつや》は一瞬、聞き間違えたかと思った。否、そう思いたかった。

「噂《うわさ》だけならば」

しかし彼の耳に要らぬ設定を吹き込む忌々《いまいま》しい黒妖精《ブロンプター》が、決して聞き間違いではないことを既に教えていた。

この世界には魔王がいて、人間の国々はその脅威に曝《さら》されているらしい。らしい、というのは達也《たつや》が直接見聞きしたことではなく、噂《うわさ》を耳にしたことがある、ことになっているからだ。

この夢の世界では、魔王などという突拍子もないものが存在していても——認めたくはないが——おかしくない。達也《たつや》はそう考えていた。

自分に関わってこない限りは。

しかしそれは、叶《かな》わぬ願いであったようだ。

あるいは、馬車の中でフラグを立てたのがまずかったのだろうか。

「事実だ。西の国境を守る衛士に犠牲者も出ている」

「既に犠牲者が……」

達也《たつや》の本心は「展開が速すぎないか」というものだったが、この場に同席している者には犠牲を悼《いた》んでいると勘違いされるに違いない沈痛な声音だった。

「タツヤ卿《きょう》」

「ハッ」

「卿《けい》に兵三千を授ける。魔王討伐軍の陣頭に立て」

「おそれながら陛下」

抵抗するだけ無駄だということは分かっていたが、それでも達也《たつや》は言わずにいられなかった。

「この身は個人の勇を誇るだけの猪武者《いのししむしゃ》。兵を率いた経験がございません」

「構わぬ。卿《けい》に期待するは采配に非《あら》ず、万の兵に匹敵するその武勇なり。先の武闘祭で勇猛《ゆうもう》を以《もっ》て知られる第三王国イチジョウ公の長子を退けた卿《けい》の技量に期待している」

そして予想どおり、無駄な足掻《あが》きでしかなかった。

「身に余るお言葉。魔王討伐の任、謹んでお受けいたします」

達也《たつや》は自棄《やけ》になってそう答えた。

だが周囲の反応は、彼の内心に反して万雷の拍手。

達也《たつや》は「腕自慢の田舎貴族」ではなく、「勇者の一人」の役を振られていた。

すぐ後ろから注がれる、焼け焦がされてしまいそうな熱い視線が、達也《たつや》には色々な意味で痛かった。


場面は飛んで、夜の舞踏会。名目は魔王討伐軍遠征出発の壮行パーティだ。

この「場面が飛んだ」というのは特筆すべきことが無かったという意味ではなく、文字どおり一瞬で謁見の間が舞踏会ホールに変わったのだ。お陰で達也《たつや》は平静な顔を保つのに苦労した。現代魔法で瞬間移動は実現不可能というのが定説だが、あるいはこのようなものなのだろうか。もしそうだとするなら、テレポートを使うフィクションのキャラクターたちは毎回毎回苦労しているだろうな……そんな場違いなことを考えて驚きを紛らわせていた。

視線を下げると一高の制服、ではなくタキシード姿の胸元が見えた。文化レベルがあっていない、という思考をすぐに打ち消す。無舗装の主街道を走る馬車に一高の制服を着て乗り込む世界で文化の時代性を問うのは無意味であり野暮だろう。

「お兄様、如何《いかが》なさいましたか？」

隣から訝《いぶか》しげに訊《たず》ねる声。会場に入ってすぐの場所で立ち止まっていれば、深雪《みゆき》でなくても不審を覚えるに違いない。

「何でもないよ。少し戸惑っただけだ」

達也《たつや》のこのセリフは、誤魔化しでも何でもない。彼は心から困惑していた。

それが態度にも出ていたのだろう。深雪《みゆき》は少し厳しい、たしなめる表情になって達也《たつや》を見上げた。

「胸をお張りくださりませ、お兄様」

ただ彼女は達也《たつや》の煮え切らない態度を華やかな空気に怖気《おじけ》づいていると思ったようだ。深雪《みゆき》が自分に厳しい顔を見せる。そこに達也《たつや》は懐《なつ》かしさを覚えた。他人から見れば不幸な過去かもしれないが、彼にとっては可愛《かわい》い妹との大切な思い出だ。ツンツンと尖《とが》っていた幼い深雪《みゆき》も、彼にとってはただ愛おしい存在だったのだ。

「聞いておられるのですか⁉」

そんな風に達也《たつや》が過去へ思いを馳《は》せていると、深雪《みゆき》に怒られてしまった。

もっとも、まるで怖くない。むしろ「随分久しぶりな気がする」と、達也《たつや》はますます思い出の中へのめり込んで行きそうになった。

「聞いていないように見えたのなら済まない」

ただそんなことをすれば深雪《みゆき》が逆上して騒ぎを起こしそうな気がしたので、達也《たつや》は一応反省しているふりをして深雪《みゆき》をなだめた。

「いえ、聞いておられるならいいのです」

深雪《みゆき》も本気で怒っていたわけでなく、あまり真摯とは言えない達也《たつや》の謝罪に矛を収めた。

「いいですか、お兄様」

ただし、お説教は終わっていなかった。

「いつまでも地方領主の跡取り気分でおられては困ります」

庶子のはずがいつの間にか嫡子に格上げされていたが、ここで反論する愚を達也《たつや》は犯さなかった。妹が時々自分にとって──深雪《みゆき》本人に、ではなく達也《たつや》にとって──都合の良《い》い勘違いをするのは現実でも珍しいことではない。

「今やお兄様は陛下より兵三千をお預かりする一軍の将であり、魔王討伐という名誉ある務めを直々に賜った王国の重要人物なのです」

熱い口調でそう語った深雪《みゆき》が艶《あで》やかな笑みを浮かべる。それは何処《どこ》となく満足げな笑顔だった。達也《たつや》を叱責する彼女の言葉は彼女自身に跳ね返り感情を昂《たか》ぶらせる結果になったようだ。

「お兄様、大丈夫です」

何が、と反射的に訊《たず》ねかけて、今回も達也《たつや》は沈黙を守ることに成功した。

「武人であるお兄様が浮ついた舞踏会を苦手とされていることは存じておりますが、お兄様にはこのミユキがついております」

深雪《みゆき》が淑女らしく優雅な動作で達也《たつや》の手を取る。

「参りましょう、お兄様」

しかしその手は筋力以外の部分で有無を言わせぬ力を秘めていた。

元より他に選択肢は無い。達也《たつや》は深雪《みゆき》をエスコートして着飾った人々の中へ踏み入った。

大広間の名に相応《ふさわ》しく、弦楽器の音色が流れるホールはかなりの奥行きがあった。もしかしたら一高の講堂くらいはあるかもしれない。――少し目を離すと人数に応じて少しずつ広さが変わっているところはご愛嬌《あいきょう》だ。

達也《たつや》はパーティの礼儀として――このあたりは現実と同じルールが適用されているはずだと考えて――主催者である国王とその妹に、招かれたことに対する感謝を述べる為《ため》とホストを疎《おろそ》かにしていないというアリバイ作りの為《ため》に大広間を奥へと進んだ。だが、なかなか王の許《もと》にたどり着けない。それは物理的（？）な距離の所為《せい》ではなかった。

一歩進むごとに行く手を塞がれ、空々しい挨拶＋追従を深雪《みゆき》の有無を言わせぬ笑顔で退ける。誇張抜きにこの光景が繰り返されたのだ。この自律移動式バリケードは王妹が二人に声を掛けることでようやく途切れた。

「タツヤ様、ミユキ様、お久しぶりですね」

「これは殿下。こちらこそご無沙汰いたしております」

このセリフは深雪《みゆき》のものだ。達也《たつや》は無言で一礼しただけだった。

特に底意は無い。単に言葉が出なかっただけだ。――驚きの余り。

王妹は真由美《まゆみ》だった。

「タツヤ卿《きょう》、ミユキ嬢、少しは休めたか？」

「陛下のお陰様をもちまして」

その直後、国王モードの克人《かつと》が話し掛けてくれたおかげで、達也《たつや》の不自然な態度が目立つことは無かった。

「それは良かった。本日の舞踏会は主に卿《けい》の出陣祝いの為《ため》に催したものだ。心行くまで楽しんでもらいたい」

「身に余る光栄に存じます」

深雪《みゆき》と同時に深々と一礼し、克人《かつと》が頷《うなず》くのを気配で捉えて達也《たつや》は顔を上げた。と言っても目は伏せたままだ。彼が目を上げたのは、克人《かつと》が前を通り過ぎて行った後。克人《かつと》の背中に続く真《ま》由美《ゆみ》が達也《たつや》の顔をちらりと窺《うかが》った。

彼女は何かに驚いた表情をしていた。

それは達也《たつや》にとって見慣れた「七草真由美《さえぐさまゆみ》」の表情だった。

真由美《まゆみ》の見せた表情が気になってその背中を目で追い掛けていた達也《たつや》は、突如左の脇腹に痛みを覚えた。いや、実のところ痛みという程のものではなかったが、それが他者からもたらされたものとなれば無視もできない。

感触からして、脇腹を抓《つね》られたのだろう。今の服装がシャツだけならともかく、それなりに厚みのある上着を着てカマーバンドまで着けているのによく服の下まで指が届いたものだ。「こういう時は足を踏むか、さもなくば脇腹か背中を抓《つね》るもの」という「お約束」が優先されたから、と考えるのは皮肉にすぎるだろうか。

達也《たつや》が左を見ると、深雪《みゆき》がサッと手を引っ込めた。見られたことは分かっているだろうに、正面を向いて素知らぬ顔で愛想笑《あいそわら》いを浮かべている。

「お兄様、何か？」

そして「お兄様の視線に今気がつきました」という表情で、「何の心当たりもございません」という声で訊《き》いてくる。

どうやらこの「ミユキ」は、現実の深雪《みゆき》より誤魔化すのが上手《うま》いようだ。

「いや、何でもない」

十師族の当主ともなれば政治的な折衝の場に出席する機会も多くなる。四葉《よつば》の当主といえど引きこもってはいられない。その為《ため》にはもっと騙《だま》し合い化かし合いが上手《うま》くならなければと妹のことを評価していた達也《たつや》は「頼もしいことだ」と思いながら、自分では芸の無い答えを返した。何故《なぜ》自分が抓《つね》られたのか、それを訊《たず》ねることはできなかったが、

（どうせ俺が七草《さえぐさ》先輩を見ていたことについて、おかしな勘違いをしたのだろう）

と考えて納得することにした。余り深く考えている暇《いとま》もなかったのだ。

何処《どこ》からか緩やかなワルツが奏《かな》でられ始めた。音の出所がはっきりしない不思議な演奏だっ

たが、達也《たつや》はもう気にしないことにした。この見えない楽団のことといい、妙に明るい燭台《しょくだい》の照明といい、いちいち心の中で突っ込んでいてもそれを口に出せないのではかえってストレスが溜《た》まる一方だと覚《さと》ったのだ。

「深雪《みゆき》」

達也《たつや》は何時《いつ》ものイントネーションで妹の名を呼んで手を差し出した。エスコートしている相手を最初のダンスに誘うくらいの心得は彼も持ち合わせていた。

「お兄様……喜んで」

深雪《みゆき》が笑顔で達也《たつや》の手を取る。大輪の花が開いたようなその笑みは、本物の深雪《みゆき》が見せる何時《いつ》もの笑顔だった。


最初の曲が終わり、達也《たつや》と深雪《みゆき》は作法に従い手を離してお互いに一礼する。その、ほんのわずかの隙間に、たちまち若い男が群がった。

（……貴族という設定ではなかったのか？）

遠慮が無く余裕が無い彼らの態度に、達也《たつや》は本気で呆《あき》れた。だが外側《アバター》は貴族でも中身は今時の若い男性（多分高校生）であることを考えれば、理解できないでもない。彼らの態度に日常の中で垣間見《かいまみ》られる畏怖にも似た深雪《みゆき》に対する遠慮が存在しないのはきっと、彼らの願望が反映しているのだろう。

自分の意識を残している達也《たつや》には何となく分かってきた。この世界は無自覚の願望とあえて意識しないようにしている願望、そうした「意識されない願望」をパーツにして組み上げられている。

どういう仕組みかは分からない。高度な術によるものか、それとも現代の魔法技術を超える道具「聖遺物《レリック》」によるものか……いずれにせよ、達也《たつや》の知識に無いシステムが用いられているのは間違いない。

（この現象に巻き込まれた面子《メンツ》は深雪《みゆき》、エリカ、レオ、七草《さえぐさ》会長、十文字《じゅうもんじ》会頭、そして俺。レリックだとすれば一高内に持ち込まれた物か……？）

そんなことを考えながら、次の曲が奏《かな》で始められたというのにまだ必死になって深雪《みゆき》にダンスを申し込んでいる一団を眺めていた達也《たつや》は、

「達也《たつや》くん、踊らない？」

不意に横から声を掛けられて不覚にも驚きを露《あら》わにしてしまった。

「七草《さえぐさ》会長」

その所為《せい》でつい、何時《いつ》もの呼び方で返事をしてしまう。

「ふふっ、やっぱりね」

振り向いた先では、真由美《まゆみ》が「思ったとおり」という得意げな笑みを浮かべていた。

「踊りながらお話しましょう」

確かにその方が自然だ。真由美《まゆみ》は王妹ということになっているが、今日のパーティは達也《たつや》の為《ため》に催されたものだそうだし彼女の方から誘っているのだ。ここは遠慮する方がむしろ非礼に当たるだろう。

達也《たつや》が一礼して手を差し出した。

真由美《まゆみ》は楽しげな笑顔でその手を取った。


予想に反して、真由美《まゆみ》相手のダンスは踊りやすかった。

「もしかして、あの時はわざとだったんですか？」

ついついそんな恨み言（？）が口をついて出てしまう程に。

「えっ？　何のことだっけ～？」

真由美《まゆみ》は誤魔化す気があるのか無いのか分からない白々しさ満開の声でとぼけた。いや、明らかに分かっていてとぼけている顔だ。かつ、それを隠そうとしていない。

「……いえ、何でもありません」

最初から何か実りがあると期待して抗議したのでは無い。達也《たつや》はあっさり引き下がった。

「それより、確認しますが」

それに、一曲の終わりはすぐにやって来るのだ。時間を無駄にはできなかった。

「七草《さえぐさ》会長はこれが現実ではないと認識していらっしゃるんですね？」

「ええ、達也《たつや》くんもでしょう？」

「はい」

踊っている姿勢を崩さないよう声だけで頷《うなず》いた達也《たつや》は、ふと頭に浮かんだ疑問を口にした。

「何故《なぜ》分かったんですか？」

真由美《まゆみ》が本人の意識を保っていると達也《たつや》が判断したのは、彼を見て驚いた表情が何時《いつ》もの彼女のものだったということもあるが、決め手になったのは「達也《たつや》くん」という呼び方だ。だが真由美《まゆみ》は彼と顔を合わせてすぐに気づいたような感じだった。

「何となく」

「そうですか」

真由美《まゆみ》の答えに、達也《たつや》は不思議と脱力感を覚えなかった。

真由美《まゆみ》はにこやかな笑みを保ったまま、今度は愚痴っぽい声でこぼし始めた。

「深雪《みゆき》さんは役になりきっちゃってるみたいね……。でもすっごく似合っている。私よりあっちの方がお姫様みたい」

確かに深雪《みゆき》はドレス姿が似合っていた。あの美しさと気品はまさしく王侯貴族、否、王族の姫そのものだ。——だからといって達也《たつや》は、この場で頷《うなず》くような不用意な真似《まね》をしなかったが。

それでは真由美《まゆみ》が姫に見えないという意味になってしまう。

「十文字《じゅうもんじ》くんもすっかり王様だし。元々貫禄《かんろく》のある人だけど」

そう言って真由美《まゆみ》はクスリと笑った。今度は達也《たつや》も「そうですね」と相槌《あいづち》を打った。お付き合いで笑みを浮かべるのも忘れない。

「でも似合っているといえば、達也《たつや》くんもそのタキシード、良く似合っているわよ。とっても紳士に見える」

「そうですか？　ありがとうございます」

心の中では「紳士に見えるとはどういう意味だ」と思っていた達也《たつや》だが、言葉と表情では素直な感謝を示す。そして密《ひそ》かに身構えた。

「ところで、私はどうかな？　このドレス、似合ってる？」

曲に合わせてクルリとターンし——周りの女性も同じようにターンしていたから彼女のアドリブというわけではないようだ——胸を強調するように身体《からだ》を反らして真由美《まゆみ》が達也《たつや》との距離を詰める。

「良くお似合いですよ」

警戒したより大人しいアクションだ。そのお陰で達也《たつや》は呆《あき》れることもなく普通に褒めることができた。

「……でもプリンセスラインなんて少し子供っぽくない？」

プリンセスラインが何のことか達也《たつや》には分からなかったが、どうやら真由美《まゆみ》が着ているドレスのスタイル名らしい。こういうスカートが腰の部分からフワッと広がったシルエットを「プリンセスライン」というのだろう。

「確かに可愛《かわい》らしいデザインですが、それが逆に会長の大人っぽさを強調してちょうど良《い》いバランスになっていると思いますよ」

これは別にお世辞ではない。達也《たつや》の、思ったままの感想だ。

「そう？　……ありがと」

真由美《まゆみ》は小さな声でそう呟《つぶや》いて、達也《たつや》から目を逸《そ》らした。その所為《せい》か、彼女の目元が白粉《おしろい》で隠せない程赤くなっているのが達也《たつや》からよく見えた。


踊っていられる時間には限りがある。王妹の立場で、一人の男性を続けてパートナーにするのは好ましくない。それを思い起こしたのか、真由美《まゆみ》の復活は早かった。

「十文字《じゅうもんじ》くんや深雪《みゆき》さんが虜《とりこ》になっているんだから……この世界に囚《とら》われるか囚《とら》われないかを分けるのは、魔法力の強弱じゃないわよねぇ」

この意見には達也《たつや》も全面的に同感だった。魔法力が決め手になるなら、真由美《まゆみ》と自分が同じ括《くく》りになるはずがない。彼はそう考えたのだ。

(自分と七草《さえぐさ》会長の類似点、自分と深雪《みゆき》、自分と十文字《じゅうもんじ》会頭の相違点……)

真由美《まゆみ》のセリフに触発されて、達也《たつや》は踊りながら思考を展開する。

(……嘘《うそ》つきなところか？)

この仮説を本人の前で口にしない程度の分別は、達也《たつや》も当たり前に持ち合わせている。また口にする以前に、馬鹿馬鹿しい推理だった。人は大なり小なり嘘《うそ》をつく。曖昧な概念で嘘《うそ》つきな人間とそうでない人間を分けることはできても、客観的に嘘《うそ》つきと正直者を分類することなどできるはずもない。そもそも嘘《うそ》を定量化する方法が無いのだから。

（あとは……特殊な視力を持っているところ、か？）

こちらの方が可能性としてはありそうだった。視覚は能動的な感覚で聴覚は受動的な感覚、と言われることもあるが、視覚は（まぶたを閉じることにより）自分で遮断することができるだけで、目を向ければ景色は勝手に入ってくる。その意味では目も受動的な感覚器だ。

だが、真由美《まゆみ》のマルチスコープは正真正銘能動的な視力だ。多視点型遠隔視とでもいうべきあの先天的能力は、肉眼に依《よ》らず自分で見ようと思ったものだけが見える。そして達也《たつや》の「精霊の眼」――エレメンタル・サイトも同様だ。いや、達也《たつや》の眼《め》は視力といっても正確にいえば知覚力ではなく認識力なのだが、認識しようと思った時だけ作用し、そう思わない限り作用しないという点で、真由美《まゆみ》のマルチスコープと同じだった。

「達也《たつや》くん、どうしたの？」

そんなことを考えながら身体《からだ》は正確にステップを踏みリードを続けていた達也《たつや》だが、手を繋《つな》ぎ至近距離で向き合っている相手にも違和感を懐《いだ》かせないレベルには至っていなかったようだ。

「何故《なぜ》、会長と俺が無事なのか、理由を考えていました」

真由美《まゆみ》の笑顔が若干シリアス寄りの表情になった。

「──それで、達也《たつや》くんの考えは？」

「残念ながら、見当がつきません」

達也《たつや》は嘘《うそ》をついた。これが夢の中とはいえ、彼の持つ異能を明かすわけにはいかないからだ。相手は七草家《さえぐさけ》の──こういう表現が適切ならば──直系であり、しかも彼と同じく現実の自分自身、王国のマユミ姫ではなく七草真由美《さえぐさまゆみ》としての意識を保っている。

達也《たつや》はそれ以上何も語らず、曲が終わるまでリードに専念した。


達也《たつや》と真由美《まゆみ》が踊っている間、パートナーが結局決まらなかった深雪《みゆき》は、壁際《かべぎわ》で貴公子の群れに囲まれて兄のダンスを見ていた。

達也《たつや》が何事か囁《ささや》き、真由美《まゆみ》の表情がそれと分からぬ程度に固くなる。そのさまを目撃した深雪《みゆき》の背に緊張が走った。

最初は、兄が「姫」に対し何か粗相をしたのではないかと案じて。だがその懸念《けねん》は、真由美《まゆみ》の顔に怒りが見当たらないことで霧散した。

そして次の瞬間、深雪《みゆき》にとってもっと大きな不安が頭をもたげた。

若い女性が、若い男性から至近距離で囁《ささや》かれて、あんな顔になる理由──

（お兄様、まさか七草《さえぐさ》先輩／王妹殿下に、告白／求婚を……？）

本人が気づかないままに、二重写しになった思考が深雪《みゆき》の意識を圧迫する。理由が分からない頭痛を覚えたが、今は大勢の視線に曝《さら》されている最中だ。彼女は不快感が顔に出ないよう我慢した。それでも些細《ささい》な表情の変化、眉を顰《ひそ》める程度のことは避けられなかった。

貴公子たちの群れからため息が漏れる。

顰《ひそ》みに倣《なら》うの故事に登場する西施《せいし》（眉を顰《ひそ》めた表情を真似《まね》された方の美女）の逸話そのままに、否、それ以上に、艶《なま》めかしく嫋《たお》やかな色香が深雪《みゆき》から放射され若い男たちの集団を呑《の》み込んだのだ。

曲が終わり、取り巻きの人垣が左右に割れる。克人《かつと》が深雪《みゆき》の前に足を運んだのは、その異様な雰囲気を放置できなかったからに違いなかった。

「ミユキ嬢、気分が優れないのか？」

前置きもなく克人《かつと》がいきなり訊《たず》ねる。こういうところは黒幕《カントク》の演出ではなく本人《ヤクシャ》の個性が優先されているようだ。

「別室に医師を控えさせているが……」

（いいえ、会頭。何でもございません）

「いいえ、陛下。何でもございません」

人垣に囲まれて視界が塞がっていた深雪《みゆき》は、いきなり克人《かつと》に声を掛けられ慌てて頭を下げた。

頭の中で「会頭」と呼び掛け、口に出して「陛下」と呼び掛ける。そのセリフを言い終わった時には、自分が何と言い掛けたのか、その記憶は深雪《みゆき》の頭の中から消《き》え失《う》せていた。

「お心を煩わせてしまい、申し訳ございませんでした」

「いや、何事も無ければそれで良《い》い。ところでミユキ嬢は踊らないのか？」

そう言って克人《かつと》は左右を見渡し、すぐに納得して頷《うなず》いた。

「ふむ……では、ミユキ嬢。次の曲は余の相手をしてもらえないだろうか」

「喜んで」

そう応えて、深雪《みゆき》は克人《かつと》の顔を見ないまま差し出された手をとった。


二曲目が終わり、真由美《まゆみ》と互いに一礼する。その直前「場所を変えて二人だけでゆっくりお話しましょう」と言われた時には周りの反応が気になって仕方なかったが、どうやら誰にも聞かれていなかったようだ。特に注意を引くこともなく、真由美《まゆみ》は護衛の騎士たちと合流する。達也《たつや》も壁際《かべぎわ》へ下がろうとしたが、あいにく次のダンスに誘われてしまった。

今度のパートナーは見覚えがない女性だった。少なくとも第一高校の生徒ではない。年は達《たつ》也《や》より少し上で高校生にも見えない。そして頭の上には「貴婦人」の文字が浮いていた。

（エキストラ……NPCというヤツか？）

正面から顔を合わせて分かる、瞳の中に欠けた意思。おそらく、この世界を作り上げたシステムの用意した人形だろう。達也《たつや》の相手をさせる適当な役者がいなかったと見える。

仮にそれが彼の勘違いで、このご婦人の背後にも現実の人格が存在する、ということでも達《たつ》也《や》は構わなかった。彼はダンスパートナーを適当に務めながら、改めて周囲を観察した。

今のところ克人《かつと》と真由美《まゆみ》以外の知り合いを彼は見つけていない。昨晩出て来たレオとエリカの姿も、今日はまだ未確認だ。いくつもステージがあるのか、それとも引き込まれる頻度に個人差があるのか……。

（昨晩のことを会長に訊《き》いておくか）

真由美《まゆみ》が昨日どんな夢を見ていたか、それを確かめればどちらが正解か分かるだろう。達也《たつや》は知り合いのチェックを一旦止めて、深雪《みゆき》が何をしているのかその姿を探した。

踊っている妹を見つけた瞬間、達也《たつや》は危うくステップを間違えそうになった。

（何故《なぜ》深雪《みゆき》が会頭と……）

表面上は落ち着きを取り戻しつつ、未《いま》だ混乱を続ける内面で達也《たつや》は呆然《ぼうぜん》と呟《つぶや》く。

（いや……今の深雪《みゆき》は地方領主の娘なのだから、国王に誘われて断るという選択肢は無い）

言葉にすれば落ち着きを取り戻す、それは声に出した場合に限らず、心中の独白にも適用される現象だ。達也《たつや》は自問自答する形で、目にした光景を受《う》け容《い》れた。

（しかし、何を話しているのだろう……）

達也《たつや》も深雪《みゆき》も（そして克人《かつと》も）お互いにターンしている所為《せい》で唇を読むこともままならないが、深雪《みゆき》と克人《かつと》の二人が踊りながら言葉を交わしているのは間違いない。

一体何を相談しているのか……達也《たつや》は妙に気になった。

兄妹《きょうだい》で似たような心配をしあっているとは知らず、深雪《みゆき》は克人《かつと》に、本人にとっては極めて深刻な相談を踊りながら持ち掛けていた。

「タツヤ卿《きょう》を、か」

「はい。兄が見事ご下命を果たし、魔王討伐を成し遂げたその時には」

「ううむ……しかしタツヤ卿《きょう》は」

「叶《かな》いませんでしょうか」

考え込む克人《かつと》の足がテンポダウンする。完全に曲を外してしまっていたが、深雪《みゆき》は克人《かつと》に合わせてステップを調整しながら答えを待った。

「……いや、認めよう」

「感謝致します、陛下」

深雪《みゆき》はうれし泣き寸前の表情を浮かべ、ダンスを崩さない範囲で軽く頭を下げた。

兄妹《きょうだい》とはいえ達也《たつや》と深雪《みゆき》は年頃の男と女だ。宿泊用に用意された部屋も別々だった。もしこれが現実の世界だったら、こんな得体の知れない場所に妹を一人にしておくことなど達也《たつや》の選択肢として無かっただろう。

だがここは間違いなく、現実ではない。知らないうちに異世界に転移した、などでは余計にあり得ない。ここにいる自分にも深雪《みゆき》にも、真由美《まゆみ》にも克人《かつと》にも実体が無いことは既に確認済みだ。深雪《みゆき》の本体が自室のベッドの中にあることも、達也《たつや》はその情報を自分の「眼《め》」で改めて読み取っている。

だから部屋が別々になっているのは都合が良かった。少なくとも今は、何処《どこ》へ行こうとしているのか見咎《みとが》められないだけでもありがたい。これから密《ひそ》かに真由美《まゆみ》と話をしに行くなどと知られたら、深雪《みゆき》はきっと容易に行かせてくれないだろうから。

達也《たつや》は警備の兵に適当な言い訳をして部屋を出た。現実であれば抜け出したことを覚《さと》らせない自信がある。しかしここでは上手《うま》く気配をコントロールすることもできない。

（不便なものだ……）

心の中でそんな愚痴をこぼしながら、達也《たつや》はいつもより警戒心をレベルアップして、誰にも見つからないよう、真由美《まゆみ》が指定した場所へこそこそと向かった。

約束の場所は中庭の東屋《あずまや》。密談に指定するだけあって、分かりにくい所にあった。

「すみません、遅くなりました」

少し迷ってしまった達也《たつや》は、不本意ながら真由美《まゆみ》を待たせる羽目に陥ってしまう。

「ううん、私も今来たとこ。いいから座って」

真由美《まゆみ》は笑って首を振り、達也《たつや》に席を勧める。

達也《たつや》は「失礼します」と声を掛けて、一高の制服を着た真由美《まゆみ》の正面に腰を下ろした。

タキシードから制服に着替えていた達也《たつや》を正面から見て、真由美《まゆみ》がクスッと笑う。

「よく似合っているじゃない」

「……そうでしょうか」

からかわれているならいくらでも素っ気なくできたが、本気で「(一科生の制服が)似合っている」と言われて達也《たつや》は反応に困った。彼は一科生になりたいわけではなかったから特に嬉《うれ》しくも無かったが、好意で言ってくれたことは分かるので喜んだふりだけでもした方がいいのでは、と迷ったのだ。

幸い真由美《まゆみ》は、彼の不自然な態度に頓着しなかった。

「達也《たつや》くんが一科生の制服を着ているのは、深雪《みゆき》さんのが……意識が反映したからよね」

「ストレートに願望と仰《おつしや》っても良いんですよ」

苦笑しながら達也《たつや》が返すと、つられたように真由美《まゆみ》も苦笑いを浮かべた。

「でも本当に似合っていると思うわ。だって、二科生の制服は不自然だもの」

「不自然、ですか?」

真由美《まゆみ》の、怒りすら滲《にじ》ませる思いがけない本気の口調。達也《たつや》はその真意を問わずにいられなかった。

「不自然よ」

特に隠すことでもなかったようで、真由美《まゆみ》の回答はすぐにもたらされた。

「胸ポケットが無地になっているのはともかく、両肩は明らかにエンブレムを縫い付けるデザインになっているのにそこがブランクなのですもの。あるはずのものが欠けているってすぐに分かっちゃう」

「……そうですね」

「悪趣味よ。一科生と二科生の制服を別に作る必要なんて本当は無いのに」

真由美《まゆみ》はどうやら、達也《たつや》に一科生の制服が似合っていると言いたかったのではなく、二科生の制服が似合わないと言いたいようだった。

「そういえば俺たち以外にも一高の制服を着ている人がいましたが」

「ああ……言われてみれば、一科生の制服ばかりだったね」

「他の学校の制服は見掛けませんでした。三高は『専科』と『普通科』による制服の違いはありませんが、二高は一高と同じくエンブレムの有無で一科生と二科生を分けているはずです」

「制服の違いに不満を持っているなら、二高生が乱入してもおかしくないってこと？」

真由美《まゆみ》の問い掛けに頷《うなず》きながら、達也《たつや》は彼女の問いに対して自分の考えを述べる。

「しかし実際には、二高生の姿が見られませんでした。それどころか一高の生徒以外に人格が入っている登場人物が見当たりません」

「そうなの？」

この事には真由美《まゆみ》も気づいていなかったようで、少し目を見張って問い返す。

「ええ。例えば俺と深雪《みゆき》の父親ということになっている『伯爵』ですが、彼が登場すべきシーンはスキップされています。会長はここでご家族に会われましたか？」

「そういえば、十文字《じゅうもんじ》くん以外の『王族』に会っていないわね……」

改めて不可解に感じたのか、真由美《まゆみ》が眉を顰《ひそ》める。

「……つまり達也《たつや》くんは、この現象が一高内で起こっていると考えているの？」

「正確には、一高に通っている者の間に限定された現象ですね」

「じゃあ、原因は一高の中にある？」

「はい。俺はそう考えています」

真由美《まゆみ》が難しい顔をして考え込んでいる、のだが、顎に人差し指を当ててウンウンと唸《うな》っている姿は深雪《みゆき》よりも年下に見える、妙に可愛《かわい》らしいものだった。

「……なに？」

自分に温かい眼差《まなざ》しを向けていた達也《たつや》へ、真由美《まゆみ》の尖《とが》った声が飛ぶ。

「明日は――既に『今日』かもしれませんが、一高に不審なものが持ち込まれていないかどうか、調べてみる必要がありそうですね」

無論、そんなことに動じる達也《たつや》ではない。

「今夜も無事にここから抜け出せれば、ですが」

「怖いこと言わないでよ」

言葉だけでなく、真由美《まゆみ》がブルッと身体《からだ》を震わせる。その反応で達也《たつや》は、質問する予定だったことをまだ訊《き》いていなかったと気づいた。

「ところで先輩。昨晩はお目にかかりませんでしたが？」

「……訊《き》かないでくれる」

真由美《まゆみ》から返ってきたのは不機嫌そのものの回答拒否だった。生気の薄い、据わった眼差《まなざ》し。何となく事情を察した達也《たつや》は、それ以上問いを重ねなかった。

明日、一高で不審物を手分けして探すという方針を立てて、達也《たつや》は真由美《まゆみ》と別れた。

達也《たつや》も真由美《まゆみ》も、現実であれば人の視線とか気配とかに極めて敏感だ。だがある意味、気配のみで構成されているこの世界では、受動的な感覚が著しく鈍っている。

その落差を十分認識していなかった二人は、一緒に東屋《あずまや》を出た姿を目撃されていたことに気づいていなかった。

翌日。達也《たつや》は夢の中で目を覚ました。

今夜は随分しつこいな、と感じながら、やはりイベントをこなさないと目が覚めない仕様か、などと達也《たつや》は投《な》げ遣《や》りに考えた。

とにかく、じっとしているだけでは現実に戻れない。達也《たつや》は着替えて他の登場人物に会えそうな場所、食堂へ向かうことにした。彼が居間へ続くドアを開けた途端（寝室から廊下へ直接出られないレイアウトになっている）、侍女に取り囲まれて服や髪を弄《いじ》られたことは――その最中はこんなことこそスキップするべきだろうと心の中で悪態をついていたが――忘れることにした。


結局あれだけ服を弄《いじ》られたのに、出来上がったのは一科生の制服姿だった。さすがに理不尽を覚えた達也《たつや》だが、忘れると決めた以上、そこで思考を遮断した。

案内された食堂には給仕《きゅうじ》以外誰もいなかった。席はいくつか用意されているので、彼が隔離されているということでは無く単に一番乗りだったのだろう。その証拠に達也《たつや》が「他の者が来るまで待つ」と告げると、給仕《きゅうじ》は何も言わずに引き下がった。

五分程経《た》っただろうか。この世界の時間は全く当てにならないのだが、主観的に「それ程待っていない」と感じる時間経過の後、深雪《みゆき》が姿を見せた。

「おはようございます、お兄様」

「ああ、おはよう、深雪《みゆき》」

深雪《みゆき》の衣装は達也《たつや》と違ってふんだんにレースが使用され、全体に豪華な刺繍《ししゅう》が施された華美なドレスだ。深雪《みゆき》が達也《たつや》の隣に腰を落ち着けたところで、次の会食者が現れた。彼女の姿を認めて達也《たつや》と深雪《みゆき》は素早く立ち上がる。

「おはようございます、殿下」

達也《たつや》が挨拶するのに合わせて、深雪《みゆき》も一礼した。

「タツヤ様、ミユキ様、おはようございます」

真由美《まゆみ》も達也《たつや》に倣《なら》い、ここの流儀に会わせて答礼する。彼女のドレスは深雪《みゆき》が着ている物よりスカートが大きく広がっていたが、骨組みで広げているのではなく現代流に、下に重ねた布の厚みと弾力で膨らみを作っているようだ。

「陛下もお見えになるご予定だったのですが、残念ながら急な謁見が入りまして。お二方には失礼を詫《わ》びておくよう御言葉をお預かりしています」

「恐縮です。殿下にご来臨頂くだけでも身に余る光栄。どうか無用のお気遣い無きよう、陛下にお伝え願います」

達也《たつや》の受け答えは世界観に合わない言葉遣いかもしれない。だがお互いに相手の事情を知っている真由美《まゆみ》も達也《たつや》も、それを気にしたりはしなかった。

「ではいただきましょうか」

真由美《まゆみ》が給仕《きゆうじ》に目配せする。侍女と給仕人《きゆうじにん》たちは無表情に、テキパキと動き始めた。

「タツヤ様、本日のご予定はお聞きになっていますか？」

世界観的に当《あ》たり障《さわ》りのない話を続けていた真由美《まゆみ》は、食後のお茶を残した段になって達也《たつや》にそう問い掛けた。

「この後すぐ、遠征に加わる各隊の指揮官を紹介していただけると聞いております」

「よろしければ私がご案内しましょうか？　タツヤ様は城内の地理にお詳しくないでしょう？」

隣で深雪《みゆき》が気配を尖《とが》らせたのを、達也《たつや》は敏感に感じ取った。真由美《まゆみ》が達也《たつや》を案内するという構図は、妹にとって余り愉快なものでは無いらしい。しかしこれはおそらく、シナリオを進める為《ため》の必須イベントだ。

「ありがとうございます、殿下。御言葉に甘えます」

深雪《みゆき》の機嫌を損ねることを覚悟の上で、達也《たつや》は真由美《まゆみ》の提案を受《う》け容《い》れた。


顔合わせの場所は、昨夜の——この夢世界での昨夜という意味だ——密会に使った中庭にほとんど隣接している城内の練兵場だった。

「おお、タツヤ卿《きょう》。昨夜はよく眠れたか？」

達也《たつや》の姿を認めて、克人《かつと》が気さくに声を掛けてくる。昨日は「十文字会頭《じゅうもんじ》まで」というショックがあった所為《せい》か感じなかったが、今日改めて見ると克人《かつと》が国王というのは実にはまり役だった。

「お陰様をもちまして」

それに比べて自分が貴族で騎士というのはミスキャストだろう、と達也《たつや》は思った。多分、深雪《みゆき》からも真由美《まゆみ》からも同意は得られないだろうが。

「うむ。早速だが、今回の遠征で卿《けい》を補佐する指揮官を紹介しよう。まず重騎士隊を指揮するハットリ隊長だ」

克人《かつと》に呼ばれて一歩進み出たのは、全身鎧《よろい》を着込み兜《かぶと》を脇に抱えた服部《はつとり》だった。

「陛下より第一騎士隊をお預かりしているハットリだ。子爵位を賜っている」

そう自己紹介した後、服部《はつとり》は達也《たつや》へ鋭い視線を突き立てた。「おやっ？」と思いながら、達《たつ》也《や》は何事も無かった顔で自己紹介と共に一礼した。夢に縛られているお陰か、深雪《みゆき》も服部《はつとり》の挑戦的な態度に過敏な反応を示した様子が無い。取《と》り敢《あ》えず平和に終わりそうな気配に達也《たつや》は胸を撫《な》で下《お》ろした。

「次は重装歩兵隊を指揮する――」

他の指揮官に達也《たつや》は見覚えが無かった。それに、彼らの目には意思が宿っていない。頭上には「指揮官」の文字が浮いている。服部《はつとり》以外の隊長はシステムが用意した人形《NPC》であるようだ。

達也《たつや》は嫌な予感を覚えた。

人形の中に配された、ただ一人の役者。これがイベント要員でない、ということがあり得るだろうか……？

彼の予感は、ありがたくも無いシナリオとして実現した。

「おそれながら陛下」

「ハットリ、何か？」

一通り顔合わせが終わったところで、服部《はっとり》が克人《かつと》の前に膝をついた。

「陛下のご人選を疑うわけではございませんが、魔王領への遠征は王国の精鋭を以《もっ》てしても困難が予想されます」

「うむ。それで？」

物語的に定番なことを言い出した服部《はっとり》に克人《かつと》は重々しく頷《うなず》いて、セリフの続きを促した。

「遠征を共にする者の技量に不安があっては隊の士気に関わります。士気の低下が、延《ひ》いては遠征の成否に関わる可能性も無しとは言えません」

要するに、達也《たつや》の実力が信用できないということだ。そのことは達也《たつや》だけでなく深雪《みゆき》にも分かったはずだが、彼女はいつもと違って大人しく控えている。

それは本来であれば望ましいことだ。深雪《みゆき》が四葉《よつば》の当主として世に出たならば、達也《たつや》を出汁《だし》にして彼女を挑発しようとする輩《やから》はきっと少なくない。その際に一々怒りを露《あら》わにしていては、すぐに足をすくわれてしまう。常々達也《たつや》が案じ、深雪《みゆき》の成長を願っていた点だった。

しかし今の深雪《みゆき》の態度は、正体不明の不安を呼び起こすものだった。達也《たつや》は妹が何か良からぬ思惑を秘めているような気がしてならなかった。

「ハットリ隊長、貴方《あなた》は陛下に何をご献案なさりたいのですか？　具体的に仰《おつしや》ってください」

むしろ、ムッとした態度を見せているのは真由美《まゆみ》だった。これも達也《たつや》には意外だ。達也《たつや》の見たところ、真由美《まゆみ》は服部《はつとり》に対し異性としての感情を懐《いだ》いていない。だが同時に先輩・後輩としては、かなり強めの好意を持っている。達也《たつや》と服部《はつとり》が対立しても、一方的に達也《たつや》の肩を持つというのは彼女のパーソナリティとして考え難《にく》かった。

（やはり会長も、この世界の影響力を完全に遮断することはできないのか）

おそらくイベントの進行上、この場面の「マユミ姫」は「タツヤ卿《きよう》」の肩を持たねばならないのだろう。分かっていたことだが、この世界に長時間留まるのは危険だと達也《たつや》は再認識した。

「ハッ、殿下。仰《おお》せのままに」

服部《はつとり》は真由美《まゆみ》から叱責を受けたことに動揺を見せず――これも現実とかけ離れている――片膝をついたまま彼女へ一礼して、再び克人《かつと》へ身体《からだ》を向けた。

「陛下、タツヤ卿《きよう》の技量を、この身を以《もつ》て確かめたく存じます」

「それは試合を望む、ということか」

「御意」

見れば指揮官役の人形《NPC》たちは、服部《はつとり》の言葉に頷《うなず》いている。どうやら服部《はつとり》と試合をするというイベントは避けられないようだ。

（しかし逆に考えれば、このイベントが今回の山なのだろう）

この試合を終えれば、目を覚ます＝現実に復帰することができる。そう考えて達也《たつや》は早くも試合を受ける気になっていた。

「タツヤ卿《きょう》、ハットリ隊長はああ言っているがどうだ。卿《けい》が構わなければ立ち会ってやって欲しいのだが」

「ご命令とあれば」

だから達也《たつや》は、克人《かつと》の問い掛けに即答してしまった。――試合の形式も確認せずに。

「日時は……そうだな、午後一番で良《い》いだろう。タツヤ卿《きょう》、ハットリ隊長、それで構わないか」

克人《かつと》の質問に、達也《たつや》と服部《はっとり》は同時に了承の答えを返した。

「では正午の鐘を合図に、両名、余の馬場へ集え」

（馬場？）

「タツヤ卿《きょう》には出陣に当たり授けようと考えていた馬がある。少し早いが、それを使うと良《い》い」

ここに至り、ようやく達也《たつや》は気がついた。

この世界観で貴族同士の試合ならば、それは当然に近く、馬上試合になると。

「ありがたき幸せ」

片膝をつき頭《こうべ》を垂れて達也《たつや》はそう答えたが、頭の中は当惑で一杯だった。

達也《たつや》は馬に乗ったことがない。ましてや馬上試合の経験などありはしない。だが午前に決まって午後に試合では練習をする時間など取れるはずもなく、また地味な練習シーンなどこの世界の創造者《キャクホンカ》が存在を許すわけもない。

気がついてみれば達也《たつや》は全身を覆う鎧《よろい》を着込み、鞍《くら》を置いた馬の前に立っていた。

（この急展開……まるで予算の足りない連続ドラマだな）

心の中でそんなメタな毒を吐きながら、達也《たつや》は覚悟を決めて——諦めて、とも言う——鐙《あぶみ》に足を掛けようとした。

「お兄様」

その時達也《たつや》を引き止める声。まるでウェディングドレスのような純白のドレスを着た深雪《みゆき》がしずしずと近寄ってくる。これが彼女でなければ「まるで他人のような」という意味の形容がついただろうが、深雪《みゆき》の場合は似合いすぎていて逆に違和感を覚える姿になっていた。

「これを」

振り返った達也《たつや》に深雪《みゆき》が白いハンカチを差し出す。

貴婦人が騎士にハンカチを差し出す行為には何か特別な意味が無かっただろうか……。そんな戸惑いを覚えながら、達也《たつや》がハンカチを受け取ろうと手を伸ばす。

だが深雪《みゆき》の取った行動は達也《たつや》の予想を外した。彼女は兄にハンカチを手渡そうとせずそれを広げて、伸ばされた手の、手首の部分に緩く、ただし落ちないように結んだ。

「お兄様、頑張ってください」

これもまた、違和感を誘うセリフだ。何時《いつ》もの深雪《みゆき》ならこういう場合「お気をつけください」と言うのではないだろうか。そしてそれを「頑張って」に言い直させるのが二人の会話にありがちなパターンだ。

「ああ、行ってくる」

もっとも「頑張れ」と応援されることに不満は無い。達也《たつや》は深雪《みゆき》の声援に応えて頷《うなず》き、今度こそ馬上の人となった。

身体《からだ》が覚えている、というのだろうか。初めての乗馬は、驚く程違和感が無かった。全く違和感が無かった、と表現した方が適切に思えるくらいだ。

これも初めて手にする馬上槍《やり》。手に掛かる重量がしっくり馴染《なじ》む。達也《たつや》は改めてこの仮想的な世界を作っている技術に戦慄を覚えた。五感をコントロールするだけでなく、それに付随する記憶まで書き換えるとは……一体どれだけの演算処理力を必要とするのだろうか。

思わず目の前の試合から意識が逸《そ》れていこうとしたが、「敵」を視界に収めて達也《たつや》の心は自然に戦いへと収束した。まだ十六年半しか生きていないが、彼の人生の半分以上は戦いと、戦いの準備に占められている。多分、それはこれからも変わらない。いや、その比率はもっと高くなっていくだろう。くなっていくだろう。達也《たつや》は技術者の道を志しているが、彼がやろうとしていることを考えればそれすらも平和な道ではあり得ない。

それを、達也《たつや》は既に受《う》け容《い》れていた。仕方なくではなく、むしろ積極的に。戦う力が無くて奪われるより、戦って奪い取る方がずっと良《い》い。幼かった自分の意思を無視して戦う力を植え付けてくれたことだけは四葉《よつば》に感謝しても良いとすら達也《たつや》は思っている。

そんな彼が「敵」を前にして思うことはただ一つ。ただしそれは、勝つことでも負けないことでもない。彼が戦いに臨んで思うこと、それは、戦闘の目的を果たすことだけだ。

この試合に勝つ必要は無い。達也《たつや》はそう判断していた。実力を信じられないというなら、戦闘力を見せれば良い。普通の試合なら、勝ってしまっては精神的なしこりを残すという可能性もある。

ましてこれは、現実の試合ではなく仕組まれた茶番なのだ。シナリオに反する結末へ向かえば、それをねじ曲げようとする力が働くだろう。黒幕《キャクホン》の思惑が分かっていない以上、勝つことが正解、負けることが正解、どちらもあり得る。もしかしたら引き分けが正解かもしれないし、試合中にアクシデントが起こるかもしれない。

達也《たつや》が立てた方針はダメージを負わないこと。アクシデントに対応できるよう、周囲への注意を怠らないこと。そして試合をなるべく長引かせることだ。中々決着がつかなければ、この茶番を仕組んだ者が自分の望む結末へ導こうと手を出してくるかもしれない。可能性は低いがやってみる価値はある。達也《たつや》はそう考えた。

ただ懸念《けねん》があるとすれば、服部《はっとり》が彼に向けた鋭い視線だ。あれはシステムに操られている眼《め》ではなかった。あの視線からは現実世界以上に生の感情が迸《ほとばし》っていた。もしかしたらその感情が思わぬイレギュラーを引き起こすかもしれない。

そんなことを考えていた達也《たつや》を余所《よそ》に、彼が特に手綱を操作しなくても、馬は自分で試合場の中央に達した。馬首を国王席へ向ける。槍《やり》を掲げて忠と礼を示す。試合場の端へ馬を進め、反対の端で構える服部《はっとり》と向かい合う。全て意識して行ったことではない。彼の身体《からだ》は自動的に動いた。

兜《かぶと》を被《かぶ》り、槍《やり》を前に向ける。ふと、肉体のコントロールが自分に戻って来たような感触を覚えた。その一方で、馬に乗る感覚も、槍《やり》を操る感覚も失われてはいない。どうやら、この仮の身体《からだ》を自分で操って戦え、ということらしい。

(格闘ゲームならぬトーナメントゲームか)

悪趣味だ、と笑うつもりはなかった。何となく主催者の、プレーヤーにゲームを楽しませようという意図が感じられたからだ。

(何にせよ、不慣れな乗馬に苦労しなくて良いのはありがたい)

達也《たつや》はこの試合を、今夜の夢から抜け出す為《ため》の必須イベントと割り切っている。だから余計な苦労をせずにすむのは大歓迎だった。

試合場は円形のグラウンドだ。地面は堅めの砂、に見えるが本当に砂かどうかは定《さだ》かでない。もしかしたら砂に似た謎素材かもしれない。

馬同士がぶつからないようにコースを分ける柵は無い。この世界の創造主《エンシュツカ》は安全に考慮する必要を認めていないらしい。

そして達也《たつや》と服部《はっとり》を結ぶ直線上から左右に離れて一本ずつ、二人の身長を超える長大な剣が突き立てられている。馬上槍《やり》で決着がつかなければ剣で白黒つけろ、ということか。ここから見た感じ、一応刃引きはしてあるようだ。しかし、あれが見たとおりの金属でできているとすれば重量も相当なものであるはず。棍棒《こんぼう》として使っても十分な殺傷力を発揮する気がする。

しかし今更怖《お》じ気《け》づいても引き返せないだろうし、そもそも達也《たつや》に引き返す気は無かった。この世界で彼の「再成」が機能するかどうかは疑問だが、これが現実で無いとしっかり認識しておけば実世界の肉体がフィードバックで損なわれることも無い。

克人《かつと》が右手を挙げ、客席が静まり返った。いきなり決まった城内の試合にしては観客が多すぎるのだが、そのあたりは既に達也《たつや》の意識から除外されていた。

克人《かつと》が右手を下ろすと同時にばかでかいシンバルが打ち鳴らされる。

達也《たつや》と服部《はっとり》は、同時に馬を走らせた。

左手の盾で身体《からだ》の前面を覆い、右手の槍《やり》を突き出す。

達也《たつや》が右手に手応えを感じたのと、左手に衝撃を受けたのは同時だった。

木製の槍《やり》が折れ、上半身が大きく仰《の》け反《ぞ》る。

馬から落ちそうになるのを筋力とバランス感覚で立て直し、そのまま走り抜ける。

闘技場の端に用意されていた二本目の槍《やり》を取って馬首を巡らせると、同じように新たな槍《やり》を構えた服部《はっとり》の姿が見えた。

一本目は、全くの互角。

二人は同時に拍車を入れた。

すれ違う二人。

折れて弾《はじ》け飛ぶ馬上槍《やり》の破片。

観客の熱狂的な歓声。

二本目も互角。三本目、四本目、五本目と全く同じことが繰り返され、六本目が始まる。

すれ違う間合いが、五本目までと比べ目に見えて近い。服部《はっとり》は明らかに、馬をぶつけに来ている。ここでコースを変えれば勢いが死に、おそらく競《せ》り負けてしまう。だからといってこのまま進めば接触は避けられない。

達也《たつや》は進路を、変えなかった。

続けざまに彼を襲う激しい衝撃。

達也《たつや》と服部《はっとり》はもつれ合う形で落馬した。

悲鳴と、それを打ち消す大歓声。

達也《たつや》と服部《はっとり》は同時に立ち上がると、勢いよく左右に分かれた。

目指す先は、馬ではなく剣。二人はこれも同時に、突き立てられた大剣を地面から抜いた。

重量そのものよりもその長さの所為《せい》でよろけてしまいそうになったが、達也《たつや》は重心を移動させることで体勢を立て直す。

達也《たつや》と服部《はっとり》では達也《たつや》の方が少し背が高く、横幅も勝っている。その差が現れたのか、構えを作るのは達也《たつや》の方がわずかに早かった。

達也《たつや》は体勢が不十分な服部《はっとり》目掛けて剣を振り下ろした。彼我の間合いはおよそ十メートル。普通ならば一度の踏み込みで届く距離ではない。だが達也《たつや》にとっては現実世界でも間合いの内だ。八雲《やくも》のように一歩で詰めることはできないが、達也《たつや》は二歩で服部《はっとり》を大剣の攻撃圏内に納めた。

ガンッ、という鈍い金属音と共に、軽い痺《しび》れを伴う衝撃が返って来る。服部《はっとり》が柄と剣の腹を持って大剣を水平にかざし、反対側の腹で達也《たつや》の打ち込みを受けたのだ。

焦《あせ》りをにじませた服部《はっとり》の顔に、怯懦《きょうだ》は見られない。今の受けもぎりぎりに見えるが、決してまぐれではなかった。剣を防いだ技はこの世界を形作っているシステムに与えられた借り物かもしれないが、彼の攻撃に反応したスピードは間違いなく服部《はっとり》自身のものだ。自慢ではないが——それを身につけた経緯を考えれば到底自慢する気になどなれない——生半可な体術で対応できるような甘い攻撃を繰り出した覚えはない。達也《たつや》の口元が思わず獰猛《どうもう》に綻ぶ。

服部《はっとり》は魔法そのものだけでなく、魔法を使うシチュエーションに対応する為《ため》の技能も高いレベルで研鑽《けんさん》を積んでいるに違いない。「数字付き《ナンバーズ》」でもない、それどころか百家《ひゃっけ》の中でも無名に近い家の生まれであるにも拘《かか》わらず（服部《はっとり》の実家は忍術の名門である服部《はっとり》氏とは別の「服部《はっとり》」である）、よくもここまで自分を鍛え上げたものだと達也《たつや》は心中感嘆を漏らした。少なくとも己を自主的に鍛えるという点では、他に選択肢が無かった自分より上だろうと達也《たつや》は思った。

そんなことを考えている間にもせめぎ合いは続いている。上から体重を掛ける達也《たつや》の剣を服部《はっとり》は左右にいなそうと試みる。だがすぐに達也《たつや》が力の方向を調節してそれを許さない。お互いの体力だけがジリジリと減っていく。

そろそろギャラリーが退屈し始めるという頃合いを見計らって、達也《たつや》が圧力を緩めた。この意識的な隙を、服部《はっとり》は注文どおり見逃さなかった。全身のバネをフル稼《か》働《どう》させて服部《はっとり》が達也《たつや》の剣を押しのけた。

立ち上がった服部《はっとり》が大きく後ろに飛んで達也《たつや》と対峙《たいじ》する。大剣を八相に構えているのは得物の重量を考えれば合理的だ。しかし、機を窺《うかが》って待ちに入るのは武器の性質上正しくない。達《たっ》也《や》が無造作に振り下ろした一撃に対応しようとして服部《はっとり》もそれに気づいた。

今二人が手にしている大剣は長さも重さも刀、太刀どころか野太刀をも上回る。これだけ重く長い武器だと、剣道あるいは打刀を使った剣術のように細かい操作はできない。遅ればせながらそれを実感として知った服部《はっとり》は、力任せに達也《たつや》の打ち込みを弾《はじ》き返《かえ》した。

（なるほどな……）

客席が興奮に沸き返る中、達也《たつや》は興味深い事実を見つけたと感じていた。この「夢」の強制力には限界がある。意識すらコントロールし無意識の動作も矯正するシステムの力も、身体《からだ》に染《し》みついたクセを完全に上書きすることはできない。このことはこの世界で有利にも不利にも働く可能性がある。よく覚えておこうと達也《たつや》は心にとめた。

その間にも試合は続いていた。服部《はっとり》が攻勢に転じる。円を描くように長大な得物を振り回し、遠心力を活《い》かした打ち込みを続けざまに繰り出す。それを達也《たつや》が左右の重心移動で生み出した勢いを利用して弾く。派手な剣撃にますますギャラリーのボルテージが上がっていく。

手加減は必要無かった。彼が特に意識しなくても二人の戦いは長期戦の様相を呈していた。この世界における服部《はっとり》の運動能力は達也《たつや》と拮抗《きっこう》していた。

しかしさすがに五十合を超えたあたりから、服部《はっとり》の動きに疲れが目立ち始めた。実は疲れた気がしているだけだと知っている達也《たつや》は意識に流れ込んでくる疲労感を無視できたが、役になりきっている服部《はっとり》にとってこの疲労感は本物なはずだ。それでも服部《はっとり》の気力に衰えは見られない。与えられた役を演じているだけにしては、彼の闘志は激しく、粘り強すぎる。

そう感じた達也《たつや》は服部《はっとり》の打ち込みを弾くのでは無く受け止め、鍔《つば》迫《ぜ》り合《あ》いに持ち込んだ。

「ハットリ隊長、自分の何が貴方《あなた》のお怒りを招いたのですか？」

押し込むふりをして顔を近づけ、声援に負けぬようはっきり訊《たず》ねる。あるいは無視されるかとも思ったが、答えはすぐに返って来た。

「……殿下は地方貴族の庶子如《ごと》きが馴《な》れ馴《な》れしくして良いお方ではない」

殿下とは誰のことだ、と達也《たつや》は訊《き》き返さなかった。今日の夢で殿下に該当する登場人物は一人しか出てきていないし、服部《はっとり》がこんな風に気に掛ける相手は彼女に決まっている。

「落ち着いてください、服部《はっとり》副会長」

「副隊長では無い！　私は隊長だ！」

うっかり「副会長」と呼んでしまった達也《たつや》に、服部《はっとり》が一層敵意を漲《みなぎ》らせる。

「確かに陛下は卿《けい》を遠征軍の隊長に任命された。だが私は貴殿の副隊長に甘んじるつもりは無い！　私は貴殿を隊長とは認めないぞ、タツヤ卿《きょう》！」

服部《はっとり》がどこかで聞いたようなセリフを達也《たつや》に投げつける。キャストが違うでしょう、と達也《たつや》は思ったが、突っ込みを入れる余裕は無かった。

膠着《こうちゃく》した鍔《つば》迫《ぜ》り合《あ》いに苛立《いらだ》ったのか、服部《はっとり》が片手を柄から放し、その手を伸ばして達也《たつや》の右手首を掴《つか》んだからだ。

膠着《こうちゃく》状態に困っていたのは達也《たつや》も同じだった。特に剣を学んだわけでは無い達也《たつや》には、鍔《つば》迫《ぜ》り合《あ》いを思いどおりに解《ほど》くような高等技術は使えない。むしろ彼は徒手格闘の方が得意だ。

組み討ちは望むところだった。──服部《はっとり》の手が、深雪《みゆき》からもらったハンカチに掛かっていなければ。

達也《たつや》が何の躊躇《ちゅうちょ》も無く剣を手放した。

「グワッ⁉」

服部《はっとり》の顔面に達也《たつや》の左手がたたき込まれる。フェイスガード越しにも拘《かか》わらず、衝撃が服部《はっとり》の顔面を襲った。いきなり鋭さを増した、それも段違いに向上させた達也《たつや》の動きに面食らった服部《はっとり》は耐えられず尻餅をついてしまう。

その隙を見逃す達也《たつや》では無い。一気に服部《はっとり》へのし掛かり、何処《どこ》からか抜いた短剣を首に押し当てる。

急展開の愛想《あいそ》が無い終わり方だが、それまで接戦が続いていた為《ため》か観客は──そもそもこの試合は場内の練武場で行われている非公式のもののはずだが、何故《なぜ》か大観衆が試合場を取り囲んでいた──大喜びで拍手喝采を送っていた。

無事に勝利を収めた達也《たつや》は、エキストラ《NPC》の侍女に案内されて豪華な、しかも世界観から見てオーバーテクノロジーな風呂《ふろ》で汗と汚れを洗い落とし、一高の制服姿に戻った。

（結局、介入は無しか……）

予想していた干渉が無かったことに達也《たつや》は少し気落ちしていた。あるいはもう少し試合を長引かせるべきだったか、とも思ったが、あれ以上引き延ばしても意味は無かったようにも思われた。

彼が気を取り直して浴室を出ると、扉の前に控えているはずの侍女は見当たらず、代わりに深雪《みゆき》が彼のことを待っていた。

深雪《みゆき》はやはり、ウェディングドレスを連想させる純白のドレスを身に纏《まと》っていた。

「お兄様、おめでとうございます」

淑《しと》やかに深雪《みゆき》が一礼する。

「ありがとう、深雪《みゆき》」

いつもどおりの淑女な妹。だがその姿に、達也《たつや》は小さな違和感を覚えた。

「お疲れでしょう。喉が渇いてはいらっしゃいませんか」

「ああ、そうだな」

「ではこちらに。お茶をご用意しております」

そう言って深雪《みゆき》は達也《たつや》を先導して歩き出す。その後に続きながら、達也《たつや》は違和感の正体に気づいた。

(目を合わせようとしない……？)

深雪《みゆき》はさっきから目を伏せたままだ。今も達也《たつや》の顔を見ること無く背を向けた。

(緊張しているのか？)

先を行く深雪《みゆき》の背中から少なからぬ緊張が伝わってくる。

しかし、何に緊張しているのか、そこまでは達也《たつや》にも分からない。

「どうぞ、お兄様」

「あ、ああ……」

深雪《みゆき》に案内された部屋に足を踏み入れて、達也《たつや》は意外感に口ごもってしまった。

量は大したこともないが見た目が明らかに豪華な料理がテーブルに並べられている。真ん中に置かれた瓶はどう見ても高級酒のものだ。

「深雪《みゆき》、これは？」

達也《たつや》が振り返って、扉の脇に留まっている妹に訊《たず》ねる。

彼女は静かに、しっかりと扉を閉めて鍵を掛けた。

深雪《みゆき》が顔を上げる。

頬が桜色に染まり、瞳が上気して潤んでいる。

達也《たつや》ですら身震いする程に、今の深雪《みゆき》は色っぽかった。

「……お兄様。陛下よりお許しをいただきました」

「……何の」

かすれた声が達也《たつや》の口から漏れる。情けない、と思いながらも達也《たつや》は自分が深雪《みゆき》に気圧《けお》されていることを、認めずにはいられなかった。

「お兄様が無事、魔王討伐を果たされました暁には」

深雪《みゆき》が目を伏せる。今や彼女の身体《からだ》ははっきりと視認できるまでに、緊張で震えていた。

「お兄様の」

深雪《みゆき》が再度顔を上げ、達也《たつや》の瞳をのぞき込む。

「爵位継承と」

ゴクリ、とつばを呑《の》み込む音が達也《たつや》の耳に、やけに響いた。その音は、彼自身の喉から発せられていた。

「お兄様とわたしの婚礼を、お許しくださいました」

達也《たつや》は言葉を失っていた。声を出せない、身動きできない、だけでなく息もできなかった。

「お兄様。この宴《うたげ》は、お兄様と深雪《みゆき》の、婚約の内祝いです」

動けない達也《たつや》へ、深雪《みゆき》が一歩近づく。

呪縛の解けない達也《たつや》へ、また一歩。

そして二人の距離がゼロになり、

深雪《みゆき》の腕が達也《たつや》の首に回され、

深雪《みゆき》の唇が達也《たつや》の唇に近づいて……。

「――こんなシナリオは没だ！」

渾身《こんしん》の力を振り絞った達也《たつや》が叫ぶ。

その直後、ガラスの割れるような音がして、世界が暗転した。

◇　◇　◇

目を開いた達也《たつや》はベッドの上で勢いよく身体《からだ》を起こした。
いつもの、自分の部屋。
「目覚めることができたか……」
深い安堵《あんど》の息と共に、彼は無意識の独り言を漏らした。
外はまだ暗い。朝稽古にも早すぎる時間だ。
身体《からだ》中がびっしょり汗で濡《ぬ》れている。
彼は汗と共に後味の悪い悪夢を洗い流そうと、バスルームへ向かった。

（第三夜に続く）

水曜日：ばっどえんど

水曜日。

「おはよう、深雪《みゆき》」

早朝トレーニングから戻った達也《たつや》を待っていたのは、

「……おはようございます。お帰りなさいませ、お兄様」

大層機嫌を傾けた妹だった。

キッチンに立った深雪《みゆき》は振り返りもせずに、不機嫌を露出させた声で兄に応える。

触らぬ神に祟《たた》りなし。しばらく放置しておくのも一つの手だ。しかし達也《たつや》は直感的に、それは愚策だと覚《さと》った。

妹は何か自分に不満があるのだろう。彼はそう推測して、火中の栗《くり》を拾うことにした。

「深雪《みゆき》、俺に言いたいことがあるんじゃないか？」

もしかしたら深雪《みゆき》の方でも、こう訊《き》かれるのを待っていたのかもしれない。達也《たつや》の声が届くや否《いな》や、彼女はクルリと振り返った。——それは良《い》いのだが、せめて包丁は置いてからにしてもらいたいものである。

「お兄様」

ただ、そんなつまらない思いは深雪《みゆき》の声を聞いた瞬間、どうでもよくなった。妹の声音は包丁など問題にならないほど鋭く、そして冷たかった。

「お兄様は甲斐性《かいしょう》が足りないと思います」

ここまで思い詰めるとは、さぞ大きな不満を抱え込んでいるのだろうと背筋をいつも以上に伸ばして耳に神経を集中していた達也《たつや》は、全く予想外の詰問《きつもん》を受けて絶句してしまう。

妹のセリフを言葉どおりに解釈すれば、自分に生活力が欠けていると責めているのだろう。この場合の生活力とは家族を養う力、経済力のことだ。しかし達也《たつや》は、金銭面で妹に我慢を強いた記憶が無い。そもそも深雪《みゆき》の扶養義務は父親の龍郎《たつろう》にあって、あの父親も養育費の入金だけは毎月忘れず深雪《みゆき》の口座に振り込んでいる。

「すまん、意味が分からないが」

お小遣いが足りないのか、とバカなことを訊《き》きかけて、達也《たつや》はその寸前で質問を無難なものに変えた。

しかし、残念ながら彼の配慮が報われたとは言い難《がた》い。

「わたしにも分かりません！　ご自分でお考えください！」

そう言って、深雪《みゆき》はそっぽを向いてしまう。理由を説明したくない程怒っているのか……。

そう思って、達也《たつや》は深雪《みゆき》の顔色をうかがった。

しかしそこには、一目見ただけで読み取ることができる戸惑いがあった。

どうやら妹は、記憶に残っていない夢の中の感情を引きずっているらしい。二晩続けて同じ幕引きだったのが気に入らなかったのだろう。深く考えると怖い結論になりそうだったので、達也《たつや》はそこで思考を止めた。

妹の機嫌が直らないまま登校し――不機嫌な深雪《みゆき》と一緒にいるのがこんなに居心地の悪いものだと達也《たつや》は久しぶりに思い出していた――席に着いた直後、見計らっていたようなタイミングでメールが届いた。

差出人は真由美《まゆみ》。達也《たつや》は本文を開いた直後にウインドウを消した。顔の向きを固定したまま、目だけを動かして周りをうかがう。幸いクラスメイトに気づかれた様子は無い。一科生のクラス程ではないが、このクラスにも真由美《まゆみ》のファンは多いし、私的なメールのやり取りをエリカあたりに知られでもしたら、面倒臭い事態が待っていること間違いなしだ。後ろめたいことが何も無くても、見つからないに越したことはなかった。

真由美《まゆみ》と待ち合わせた場所は生徒会室、ではなく父兄用の面談室だった。生徒からは「処刑室」と呼ばれている。この名はこの部屋が事故で魔法技能を損なった生徒の父兄に、本人同席で転校――自主退学を勧める際に多用されていることに由来する。生徒からは縁起が悪いと嫌われ、恐れられている部屋だ。それ故、空き状態になっていることが多い。真由美《まゆみ》のように生徒でありながら学校施設を（かなりの程度）自由に使える人間にとっては、急な密談に重宝する部屋でもあった。

開閉装置にＩＤカードをかざすと、扉のロックはあっさり外れた。真由美《まゆみ》が達也《たつや》のＩＤに一時的な権限を付与していたのだろう。相変わらずの、手回しの良さだった。

「すみません、お待たせしました」

真由美《まゆみ》は既に、部屋の中で待っていた。

「ううん、こっちこそ呼び立てるような真似《まね》をしてごめんなさい」

達也《たつや》の形式的な謝罪に真由美《まゆみ》は笑って首を振り、腰かけるように手振りで示した。

「早速なんだけど……」

達也《たつや》が席に着くと、真由美《まゆみ》は世間話も無しに即、本題を切り出した。

「先月まで遡ってみたけど、校内に不審物が持ち込まれた記録は見つからなかったわ」

「そうですか……」

真由美《まゆみ》の用事は、昨晩夢の中で交わした約束を早速果たすことだった。達也《たつや》もそう簡単に手掛かりが見つかるとは考えていなかったが、期待していた部分も少なからずあったので、頷《うなず》く態度がやや素っ気ないものになってしまう。

「不審物ではなく……どうされました？」

別の可能性について意見を述べようとした達也《たつや》は、真由美《まゆみ》の瞳に隠しきれていない驚きを見《み》出《いだ》した。

「うん……夢の中で踊った男の子は本当に達也《たつや》くんだったんだなぁ、って思って」

そう答えた真由美《まゆみ》は、何度も感慨深げに頷《うなず》く。

「その気持ちは、分からなくもありませんが」

これは気休めではなく本気だ。達也《たつや》も夢の中で出会った深雪《みゆき》の肉体が隣の部屋で寝ている、と分からなければ、単に自分が夢に見ているだけで片付けたかもしれない。

「そうしますと会長は、幻と交わしただけかもしれない約束を、こんなにすぐ実行してくださったんですか？」

自分ならまず、夢で会った相手が本人かどうか確かめるところから始めただろう。

達也《たつや》が言葉にしなかった部分まで正確に理解した真由美《まゆみ》は、何故《なぜ》か急にモジモジし始めた。

「そりゃあ、本音を言えば先に確かめておきたかったけど……そんなことの為《ため》に達也《たつや》くんを呼び出せないでしょう？　もし達也《たつや》くんが覚えていなかったら、まるで私が達也《たつや》くんに会いたがっ……」

言っている内に恥ずかしくなったのか、真由美《まゆみ》は頰を赤らめて俯《うつむ》いてしまう。

一般的に、そんな様は見せられる方が余計に恥ずかしいものだが、達也《たつや》は例外だった。

「そんな勘違いはしませんよ」

聞こえなかったふりもせず、明快に否定する。ただその回答に真由美《まゆみ》がムッとしたところまでは、達也《たつや》も予想していなかった。

（困った人だ……）

多分、ぞんざいに扱われたとか蔑《ないがし》ろにされたとか思っているのだろう。

（そういう関係じゃないんだがな……）

もし口に出したら思い切りへそを曲げられそうなことを考えながら、達也《たつや》はさっき言い掛けたことに話を戻した。

「不審物ではなく、研究資料は如何《いかが》ですか？」

真由美《まゆみ》は達也《たつや》を軽く睨《にら》み付《つ》けた。ただそれ以上は自分でも大人げないと思ったのか──真由《まゆ》美《み》は達也《たつや》に対して「お姉さん」アピールをしたがる傾向がある──口に出したのは不満ではなく回答だった。

「そっちは簡単にしか調べてなかったけど……そうね、もう一度当たってみることにする」

「すみません、お手数をお掛けします。こんなことをお願いできるのは会長だけですので」

達也《たつや》としては、ちょっとしたリップサービスのつもりだった。この人ならこの程度のお追従など聞き慣れているはず、そう考えての軽い一言だったのだが……。

「エッ？　ウフフッ、そっかぁ……」

真由美《まゆみ》は思いがけない食い付きの良さを見せた。

「私以外に頼れる人がいないのね？　だったら先輩として頑張らないわけにいかないわね」

真由美《まゆみ》はこっちが焦《あせ》るほど張り切っている。今更「お世辞です」とも言えず、達也《たつや》は「お願いします」と頭を下げるしかなかった。

夜になっても深雪《みゆき》の機嫌は直っていなかった。朝のように邪険な態度は取らなくなっていたが、胸の内に不満を抱えているのは、達也《たつや》の目には明白だった。

それでも夕食に手を抜いたりしないのが深雪《みゆき》らしい。食事の後も、迷いを見せながら結局コーヒーカップを二つ用意して、兄の隣に腰を下ろした。

達也《たつや》の見たところ、深雪《みゆき》は自分が懐《いだ》いている、理由の分からない不満に葛藤しているようだ。原因を教えてあげた方が良《い》いだろうか、とも達也《たつや》は考えた。だが何が起こっているのか分かっていても、あの現象が何故《なぜ》起こっているのかまでは判明していない。現段階で事態を説明しても不安を煽《あお》るだけだ。達也《たつや》はそう判断して、早々にティータイムを切り上げた。

……ここでちゃんと説明していたら、彼はあんな目に遭わずに済んだかもしれない。翌朝、達也《たつや》は少しだけ、そう悔やんだ。

◇　◇　◇

「タツヤ、交代の時間だ」

予想していたことではあるが、達也《たつや》は今日も夢の中で目を覚ました。気分は最悪だ。といっても、野郎の声で起こされたことに不満があるわけではなかった。……多分。

それにしても、レオに起こされるというのは一体どういうシチュエーションなのだろうか。達也《たつや》がそう考えた直後、今夜の設定と現在のシナリオ進行状況が彼の意識に流れ込んだ。この「親切機能」は昨晩だけのものではなかったらしい。

「分かった」

データのダウンロードは一瞬で行われたようだ。レオは不審を覚えた様子もなく「じゃ、頼んだぜ」と応えて、テントの外に出た達也《たつや》と交代した。

外は開けた野原で、空は暗かった。厚い雲がかかっていて月も星も見えない。時間を知る手掛かりは何も無かったが、どういう訳か今が真夜中だということだけは分かった。

何故《なぜ》こんな所で野宿をしているのか。それは彼が「勇者パーティ」の一員として旅をしている最中だからだ。旅の目的は定番の「魔王討伐」。ただしどういうわけか、「遠征部隊」の構成は彼、深雪《みゆき》、レオ、エリカ、美月《みづき》、幹比古《みきひこ》の六人。三千人の軍を編成することになっていた昨晩の方がずっと合理的だ。シナリオを書いている黒幕《ライター》は複数存在するのだろうか？　あるいは、人格のある脚本家や監督は最初からいないのだろうか？

配役は深雪《みゆき》が「勇者」、エリカが「剣士」、レオが「格闘家」、美月《みづき》が「僧侶」、幹比古《みきひこ》が「魔法使い」、そして達也《たつや》が「暗殺者」。美月《みづき》と幹比古《みきひこ》は今夜が初登場だ。もしかしたら達也《たつや》のいない所で巻き込まれていたのかもしれないが、楽観は禁物。被害がどんどん拡大していると考えた方が良《い》いだろう。

深雪《みゆき》の「勇者」というのはおそらく討伐隊リーダーのことだ、と達也《たつや》は解釈した。「剣士」「魔法使い」というのも分からないではない。だが「格闘家」というのは一体何なのだろうか？　RPGに疎《うと》い達也《たつや》にはまるでピンと来なかった。格闘家というからには「徒手格闘家」のことだろうが、武器を禁じるルールがないのに何故《なぜ》わざわざ素手で戦う必要があるのだろう？　美月《みづき》の「僧侶」というのはますます理解できなかった。戦力として「パーティ」に参加しているのだから、密教系の術を使う魔法師のことだろうか？　ならば何故《なぜ》、魔法使いと区別する必要があるのか。それとも従軍僧のことなのだろうか？　この少人数で従軍僧を必要とするとも思えない。

しかし、彼が最も疑問を覚えたのは自分自身の役どころである「暗殺者」だ。そもそも暗殺者というのは職業なのか技能なのか。もし職業だとするならば……。

（俺はプロの殺し屋というわけか）

いくら夢の中とはいえ、気の滅入《めい》る認識だ。現実とリンクしていないとも言えないあたりが特に。

焚《た》き火《び》の前でそんなことを考えていた達也《たつや》の感覚に、接近する気配が引っ掛かった。

そちらの方角へ目を向ける。想子《サイオン》を認識する「眼《め》」は今夜も役に立たないが、霊子《プシオン》に対する知覚力は有効に働いていた。いつも以上の感度だ。この世界が霊子《プシオン》で構成されているからか、現実世界では光る粒子の雲としか感じられない霊子《プシオン》の塊が、今はその濃淡の輪郭まで見て取ることができる。

接近する「敵」は、人の形をしていた。ただサイズが規格外だ。

現在接近中の動物はこの三匹のみ。人間ではなく動物、三人ではなく三匹と表現しているのは、間違いではない。達也《たつや》が今、見ることができるのは輪郭のみ。そして達也《たつや》の見た敵の輪郭は、二本の足で直立歩行し、二本の手の片方に武器らしき物を持ち、頭は一つ。

だが人間の頭部はあんなに縦長ではないし、そもそも二本の角を生やした人間などいない。

（鬼……いや、ミノタウロスか）

特に速くも遅くもない、着実な足取りで近づいてくる怪物を、達也《たつや》はそのシルエットからミノタウロスと判断した。

原典の神話ではこの怪物に仲間はいない。神の呪いで人が獣と交わって生まれた異種交配の産物だ。孤立種ならぬ孤立個体。しかしここではそれが同時に三体も出現している。この世界をデザインした何者かは、原典に敬意を払うつもりが無いらしい。

だがそれはこの際どうでも良《い》いことだった。三匹の怪物が達也《たつや》たちを襲おうとしているのは確実だ。今考えるべきは、これにどう対処するかだった。

第一の選択肢は「逃げる」か「戦う」か。

もっとも昨日、一昨日の経験から考えて、逃げるのは難しいと達也《たつや》は思った。必須イベントと言うべきか、単一ルートと言うべきか、この世界の脚本家だか演出家だか人工知能だかは、強制参加のプレイヤーに行動の選択肢を用意していないように感じる。「ミノタウロスの迎撃」というイベントを消化しない限り何度でも同じシチュエーションが用意されているに違いなかった。

(迎撃を選択するしかないだろうな)

第一の方針は決まった。次に考えるべきことは、

(一人で迎え撃つか、皆を起こすか)

単独行動の是非だった。

現実の世界であれば、達也《たつや》は迷うことなく単身迎え撃つことを選択しただろう。だがこの世界で発揮できる力は現実世界と異なる。例えば昨夜は乗ったことのない馬で、触ったことのない馬上槍《やり》を自在に操ることができた。昨日はこの悪夢の世界からプラスの補正を受けた達也《たつや》だ

が、逆にマイナスの補正を受けることも当然あり得る。その点を達也《たつや》は楽観していなかった。

達也《たつや》に今夜与えられている役は「暗殺者」。そこからイメージされる特徴は、敏捷性《びんしょうせい》と隠密《おんみつ》性に優れ、暗器や変則的な攻撃を得意とし——軽装備で防御力が低い。

一つのターゲットを仕留めた後は逃走を図るのが暗殺者の基本戦術だ。一人で何十人も薙《な》ぎ倒《たお》すような武術があるとすればそれは「暗殺術」ではなく「殺戮《さつりく》術」に他ならない。暗殺者は普通、迎撃戦のような正面からの戦いには向いていない。

今夜の自分には、この能力パターンが適用されている可能性が高いと達也《たつや》は考えた。

（……単独迎撃はリスクが高い）

自分でも消極的、いや、臆病だと思うが、一人で立ち向かうべきではないと達也《たつや》は結論した。

最後に考えるべきことは、

（誰を起こすか……だな）

もうあまり考えている時間は無い。たった六人の少人数集団なのだ。全員で当たっても数で二倍にしかならない。相手がどのくらいの強さに設定されているか分からない以上、戦力を出し惜しみすべきでは無い。

それに彼が夜中にこうして起きているのはこういう奇襲に備える為《ため》だ。それを考えれば最初から全員起こすべきで、そこに検討の余地は無い。それなのに彼が迷っていたのは、夢の中で深雪《みゆき》に会うのを、少なくとも今夜は避けたいと感じていたからだった。——機嫌が悪い深雪《みゆき》の相手をするのは、起きている間だけで勘弁して欲しかった。

（しかし、そういうわけにもいくまい）

起こさなかったら起こさなかったで、ますます機嫌を傾けるだろうから。

達也《たつや》らしくもなく決断までに時間が掛かったが、その後の行動は速かった。

「レオ、幹比古《みきひこ》、魔物だ」

天幕に顔を突っ込み声を掛ける。外に漏れない程度の小声だったにも拘《かか》わらず、二人はすぐに飛び起きた。

「魔物っ⁉　種類は⁉」

「数はどれくらいだい？」

「おそらく、ミノタウロス。数は三匹」

レオと幹比古《みきひこ》の質問に相次いで答え、

「お前たちはご婦人方を起こしてくれ。俺は敵の確認と、ついでに少し時間を稼いでくる」

「おい、タツヤ⁉」

背後から掛けられたレオの声に振り向かず、達也《たつや》は闇の中へ掛け出した。

レオも幹比古《みきひこ》も身支度が必要になるような格好で寝ていたのではない。二人は武器と防具を摑《つか》むとすぐに天幕を飛び出した。

「タツヤのヤロー、また一人で飛び出しやがって……」

「魔物が接近しているんだ、彼の暗殺者《アサシン》というジョブを考えれば間違った行動をとっているわけじゃない」

愚痴をこぼすレオを幹比古《みきひこ》が宥《なだ》めながら、二人は女性陣の天幕の前まですぐにたどり着き、そこで不自然に足を止めた。

「なあ、ミキヒコ……どうやって起こす？」

「どうって……ここから声を掛ければ良いんじゃないかな……？」

「この真夜中に、そんな大声を出すのか？　他の魔物まで呼び寄せることにならないか？」

この懸念《けねん》は冷静に考えれば妙なものである。日没後、見晴らしの良い《い》草原で焚き火《たびび》をしているのだ。これほど目立つことは無いし、目立たなければ獣除《よ》けにはならないが、火を恐れない怪物相手には逆効果だ。それでも火を絶やさないのは単に確率の問題である。魔物に遭遇する確率より、獣に遭遇する確率の方が圧倒的に高い。

しかしその低い方の確率が現実のものとなった今となっては、音を気にしても意味が無い。その程度のことに何故《なぜ》かレオも幹比古《みきひこ》も思い至らなかった。

「じゃあ……さっきのタツヤみたいに、テントの中に顔だけ入れて声を掛ける？」

幹比古《みきひこ》は大層躊躇《ためら》いながら提案した。それも当然のことで、野営だから異性の目を憚《はばか》る薄い寝間着を身に着けているということはないだろうが、若い女の子の寝姿というのはそれだけで男にとって目に毒なのだ。その毒が思考や舌や顔面筋を含む随意筋を麻痺《まひ》させる方向に作用するか、興奮状態を作り出し正気を失わせる方向に作用するかはその男性の年齢と経験と育ちと個性次第だが。

「良《い》い考えだな。じゃあ、ミキヒコ。頼む！」

そう言ってレオが幹比古《みきひこ》の背中を叩《たた》いた。いや、強く押した。蹈鞴《たたら》を踏んだ幹比古《みきひこ》は何とか転倒を免《まぬが》れたものの勢いを殺すには至らず——

「一体何を、きゃあっ！」

天幕から顔を出して「一体何を騒いでいるのよ」と言い掛けたエリカと正面衝突を起こしてしまう。

そのまま天幕の中へ転がり込む二人。

「ミキヒコ様⁉」「シ、シスター・ミヅキ！　ち、違うんだ、これは！」「ミキヒコ様、やっぱりエリカちゃんのことを」「だから違うって！」「それより早く退《ど》いてよ！」「ご、ごめん」「何処《ど》触《こ》ってるのよ⁉」「ミキヒコ様、やっぱり」「誤解！　本当に誤解だから！」

天幕の中で大騒ぎする声を聞いて、レオは無言で十字を切った。

その、直後。

「不埒者《ふらちもの》ーっ！　言い訳をするより、さっさと出て行きなさい！」

「うわぁぁ！」

深雪《みゆき》の強い怒気を孕《はら》んだ叫び声と強大な魔力の波動に続いて、幹比古《みきひこ》が天幕の中から飛び出して——吹き飛ばされて出て来た。

「やっぱりこうなったか」

自分が元凶であることを棚に上げて、レオはそう呟《つぶや》いた。

「何が『やっぱり』なのです、レオンハルト殿」

しかし即座に返された冷ややかな問い掛けに、レオは思わず首をすくめた。恐る恐る後ろを振り向き、柳眉《りゅうび》を逆立てた「勇者ミユキ」の姿を認めると、彼は、らしくもない弁解を始めた。

「いや、俺はテントの外から声を掛ければ良いって言ったんだがよ……」

「そうね。何か慌ただしい気配がするなーって感じてあたしたちも目を覚ましていたから」

天幕から出て来たエリカが冷ややかな目付きで深雪《みゆき》の隣に並ぶ。革鎧《かわよろい》の下の裾や胸元をしきりに触っていることから見て、衣服の乱れを直していた所為《せい》で出て来るのが遅れたらしい。

エリカのセリフを聞いてレオが顔を顰《しか》めた。

「だから聞こえてたんだよねぇ。外から声を掛ければって言ってたのがミキで、それに反対したのがアンタだってこと」

エリカが獰猛《どうもう》な笑みを浮かべた。

レオが「一発くらい殴られておくか」と覚悟を決める。

果たして一発で済んだかどうか疑わしいところだったが、それを止めたのはようやく天幕から出て来た美月《みづき》だった。

「エリカちゃん、多分そんな場合じゃないよ。きゃあっ！　ミキヒコ様⁉」

エリカをたしなめた直後に悲鳴を上げて、地面に転がる幹比古《みきひこ》の隣に駆け寄り甲斐甲斐《かいがい》しく呪文を唱え始めた美月《みづき》を見て、エリカが毒気を抜かれた表情になった。


「それで一体、何事なのです」

美月《みづき》の治療を受けている幹比古《みきひこ》と、両頬に赤い紅葉を貼り付けたレオに、エリカと同じ革《かわ》鎧《よろい》を身につけ細身の剣を佩《は》いている剣士スタイルの深雪《みゆき》が問い掛けた。高圧的な物言いだが、女王様然とした態度が随分と様になっていた。

「それにタツヤ殿の姿が見えませんが……。今の時間はあの人が見張り番のはずでは？」

深雪《みゆき》の指摘に、レオと幹比古《みきひこ》がハッとした表情で顔を見合わせる。

「そうだ！　こんなにのんびりしている場合じゃない！」

「はぁ？　どういうこと？」

焦《あせ》って叫ぶレオを、エリカが眉を顰《ひそ》めて見上げた。

「そうです！　ミユキ様、魔物が近づいています！」

魔物の一言に、深雪《みゆき》とエリカの顔が厳しく引き締まる。

「種族と数は⁉」

「ミノタウロスが三匹。と言っても見つけたのは俺たちじゃなくてタツヤなんだがよ」

エリカの問いにレオが答える。

「じゃあ、まさかタツヤ様は⁉」

「うん、時間を稼ぐと言って先行した」

美月《みづき》の悲鳴に幹比古《みきひこ》が焦《あせ》った声を返した。

「んーっ、あっちね！」

耳を澄ませあたかも風の声を聞き取ろうとするような仕草を見せていたエリカが、顔を上げて闇の中へ駆けだそうとする。

「お待ちなさい、エリカ」

それを、深雪《みゆき》が呼び止めた。

「わたしたちはただでさえ少人数なのです。バラバラになるべきではありません」

「でもミユキ、タツヤ殿が一人で足止めしてるんだよ！　早く援護しないと」

「ここで貴女《あなた》にまで単独行動をされては、不測の事態に対応できなくなります。剣士の貴女《あなた》に抜けられたらパーティが機能しません」

「別の敵に襲われたらってこと？　でも現にタツヤ殿が一人で戦っているのに！」

「あの人は良《い》いんです。元々単独行動が基本のアサシンですから」

冷たく言い放つ深雪《みゆき》のセリフに、エリカが不満そうな表情を見せる。だがそれ以上彼女が不服を述べて決定的な亀裂が入る前に、深雪《みゆき》が会話を切り上げた。

「行きましょう。全員でミノタウロスを斃《たお》しますよ」

深雪《みゆき》が下から上へ手を振ると、その先に小さな光の球が浮かんだ。それを照明にして彼女は小走りに、美月《みづき》でもついてこられるよう調節した速さで駆け出した。


星明りも無い暗闇の中、舗装どころか道にすらなっていない草原を達也《たつや》は足元を気にすることなく駆けている。彼がこれに気づいたのは、百メートル以上を走破した後だった。

現実であっても彼は同じことができるし、現実であれば彼は疑問を覚えなかった。情報体を認識する視力、エレメンタル・サイトは地形の把握にも使える。だがエレメンタル・サイトは想子《サイオン》情報体を認識する知覚力。霊子《プシオン》情報体で形成されたこの世界では役に立たないに等しい。

(これが暗殺者補正というわけか)

考えられる説明は、「暗殺者」という設定が仮の身体《からだ》――アバターに特殊な視力を付与している、ことになっているのだろう。非物理存在であるアバターの身体《からだ》が、物質的な実体を備えていないこの世界をどうやって知覚しているのか。それが現実と同じシステムであるはずはない。達也《たつや》は――この世界に引きずり込まれた人間は、アバターの身体《からだ》を自分の肉体と認識させられ、この世界の風景を見ていると錯覚させられているだけなのだ。暗いところが見えるか見えないかなど、創造主《デザイナー》のさじ加減一つでどうにでもなるに違いなかった。

達也《たつや》は自分の危惧が的中している可能性が高まったことに警戒を強めた。役、あるいは職種による能力補正はやはり存在すると考えて良い。そしてこの世界の自分は、それに浸食されている。能力にプラスの補正があれば、マイナスの補正もあるはずだ。彼はそう考えたのである。

しかしどんなマイナス補正があろうとも、ここまで来て引き返すという選択肢は無かった。既に霊子光《プシオン》で輪郭を把握するだけでなく、怪物の重々しい足音まで聞こえていた。たとえ結果は同じでも、自分が深雪《みゆき》のところへ怪物を引っ張っていったという体裁の悪い真似《まね》は達也《たつや》も避けたいところだ。

そんな、よくよく考えてみればかなり不真面目な理由で、達也《たつや》は三匹の怪物に先制攻撃を仕掛けた。

今回彼に与えられた武器は刃渡り五十センチの小振りな片手剣。それに投擲《とうてき》用ダガーが六本と、長さ百四十センチの細い、二つ折りにして使うタイプの万力鎖《まんりぐさり》（両端に分銅がついた鎖）。戦力としては心許《こころもと》ないが、幸いダガーと万力鎖《まんりぐさり》は八雲《やくも》から手解《てほど》きを受けたことがある。剣も素人《しろうと》である達也《たつや》には短く、反りの無い諸刃《もろは》剣の方が使い易《やす》い。

これも暗殺者《アサシン》補正なのか、ミノタウロスが達也《たつや》に気づいたのは剣の間合いに入る直前だった。

そこは既に怪物の攻撃範囲内。怪物から見て右側から接近する達也《たつや》に対し、三体の内右を歩いていた牛頭人身の巨人がその体軀《たいく》に相応《ふさわ》しいサイズの斧《おの》を振り上げた。

風を切って振り下ろされる双頭の戦斧《せんぷ》。

達也《たつや》は強く地面を蹴り、怪物の予測よりも半歩速く、斧《おの》の軌道の内側に入り込む。

伸び上がるようにして一閃《いっせん》、身を屈《かが》めるようにしてもう一閃《いっせん》。手首を裂いた一の太刀は得物を手放させるには至らなかったが、膝に入った二の太刀は目論《もくろ》みどおり怪物の足を止めた。

斬られたダメージで踏ん張りが利《き》かなくなったのだろう。ミノタウロスは地面に膝と、斧《おの》を持ったままの手を突いた。

一対一ならこのまま畳み掛けて攻撃し、仕留めることもあるいは可能だったかもしれない。

だが達也《たつや》は斬撃を加えた位置から慌てて跳《と》び退《の》かなければならなかった。

直前まで彼が立っていた所に降ってくる巨大な質量。真ん中に立っていたミノタウロスが、膝を突いた同族の身体《からだ》を跳び越えて達也《たつや》に襲い掛かったのだった。

達也《たつや》が着地した所へ三匹目の怪物が突進してくる。両足にダガーを撃ち込んでも、突進の速度がわずかに鈍っただけだった。

相手の左側へ回避する達也《たつや》を、斜めに振り下ろされた分厚い刃が追い掛ける。達也《たつや》は斧《おの》の柄に跳び蹴りを当てて、それを足場に大きくジャンプした。

膝を突いていた一匹目が立ち上がる。特に不自由な素振りを見せていないところを見ると、先程与えた傷はもう癒えているのかもしれない。

（フィクションの世界とはいえ……回復力が高すぎだろう！）

達也《たつや》は心の中で悪態をついた。それは現実の自分を棚に上げた言い分だったが、そんなことで後ろめたさを感じるような殊勝さを彼は持ち合わせていない。この世界の理不尽さをここぞとばかり罵りながら、彼は怪物たちから身を隠す場所を探した。

とにかく一対三では勝ち目が無い。怪物の身体能力と自分の身体《からだ》に設定された能力を比較検討すれば、一対一でも勝ち目が薄いのだ。最初の奇襲はともかく、姿を曝《さら》してやり合うのはあまり意味が無い。

しかしここは見晴らしの良《い》い草原だ。あいにく、身を隠すのに適した遮蔽物は無い。達也《たつや》は次善の策として、逃げに徹することに決めた。ミノタウロスが振り回す三丁の斧《おの》をひたすら回避する。双頭斧《ふ》が巻き起こす風に時折身体《からだ》が持って行かれそうになる。怪物が得物を振り回す勢いはそれほどのものだったが、彼は辛抱強く、集中力を切らすことなく躱《かわ》し続けた。

ダガーは早々に使い切った。剣で斧《おの》を受け流し、あるいは手首や肘を斬りつけ、分銅を足の甲や手の指にぶつけて体勢を崩す。

致命傷を与えることは最初から放棄している。この場を離脱することなら、あるいはできたかもしれない。しかし、本当に逃げてしまうという選択肢は選べなかった。

それは意味の無い行為だ。ここは現実ではない、夢の世界。この身体《からだ》は実体ではない、偽りの肉体。達也《たつや》が目的とすべきは生き延びることではなく、この世界を抜け出し現実に戻ること。その為《ため》には何らかの条件を満たさなければならない。判断材料となるサンプルはわずか二回分しかないが、その点に疑いの余地は無いように思われた。

そしてこれも二回分しかないサンプルから推測した仮説だが、この世界はある種のＲＰＧのようなもので、シナリオを少なくともセーブポイントまで進めないと現実には復帰できない。敵のモンスターを斃《たお》さずに逃げるという選択肢でシナリオが進むようなゲームを普通は作らないだろう。達也《たつや》はこの時、そう考えていたのだった。

彼の頑張りは――表面的に見ればただ逃げていただけだが――仲間の援軍という形で報われた。

「タツヤ殿、下がって」

「後は任せな！」

野太刀めいた長大な刀を八相に構えたエリカと、無骨な金属製のガントレットを両手に着けたレオが達也《たつや》の前に躍り出る。

エリカの太刀は双頭斧《ふ》の軌道を完全に逸《そ》らし、レオのガントレットはミノタウロスの一撃を正面から受け止めた。

長大な太刀を巧みに、力ではなく技で操り、エリカは斧《おの》を受け流した位置から刃を翻《ひるがえ》しミノタウロスの首を狙う。怪物は獣の反射神経で首を傾《かし》げ身体《からだ》を反らしてエリカの斬撃を避けようとする。

刀を枯れ竹に打ち込んだような、乾いた音がした。エリカの太刀を避けたはずのミノタウロスが横向きに倒れる。少し離れた草の中に、湾曲した円錐形《えんすいけい》のものが落ちた。牽制《けんせい》に横殴りの一撃を繰り出しながら牛頭の怪物が立ち上がる。その頭から、片方の角が失《う》せていた。左腕のガントレットで双頭斧《ふ》を受け止めたレオが、鉄と革に守られた右の拳を突き出した。人間であれば鳩尾《みぞおち》に当たる部分を抉《えぐ》られて、ミノタウロスが身体《からだ》を折り牛の頭を前に下げる。そこにすかさず左フック。ダウンは取れなかったものの、怪物はよろよろと三歩、後退《あとずさ》った。

自分に設定された攻撃力とは比べものにならないほど大きな威力に驚きと、幾ばくかの不公平感を懐《いだ》きながら達也《たつや》がその光景を見ていると、「タツヤ様」と背後から声を掛けられた。振り向かなくても声で相手は分かっている。しかし美月《みづき》が自分に声を掛けた理由は、達也《たつや》の予想外のものだった。

「どうぞこちらへ。傷を治します」

引き寄せられるように達也《たつや》が美月《みづき》の横へ行くと、彼女は先端に大きな宝玉をはめた杖《つえ》を達也《たつや》の背中に翳《かざ》した。

一人でミノタウロスの相手をしている時に、躱《かわ》しきれず小さな傷を負った箇所だ。その傷口に、達也《たつや》はじんわりする熱を感じた。火で炙《あぶ》られた熱ではなく、遠赤外線ヒーターの輻射《ふくしゃ》を受けているような柔らかな熱。やがて熱はくすぐったいむず痒《がゆ》さに変わる。

皮膚が再生しているのだ、ということが何となく分かった。いや、皮膚が再生する感覚が仮想の肉体に再現されているのだ。そんなものまでシミュレートする技術力に、達也《たつや》はおののきに似た感情を覚えた。同時に、その意味の無さ、技術の無駄遣いに彼は呆《あき》れた。ビデオゲームの経験は数えるほどしかない。それでも、回復コマンドがどういうものかくらい達也《たつや》も知っている。ゲームにとって意味があるのは回復したという事実だけだ。傷が急速に回復する過程で脳がどのような感覚信号を受けるのか、などということはゲームのプレイヤーにとって何の意味も無い情報だ。そもそもそんな感覚は、現実の世界に治癒魔法が無ければサンプリングできないデータである。凝り性にも程があるだろう、と達也《たつや》は呆《あき》れたのだった。

彼が治療を受けている間に、幹比古《みきひこ》が呪文を唱え終わった。手にする杖《つえ》が洋風の「ワンド」ではなく錫杖《しやくじよう》で、呪文がラテン語でもヘブライ語でもサンスクリット語でも古ノルド語でもなく大和言葉の祝詞《のりと》だったあたりはご愛敬《あいきよう》、ということにしておくべき点だろう。

ただ、呪文の効果はRPG的だった。

幹比古《みきひこ》の杖《つえ》が指し示す先で水の刃が生じる。何処《どこ》からか水を集めて来たのではなく、突然発生したのだ。現実の魔法で同じことをしようとすれば、空気中から大量の水蒸気を集めなければならない。近くに水蒸気の供給源となる水場があれば不可能ではないが、幹比古《みきひこ》が出現させた水の刃はそういう理屈を全て省略しているように思われた。

弧を描く水の刃が、ミノタウロスに向かって飛ぶ。少なくとも十本以上が射出され、その全てが過《あやま》たず怪物の身体《からだ》を捉えた。

「エリカ！」

水刃が最も集中した個体の体勢がぐらりと傾く。その怪物へ、エリカが長大な刃を振るった。

右手の指に斬り付けられ、ミノタウロスが斧《おの》を手放す。地響きを立てて双頭斧《ふ》が草の上に落下した。

「上出来！」

膝の上を斬り裂かれて、怪物が膝と手を突いた。

仲間の援護に牛頭の巨人が斧《おの》を振り上げ、水刃に切られた傷口から血をまき散らしながら、エリカに向かって突進する。

その眼前にレオが立ちふさがった。

振り下ろされる斧《おの》の、刃でなく柄をガントレットで受け止めた。

エリカが牛の首に太刀を打ち込む。

レオの頭上に怪物の拳が迫る。

如何《いか》にレオが剛力《ごうりき》を誇ろうと、人と魔物、しかもこの体格差。このままではミノタウロス一体を屠《ほふ》る代わりにレオ一人が失われる、五分の結果になってしまう。

だが勇者パーティにはまだ、残されている戦力があった。

「レオンハルト殿！」

動くな、という深雪《みゆき》の声に込められた意思を読み取って、レオはガードを上げるに留《とど》めた。

その時には既に、剣を抜いた深雪《みゆき》がレオのすぐ後ろに迫っていた。

深雪《みゆき》が軽やかに跳び上がる。

脚力によるものではない。魔法による跳躍の再現だ。

深雪《みゆき》が手にする細身の剣は、長さが倍に伸びていた。

月明かりも星明りも無い暗闇に自ら光る、氷の剣身。

美しくも儚《はかな》くしか見えないその刃は、鋼を上回る切断力を備えていた。

ミノタウロスの左腕が無抵抗に斬り落とされ、氷の刃が闇に散る。

その下にいたレオが、魔物の血を浴びることはなかった。怪物の、斬り落とされた左腕の断面は氷で覆われている。

エリカに首筋を断たれた牛人が激しく血を噴き上げているのと対照的な光景だった。

レオのアッパーカットが片腕となった牛頭の巨人をのけぞらせる。

その牛の頭部を、幹比古《みきひこ》の杖《つえ》から放たれた水の槍《やり》が貫いた。

残り一匹。

三匹目のミノタウロスは、着地した直後の深雪《みゆき》に迫っていた。

深雪《みゆき》も油断していたわけではない。ただ、ポジションが悪かった。このままでは、深雪《みゆき》が振り返るのと怪物が斧《おの》を振り下ろすのが、ほとんど同時になってしまう。

達也《たつや》の身体《からだ》が、彼自身の意思を離れて動いた。美月《みづき》が止める間も無く影と化して疾走した達《たつ》也《や》は、深雪《みゆき》に襲い掛かるミノタウロスの脇を駆け抜けざま、その脛《すね》に万力鎖《まんりぐさり》の分銅を叩《たた》きつけた。次の瞬間急停止し、背後から膝裏へ剣を突き刺す。

怪物が痛みと怒りの咆哮《ほうこう》を上げた。

よろけながら斧《おの》をめちゃくちゃに振り回す。

達也《たつや》は身を屈《かが》め双頭斧《ふ》のスイングを紙一重で躱《かわ》すと、地面を転がって距離を取った。

彼が立ち上がるのと、体勢を整え氷の刃を再構成した深雪《みゆき》がミノタウロスに剣を振り上げたのは同時だった。

透き通った剣風が走る。

氷の刃が牛頭を刎《は》ね飛ばし、噴き出した血が赤い雪となって草原に舞い落ちた。

深雪《みゆき》が剣を鞘《さや》に納めた。それに続いてエリカが太刀を仕舞い、幹比古《みきひこ》が杖《つえ》を下ろす。

戦いの緊張が薄れていく。

「エリカちゃん、怪我《けが》は無い？」

美月《みづき》がエリカの許《もと》に駆け寄る。

「大丈夫。かすり傷一つ無いよ」

そう言って笑うエリカから、今度はレオに目を転じる。

「レオンハルト様、腕は大丈夫ですか？」

「骨に異状は無いと思うぜ。せいぜい軽い打ち身だ」

「見せてください！」

「やれやれ、信用ねえなぁ」

笑いながらレオが「明るい所へ戻ってからな」と美月《みづき》をなだめている。

達也《たつや》はさっきの立ち回りで地面に投げ捨てた小剣と万力鎖《まんりぐさり》を拾いに行った。

落とした場所は分かっている。まず小剣を回収し、万力鎖《まんりぐさり》を拾おうと腰を屈《かが》めたその視線の先にブーツの細い爪先が目に入った。

目を上へ向けるまでも無く、誰だか分かる。得物の回収を終え、腰を伸ばすと、そこには予想したとおりの顔が待っていた。

「深雪《みゆき》、どうした」

達也《たつや》が「深雪《みゆき》」と呼ぶと、彼女はムッと不快感を表した。どうやら今夜の深雪《みゆき》は、達也《たつや》から名前を呼び捨てにされたくないらしい。だからといって達也《たつや》には、妹を「深雪様《みゆき》」とか「お嬢様」とか呼ぶつもりは最早《もはや》無い。彼はそのまま回答を待った。

「……何故《なぜ》一人で魔物に立ち向かうような真似《まね》をしたのです」

心配している、という感じではない。ただ気分を害しているという声の問い掛けに、達也《たつや》は自分の顔から表情を消した。

「足止めだ」

「そんなことをする理由があったのですか」

「戦闘は避けられない状況だった」

「だからどうしたというのです」

これは深雪《みゆき》のとる態度ではない。達也《たつや》は深雪《みゆき》にこのような言動をさせている演出家だかシステムだかに不快感を覚えた。

「迎え撃つ態勢を整える時間が必要だと判断した」

その所為《せい》で達也《たつや》の口調は無愛想なものになっていく。自分の感情に抑えが利《き》かなくなっているのが深雪《みゆき》だけでなく達也《たつや》もそうなっていたのに、彼は自分で気がついていない。

「だったらすぐにわたしたちを起こせば良かったではありませんか！」

「それはレオと幹比古《みきひこ》に任せた。それでも間に合わない場合を考えてのことだ」

達也《たつや》の突き放した言い方に、深雪《みゆき》は神経を逆撫《さかな》でされたのだろう。

「アサシンの貴方《あなた》がでしゃばったからといって、何の意味があったというのですか！　結局、一匹も倒せずにやられるところだったではありませんか！」

そうでなければ、いくらマインドコントロールを受けているからと言って、彼女がここまで言うはずはなかった。

「はいはい、ミユキ、落ち着いて。タツヤ殿もこのくらいで、ね？」

そこに割って入ったのはエリカだ。――エリカ以外、この険悪な空気の中に割り込む度胸を持ち合わせていなかった。

「あの、ミユキ様。朝までまだ時間があります。少しでもお休みになられては如何《いかが》でしょうか？」

そこへ別角度から、険悪なムードになったこの場を美月《みづき》が必死に収めようとする。

「――戻ります」

短く言い捨て、深雪《みゆき》がテントへ引き返す。

その背中が闇にまぎれるのを待って、幹比古《みきひこ》が達也《たつや》へ「気にしなくていいよ」という風に肩をすくめて見せた。レオが達也《たつや》の肩を叩《たた》き、野営地に戻るよう促した。

「ミユキさぁ、何でタツヤ殿にはあんなにきつく当たるわけ？」

テントの中で、美月《みづき》に手伝ってもらって武装を解いている深雪《みゆき》に、自分で鎧《よろい》を脱ぎながらエリカが呆《あき》れ声で問い掛けた。

「別に特別きつく当たっているつもりは無いわ。わたしはパーティのみんなに対して、同じように厳しく接しているつもりよ」

深雪《みゆき》がエリカと目を合わせないようにしながら固い声で答える。

「それはそれで、そんなに肩肘張らなくても良いと思うんだけど……そこは『勇者様』だから仕方ないか。でもミユキ、あたしにはタツヤ殿に対する貴女《あなた》の態度とレオやミキに対する態度が同じには見えないんだけど」

「そんなことは……」

今や深雪《みゆき》ははっきりと目を逸《そ》らしていた。

さっきまでとは打って変わった弱気な態度に、深雪《みゆき》の鎧《よろい》を手に持った美月《みづき》が苦笑いを浮かべている。

「そんなにタツヤ殿のことが心配なんだったら、同行を認めなければよかったじゃない。ミユキが『勇者』なんだからさ」

「……そんなこと、できるわけがないでしょう。このパーティ編成は勅命なのよ」

目を逸《そ》らしたままぽつりと呟《つぶや》いて、深雪《みゆき》はハッとした表情で顔を上げた。

エリカが「ふーん……」と呟《つぶや》きながら、にやにや笑っている。深雪《みゆき》は顔が赤くなっているのを自覚して、今度は顔を背けた。

何だか温かな微笑《ほほえ》みを浮かべている美月《みづき》と目が合う。

深雪《みゆき》と美月《みづき》が、同時に顔を強張《こわば》らせた。

声も無く口を開け閉めしている美月《みづき》の前で、深雪《みゆき》は毛布の中に潜り込んだ。

「別にあの人のことが心配なのではありません！　こんな所でパーティメンバーが欠けては魔王討伐の任務に支障をきたすからです！」

横になったまま深雪《みゆき》が叫ぶ。

エリカは笑みを浮かべたまま、何も言わなかった。

野営地に着いて、レオと幹比古《みきひこ》はテントの中に戻らなかった。達也《たつや》が焚火《たきび》の前に座ると、その正面に並んで腰を下ろす。

「まあ気にすんなよ、タツヤ」

「ミユキ様はタツヤを心配しているんだよ。アサシンはどうしても防御が弱くなっちゃうから」

「そうだな」

とりあえず頷《うなず》いて見せたものの、達也《たつや》は色々と納得していなかった。

防御力が皆無に等しいというのは、何も夢の中だけのことではない。現実でも達也《たつや》は、相手の魔法を無効化することはできても相手の魔法を防ぐことはできない。それでいつも深雪《みゆき》に心配を掛けているだろうということも彼は弁《わきま》えている。

しかし夢の中までそれが付きまとってきたのは、正直言って面白くないことだった。それでいて、現実世界で防御力欠如の欠点を補うべく修得した技能がこの世界では使えなくなっているというのは、嫌がらせとしか思えない。

だが本当に不愉快なのは、その欠点を反映した「暗殺者」という設定と今回達成すべきイベントの間に、何の必然性も見えないことだった。

「そもそも魔王討伐部隊に何故《なぜ》『暗殺者』が必要なんだ……?」

「えっ？」

「はっ？」

達也《たつや》は頭の中で呟《つぶや》いたつもりだったが、声に出してしまったらしい。しかしそれは良《い》いとして——ここに聞かれて困る相手はいない——二人は何を驚いているのだろうか。

「……元々タツヤのアイデアじゃないか」

達也《たつや》の疑問に答えたのは幹比古《みきひこ》だった。

「何が」

だがそれだけでは情報量として全く足りていなかった。達也《たつや》が続きを催促したのは当然の流れだ。

「いや、だからよ。魔王に暗殺者《アサシン》を仕向けるってのはタツヤが発案者だろ？」

説明を補ったのはレオだった。しかしその説明は、達也《たつや》をますます当惑させた。自分が発案者と言われても、彼は全くの初耳である。今夜は変なところで情報の欠落が生じているようだ。

「そうだよ。魔王の玉座は複雑に入り組んだ迷宮の奥にある。大軍を動かしても狭い迷宮で各個撃破されるのが目に見えている。それより騎士団は敵主力部隊を引きつける為《ため》の陽動に徹し、その隙に暗殺者を放って魔王を仕留める。それが最善の手だと献策したのはタツヤだろう？」

「で、タツヤがその魔王暗殺に立候補したりするから、勇者のお姫さんが駄々こねたんじゃないか。『自分が行きます』『自分の方が相応《ふさわ》しい』『魔王討伐は勇者である自分の役目です』ってな」

「……ああ、そうか。タツヤは今でも自分一人で迷宮に潜入する方が良《い》いと考えているんだね？　だから『魔王討伐部隊に必要無い』って言ったのか」

達也《たつや》が黙っていると、幹比古《みきひこ》が勝手に理屈をつけて完結してくれた。その上で、「分かってあげなよ」と言いたげな笑みを達也《たつや》に向けた。

「ミユキ様はタツヤが心配だったんだよ」

レオも同じようなニュアンスの、微妙な苦笑いを浮かべた。

「あの姫さん、素直になれないだけなんじゃないか？」

「勇者としての責任感が相当プレッシャーなんだと思うよ。きっと、一人を贔屓《ひいき》にするような振る舞いは勇者に相応《ふさわ》しくないってお考えなんじゃないかな」

誰に説明しているんだと言いたくなるくらい二人が詳しく解説してくれたお陰で、達也《たつや》もようやくここまでどういう経緯になっている設定なのか把握できた。

しかし、先程深雪《みゆき》が見せた態度は「素直になれない」とか「本当は心配している」とかで説明できるものとは思えなかった。達也《たつや》から見て、あの時の深雪《みゆき》はどう考えても深雪《みゆき》らしくなかった。

もしかしたら、達也《たつや》が深雪《みゆき》を美化しているだけなのかもしれない。

深雪《みゆき》にもああいう、人並みに無神経なところもちゃんと存在しているのかもしれない。

しかし達也《たつや》は、この虚構世界からの干渉が妹の精神を狂わせているという確信を捨てられなかった。

（一刻も早く抜け出さなければ……）

何者かが夢の中に構築した虚構世界の毒性は昨日、一昨日より間違いなく強い。深雪《みゆき》の精神が蝕《むしば》まれる前に何としても抜け出さなければならないと、達也《たつや》は強く思った。

翌日もパーティの雰囲気はぎこちないままだった。その元凶は言う迄《まで》もなく達也《たつや》と深雪《みゆき》だ。二人とも必要最小限の会話しかしない。そのくせ「目も合わせない」どころかその反対だ。二人とも会話をする時は真っ正面から視線をぶつけ合って、どちらも先に目を逸《そ》らそうとしない。まるで我慢比べ、否、これは明らかに意地の張り合いだ。二人の醸《かも》し出《だ》す雰囲気は、美月《みづき》が目に涙を滲《にじ》ませるほど刺々《とげとげ》しいものだった。

二人の張り詰めた空気は草原の道が終わり深い森の中に入るその入り口で、最高潮に達した。

「深雪《みゆき》、待て」

「……何ですか、タツヤ殿」

今までと同じ足取りで森の中へ入っていこうとする深雪《みゆき》を、足を止めた達也《たつや》が呼び止める。

「もうすぐ日が暮れる。今日はここで野営した方が良《い》いと思うが」

振り返った深雪《みゆき》は、スッと細めた目で達也《たつや》の瞳を射貫《いぬ》いた。

「確かに日は傾いていますが、日没まではまだ二時間近くあるでしょう。野営の準備には早すぎます」

達也《たつや》は瞼《まぶた》を大きく開いたしっかりした眼差《まなざ》しで深雪《みゆき》の視線を受け止めた。

「ここから先が今までと同じ草原の道なら、確かにまだ進めるだろう。だがこの先は空の光が遮られる森の中だ。すぐに暗くなる。そうなれば木の陰や樹上に潜む、獣や魔物の見分けもつきにくくなる」

魔物、という単語を口にするのはかなり抵抗があった。しかし昨夜――この世界の昨夜という意味だ――実際に魔物の襲撃を受けたからには、達也《たつや》もその脅威を無視できなかった。

「明日、日の出と共に出発する方が安全だ」

「そんな余裕はありません！　こうしている間にも王国は魔軍の脅威に曝《さら》されているのですよ！」

深雪《みゆき》のお約束なセリフに達也《たつや》はため息を漏らした。――達也《たつや》らしくない、不用意な態度だった。

案の定、柳眉《りゅうび》を逆立てた深雪《みゆき》へ達也《たつや》は機械的な、感情のこもっていない声の答えを返す。

「二時間早く野営の準備を始める分、二時間早く出立の準備を始めて日の出と共に出発すれば良いだけのことだ。今夜一晩歩き続けても迷宮にはたどり着けないのだから、今日二時間多く歩くのも明日二時間多く歩くのも結果は同じだ」

「心掛けの問題です！　一刻も早く同胞を救いたいと思う気持ちが、貴方《あなた》には無いのですか⁉」

達也《たつや》の目に冷たい光が宿る。――現実世界で、深雪《みゆき》に対して、決して向けない眼差《まなざ》しだ。

「同胞を救う？　深雪《みゆき》、それはお前の本心か？」

「どういう意味ですかっ⁉」

「お前は『勇者』という今の自分の役割に、何の疑問も持っていないのか、という意味だ」

「なっ……！」

深雪《みゆき》の顔に激しい動揺が浮かぶ。まるで自分が何者なのか、アイデンティティがいきなり不確かなものになってしまったような表情だった。

「タツヤ、それは言い過ぎだよ」

「そうだぜ。言い方がきつすぎる」

幹比古《みきひこ》とレオが次々に達也《たつや》をたしなめる――姿を見せることで、深雪《みゆき》の怒りを和らげようとする。

しかし、深雪《みゆき》の心を占めているのは達也《たつや》に対する怒りではなかった。

「――もう結構です！　わたしと一緒に行くのが嫌なのであれば、ここに残っていればいいでしょう！　行きますよ、エリカ、美月《みづき》！」

返事を待たず、深雪《みゆき》が森の中へ進む。顔を見合わせたエリカと美月《みづき》がその後を追いかけ、幹《みき》比古《ひこ》、レオ、達也《たつや》の順番でそれに続く。

深雪《みゆき》が美月《みづき》のことを「ミヅキ」ではなく「美月《みづき》」と呼んだことに気づいた者は一人もいなかった。


森の中はすぐに暗くなった。日没が近づいたからだ。創造主《デザイナー》の芸の細かさには感心するが、この結果自体は少し考えれば分かることだった。

経験の違いはあるかもしれない。森の中で過ごしたことなど、深雪《みゆき》にはハイキングくらいしかない。森林戦のエキスパートである風間《かざま》の下で模擬戦闘の訓練を積んだ達也《たつや》とは経験値が違う。それでも、日中既に暗い森の中が日没間近にどうなるかくらい、予想するのは難しくない。

そして、そんなことも考えられないくらい思考に制限を受けている深雪《みゆき》を、達也《たつや》は気遣うことができない。「世界」の影響に気づかぬまま、兄妹《きょうだい》はバッドエンドへ向けて進んでいた。


破局へ向かう仕掛け、ゲーム風に言うなら選択肢に気づいたのは美月《みづき》だった。

「あれっ？」

「ミヅキ、どうしたの？」

エリカの問い掛けに、美月《みづき》は眼鏡を外すことで答えた。

「……何かいるのですか？」

深雪《みゆき》の声にも振り向かず、森の奥を凝視したまま美月《みづき》は「はい」と答えた。

「認識阻害の魔法が掛かっているみたいでぼんやりとしか見えませんけど……多分、レッドキャップです」

赤い帽子をかぶり杖《つえ》をつき斧《おの》を武器とする、老人の姿をした小人。レッドキャップは殺人をその本能とする、人間にとって特に有害な邪妖精だ。

「数は？　いるのはレッドキャップだけ？」

訊《たず》ねるエリカの声に緊張が滲《にじ》んでいるのも無理からぬことだった。

「数は、十匹前後ですね。他の魔物は見えません」

「ミユキ様、どうしましょうか」

幹比古《みきひこ》がひそめた声で深雪《みゆき》の指示を仰いだ。

レオが、エリカが、美月《みづき》が、決断を促す視線を「討伐隊」のリーダーである深雪《みゆき》へ向ける。

「……仕留めましょう。被害者が出る前に」

「放っておくべきだ」

そして唯一、深雪《みゆき》に決断を求めなかった達也《たつや》が、その決定に異を唱える。

「一つ、この近くに人の住む集落は無い。二つ、視界が利《き》かない森の中の戦闘はリスクが高い。三つ、小鬼退治は我々の任務ではない。先を急ぐべきだろう」

達也《たつや》は冷静に反対の根拠を述べただけだった。だが最後の一言が、深雪《みゆき》には自分に対するあてつけに聞こえた。

「わたしたちの任務は魔軍の脅威を取り除き、人々を安んじることです。民に害をなすと分かっている魔物を見逃すことはできません」

強い口調で反論して、深雪《みゆき》は達也《たつや》から顔を背けた。

道を外れる深雪《みゆき》を引き留めようとして、達也《たつや》は口を閉ざした。そのまま皆の後をついて行く。

先頭の深雪《みゆき》と、最後尾の達也《たつや》。

不意討ちに気づくのが遅れたのは、二人の間を木の幹と枝が遮っていた所為《せい》だった。

「ミユキっ！」

「きゃっ！」

エリカが深雪《みゆき》の身体《からだ》を押し倒す。現実世界と違って足元は均《なら》され、石や小枝や木の根のような余計な物が取り除かれているから転んだくらいで怪我《けが》はしない。また、そんな心配をしている場合でもなかった。

「オーガだと⁉」

「木の上から⁉」

刃渡り一メートルを遥《はる》かに超える蛮刀を、直前まで深雪《みゆき》が居た場所に叩《たた》きつけたのは、見上げる程の、ミノタウロスをも大きく上回る体軀《たいく》を持つオーガだった。

この巨体が樹上に潜んで奇襲を仕掛けてきたというのは、二重の驚きを深雪《みゆき》たちにもたらした。

まずこの体格で木に登っていたということ。この重量を支える枝があったということ。しかしそれはただの驚きだ。

それ以上に彼女たちを驚愕《きょうがく》させ警戒させたのは、奇襲を仕掛けるという知恵を、このオーガが持っているということ。

「インテリジェント・モンスター……」

わななく声で幹比古《みきひこ》が呟《つぶや》く。戦闘本能のみに支配された怪物とは、一線を画する手強《てごわ》い魔物。

幹比古《みきひこ》の、レオの、エリカの、美月《みづき》の、深雪《みゆき》の視線がオーガに釘付《くぎづ》けとなる。

「油断するな！　敵はオーガだけじゃないぞ！」

達也《たつや》は走りながら叫び、同時にダガーを投げた。

手斧《ちょうな》を振り上げたレッドキャップが、ダガーに喉を貫かれ美月《みづき》の背後で音を立てて倒れる。

振り返り悲鳴を上げる美月《みづき》と、彼女の方へ振り向いて素早く呪文を唱える幹比古《みきひこ》。

達也《たつや》が身を伏せて躱《かわ》したその上を、水の刃が通過する。水刃の半数は、レッドキャップを切り裂いた。

「ご、ごめん、タツヤ！」

その戦果を確認もせずに、幹比古《みきひこ》は狼狽《ろうばい》した顔で謝罪を口にする。

「そんなことは良《い》い！　それより、敵はまだ来るぞ！」

総勢十四というのは美月《みづき》の見間違いだった。否、見間違いをさせられていた。地面からボコボコと頭を出して這《は》い上《あ》がってくる赤い帽子の邪妖精。その数はあっという間に百を数える。

（ノーム？　それともスプリガンか？　相変わらず節操がない！）

レッドキャップは地中から湧かない、などと役に立たないツッコミを頭の中で加えながら、達也《たつや》は小剣と万力鎖《まんりきぐさり》を振り回した。ほんの十メートル先では深雪《みゆき》がエリカとレオのアシストを受けてオーガと剣を交えている。

達也《たつや》は一刻も早く深雪《みゆき》の側に駆けつけたかった。だが今の彼には、レッドキャップのような小物も一体ずつ倒していくしか術がない。指一本で塵《ちり》に変えることも、障碍《しょうがい》物でしかない雑魚《ざこ》を飛び越えていくこともできない。

「幹比古《みきひこ》、何とかならないか⁉」

「詠唱の時間が！」

数の暴力に曝《さら》されて、幹比古《みきひこ》も短い呪文を続けて唱える余裕しかないようだ。美月《みづき》も杖《つえ》をメイスの代わりに振り回しているが、残念ながらレッドキャップの接近を妨げる牽制《けんせい》にしかなっていない。

「こ、の、野、郎！」

オーガの蛮刀を頭上にかざしたガントレットで受け止めていたレオが、気合いを爆発させて重い刃を跳《は》ね除《の》けた。

「うぉらぁ！」

一メートル以上の身長差にも拘《かか》わらず、オーガが数歩後退する。

「えぇやぁ！」

蹈鞴《たたら》を踏んだオーガに、すかさずエリカが切り掛かる。だが彼女の刀は鈍い金属音を立てて弾《はじ》かれた。大鬼の皮膚は鉄の硬度を持っていた。

「チッ、自信無くしちゃうわね」

手の内をしっかり締めていたお陰で刀を落とすようなことはなかったが、それでも腕に衝撃を受けてエリカが素早く後退する。

「へっ、弱気はらしくねえぜ」

憎まれ口を叩《たた》くレオのガントレットには切れ込みが入っており、ぽたぽたと血が流れていた。

二人の一歩後ろで深雪《みゆき》が奥歯をグッと噛《か》み締《し》めた。

エリカとレオではオーガにダメージを与えられない。

オーガを斃《たお》せるのは自分の魔法剣だけだ――。

そう心を決めた深雪《みゆき》の横を、鉄錆《てつさび》の臭いを乗せた風が吹き過ぎた。

彼女の鼻腔《びこう》を刺激したものの正体は、血臭。

レッドキャップの群れを強引に突破した達也《たつや》が、全身につけた傷から流す血の臭い。

「タツヤ！」「タツヤ殿！」

暗殺者技能《アサシンスキル》の補正を受けて風と化した達也《たつや》が、エリカとレオの間を抜けてオーガへ向け突進する。

振り下ろされる蛮刀。

半身になって斬撃を躱《かわ》した達也《たつや》は、疾風の勢いを殺さず踏み切った。

側転宙返りでオーガを飛び越える。

彼の左手には万力鎖《まんりきぐさり》が握られていた。

オーガの首に鎖が巻きつき、分銅が留め金となって固定される。

鎖を持ったまま、達也《たつや》は大鬼の後頭部と背骨を蹴りつけた。

急激に首を圧迫され、オーガが悲鳴を上げる。

達也《たつや》は鎖を持つ手を引き、無謀にもオーガの前面へ回り込んだ。

手に持つ小剣を鬼の右目に突き込む。

剣の切っ先は、オーガの頭蓋の、奥に達した。

断末魔に、振り回される鬼の巨腕。

足場の無い空中で、達也《たつや》にそれを躱《かわ》す術は無い。

達也《たつや》の身体《からだ》が宙を飛ぶ。自らの意思ではなく、大鬼に殴り飛ばされて。

彼の口から血飛沫《ちしぶき》が噴き出した。

「お兄様！」

深雪《みゆき》が悲鳴を上げる。

泣き叫ぶ彼女の右手は霊子光《プシオン》を宿していた。

「よくもお兄様を！」

霊子《プシオン》で構成された世界に、霊子《プシオン》を凍りつかせる魔法が放たれる。

精神干渉系魔法「コキュートス」。

本来の威力の百分の一にも及ばない魔法が、偽物《にせもの》の魔法しか使えないはずの架空世界で、その被造物を氷の彫像に変えた。


「お兄様、お兄様！　お兄様っ！」

達也《たつや》の身体《からだ》にすがりつく深雪《みゆき》。

彼女の意識は既に「勇者ミユキ」ではなく、「司波深雪《しばみゆき》」だった。

「深雪《みゆき》……」

妹の膝に抱かれながら、彼女を見る達也《たつや》の目は優しい。

彼の眼差《まなざ》しは「暗殺者タツヤ」のものではなく、「司波達也《しばたつや》」のものだった。

「気がついたか……？」

そう言って笑った直後、達也《たつや》が血を吐く。

血反吐《ちへど》で汚れるのも構わず、深雪《みゆき》が達也《たつや》を抱き締める。

「はい……はい！　気がつきました。深雪《みゆき》はようやく、気がつきました！」

「そうか……」

「お兄様、申し訳ございません！　申し訳ございません！」

「お前が謝ることはないさ」

深雪《みゆき》の腕の中で、達也《たつや》の身体《からだ》から熱が失われていく。

いつの間にかエリカもレオも幹比古《みきひこ》も美月《みづき》も、仲間の姿は全て消え、森の緑も茶色の土も消えて、ただ白い空間に二人は取り残されていた。

「お兄様⁉」

「心配するな……これはただの夢だ」

「嫌です！　こんなの嫌です！」

「泣くな、深雪《みゆき》」

「そのお言いつけには従えません！　お願いです、お兄様！　どうか、どうか！」

泣き叫ぶ深雪《みゆき》に、達也《たつや》は「仕方が無いなぁ」という笑みを浮かべた。

「言っているだろう。これはただの悪夢だ。目を覚ませば、いつもの……」

達也《たつや》の言葉が途切れる。彼の瞼《まぶた》が、ゆっくり閉じていく。

「嫌です！　こんな夢は認めませんっ！」

深雪《みゆき》の絶叫。

その直後、白い空間が玻璃《はり》の音を立てて砕けた。

◇◇◇

目を開けると同時に、深雪《みゆき》はベッドから飛び起きた。身体《からだ》中寝汗で濡《ぬ》れていたが、着替えもせずパジャマのままで部屋を飛び出す。

「お兄様！」

ノックもそこそこに、深雪《みゆき》は達也《たつや》の部屋へ飛び込んだ。

「深雪《みゆき》、おはよう」

達也《たつや》は既に起きていた。深雪《みゆき》と同じように汗をかいたのだろう。パジャマの上を脱いで上半身裸になっている。

いつもなら顔を朱に染めて謝罪の言葉と共に慌てて扉を閉めるシチュエーションだ。

だが深雪《みゆき》はそのまま達也《たつや》の胸に飛び込んだ。

「深雪《みゆき》、汗で汚れるぞ」

苦笑いを浮かべながら達也《たつや》が深雪《みゆき》を抱き止める。

「お兄様、良かった……」

兄の声が、深雪《みゆき》の耳には届いていないようだった。彼女の聴覚は達也《たつや》の心臓の音に集中していた。肌の温《ぬく》もり——体温を確かめるように、達也《たつや》の身体《からだ》を強く抱き締める。汗の臭いすら、今の深雪《みゆき》には、大切な兄が生きている証《あかし》に思えた。

「だから言っただろう。あれはただの悪夢だと」

深雪《みゆき》がすぐには離れてくれそうもないと諦めた達也《たつや》は、妹の髪を優しく撫《な》でながら笑い声でそう言い聞かせる。

「あれは夢だ」

「はい」

「これが現実だ」

「はい」

「安心しろ。俺はここにいる」

「はい……」

嬉《うれ》し涙《なみだ》を目に溜《た》めて、深雪《みゆき》はいっそう強く達也《たつや》に抱きついた。

深雪《みゆき》が我に返って悲鳴を上げ、真っ赤になって達也《たつや》の部屋を飛び出したのは、それから十分後のことだった。

その日の深雪《みゆき》は珍しく、香りの強い石けんの匂いを学校でも身体《からだ》から漂わせていた。

（第四夜に続く）

どりーむげーむ――まおうばーじょん――

木曜日。今日の達也《たつや》は久し振りに気分が少し軽かった。

月曜日から始まった悪夢の件は、何も解決していない。むしろ一昨昨日《さきおととい》より一昨日《おととい》、一昨日《おととい》より昨日《きのう》とどんどん悪化している。昨夜の夢は特にひどかった。何せ死ぬ経験をしたのだから。

ただ昨夜の悪夢から抜け出す直前に深雪《みゆき》が目を覚ましたことが達也《たつや》の心を軽くしていた。これでもう昨日の日中のように妹の理不尽な不機嫌に曝《さら》されることはないだろうし、悪夢の中でも深雪《みゆき》から妹としてではなく女性としてのアプローチを受けて困惑させられることもないと達《たつ》也《や》は考えていた。悪夢の中で深雪《みゆき》が意識を保っていられるかどうか、意識を保っていたとしても変に暴走しないかどうかは、まだ予測にすぎなかったが、達也《たつや》も偶《たま》には根拠のない楽観に浸っていたくなるのである。

そういう彼の心境は、態度にも表れていたようだ。

「達也《たつや》さん、今日は少しすっきりしたお顔をされていますね」

一高から駅までの道すがら、そう指摘したのはほのかだった。

昨日の自分はそんなに酷《ひど》いありさまだっただろうか、と達也《たつや》は疑問に思ったが、ほのかのセリフからするに結構分かりやすい顔をしていたのだろう。

「深雪《みゆき》も何だか憑《つ》き物《もの》が落ちたみたいな顔をしている」

深雪《みゆき》に対しては、雫《しずく》からそんな声が飛んでいる。深雪《みゆき》と同じA組の二人は、昨日ずっと深雪《みゆき》の不機嫌に悩まされていたに違いなかった。

「何だ？　兄妹喧嘩《きょうだいげんか》でもしていたのか？」

「え～っ？　深雪《みゆき》と達也《たつや》くんが喧嘩《けんか》なんて考えにくいんだけど」

レオとエリカが振り返って会話に参加する。いつもであれば「勝手なことを言っているな」と感じただろうが、昨日深雪《みゆき》と冷戦状態だったことは事実なので達也《たつや》も反論できない。

しかし、である。

「そうよ、エリカ。わたしとお兄様が喧嘩《けんか》なんてするはずがないじゃない」

深雪《みゆき》は涼しい顔で喧嘩《けんか》疑惑を否定して見せた。いざとなれば女性の方が精神的にタフだという俗説は当たっているのだろうか。いや、もしかしたら深雪《みゆき》は本気で「兄妹喧嘩《きょうだいげんか》などするはずがない」と信じ込んでいるのかもしれない。同じクラスで深雪《みゆき》の変調を見ていた雫《しずく》の疑わしげな眼差《まなざ》しも、深雪《みゆき》の眉一筋動かすことはできなかった。

ただ、少しばかり妙な空気が漂い始めたのは避けられなかった。それを彼ら全員が感じ取っていた。

「皆《みんな》、ちょっと寄っていかないか？」

「そうですね。全員が揃《そろ》ったのは今週初めてですし」

幹比古《みきひこ》と美月《みづき》の気配り発言に、他の六人も頷《うなず》いた。

アイネブリーゼは第一高校から最寄駅《もよりえき》へと続く一本道の途中から脇に入った所にある喫茶店だ。達也《たつや》たちの行きつけになっている店だが、通学路から少し離れている為《ため》か、達也《たつや》たちは他の一高生が店内にいるのを見たことがない。達也《たつや》もフットワークが軽いレオが見つけてこなければアイネブリーゼのことを知らなかっただろう。マスターに訊《き》いても、中心客層は近所の家事従事者で一高生は達也《たつや》たち以外滅多《めった》に来ないようだ。なお主婦と言わないのは既婚女性に限らないからで、男性もいればハウスキーパーもいて年齢も様々、らしい。

達也《たつや》たちがこの店に寄るのは学校の帰り、つまり夕方の家事が忙しくなる時間帯で、彼らの貸し切りになることが多い。ホームオートメーションが発達しても家事自体は無くならないし、社会全体の傾向として省力化が進展したことで逆に家事が特定の時間帯に集中している。

今日も店内に客はいなかった。しかしこの日は珍しく、マスターがカウンターの奥で暇そうに座っていた。いつもであればこの時間はお皿を洗ったりテーブルを拭いたりと、午後のティータイムに訪れた客が帰った後の片付けをしていることが多い。

「おや、いらっしゃい」

軽やかな音を立てたドアベルに顔を上げたマスターが、立ち上がりながら親しみを込めた顔で先頭のエリカを迎えた。

「こんにちは、マスター。今日はお客さん来なかったの？」

こういうセリフがすんなり許されてしまうあたり、エリカはかなりお得なパーソナリティをしていると言わざるを得ない。

「おまっ、そりゃ失礼ってもんだろう！　そういうことは思っていても言わないもんだ」

すぐさまレオがツッコミを入れる。彼もある意味、憎めないキャラというお得な個性の持ち主だ。

「あんた、本気で言ってるでしょ？」

エリカから冷たい目を向けられ、自分の発言が意味するところに気づいていなかったレオが「うっ」と息を吞《の》む。「あんたの方が失礼なことを言ってるじゃない」という非難に反論できなかったのだ。

「ははは、心配してくれてありがとう」

しかしマスターはさすがに大人だった。

「でも安心してくれていいよ。今日はちょっと用事があってね。さっき店を開けたところなんだ」

「……自由ね、マスター」

「一人でやっているメリットだね」

マスターの言うとおり、この店にはアルバイトもいない。いくらこぢんまりとした店でもテーブル席があるのだから一人くらいウエイトレスを雇ったら、とエリカやレオが何度も勧めているのだが、マスターは「一人の方が気楽だから」とワンマン営業を続けている。

まだ何か言いたげな表情で立っているエリカの横を通り抜けて、達也《たつや》がカウンターに座った。彼の右に深雪《みゆき》、左にほのかが腰を下ろし、ほのかの隣に雫《しずく》が腰掛ける。タイミングを外されたエリカは、達也《たつや》たちと背中合わせになる格好で美月《みづき》の隣に落ち着いた。

「マスター、珍しいね」

カウンターの中の汎用モニターがケーブルドラマを映しているのを、雫《しずく》が目敏《めざと》く見つけて指摘する。

「ああ、ごめんごめん」

「別に消さなくていいですよ」

マスターも何となくつけていただけなのだろう。すぐオフにしようとしたのを、達也《たつや》が気にしないと引き留めた。

「そういうわけにはいかないよ」

しかし喫茶店の店主としてのプロ意識からか、マスターは笑いながらテレビを切った。

「今の『ターミナル・ジョーズ』だろ？　マスター、好きなのかい？」

レオの所からはモニターがほとんど見えなかったはずなのに、何を受信していたか分かったらしい。何となく嬉《うれ》しそうにそう訊《たず》ねる。

「へえ。西城《さいじょう》君、良く知っているね。十年近く前の作品なのに」

マスターが驚きとともにレオの質問を肯定した。

「知り合いが出てたんだよ。チョイ役だけどな」

「知り合い？　子役かい？」

「いいや。オレより……十四歳上だったかな。家の仕事の関係でね」

ここで「何の仕事をしているのか」と誰も訊《き》かなかったのは、魔法科高校生ならではかもしれない。魔法師の家系に生まれた生徒――つまり魔法科高校では多数派――ならば、実家が機密性の高い仕事に携わっている可能性が高いからだ。

「あたしも見たことあるよ。最近だけど」

「十年程度なら新しい方ですよね」

エリカのセリフを受けた美月《みづき》の言葉の意味は、ビデオオンデマンドが当たり前になっている二〇九〇年代のコンテンツ事情を表している。

「意外だな……。エリカ、ああいうのが好きなの？」

「あたしじゃなくて弟子に好きなやつがいるの！　見たのは家の夏合宿の時に仕方なく！」

幹比古《みきひこ》の疑問に、エリカは過剰とも思える反応を返した。彼女的には「一匹狼《いっぴきおおかみ》の魔法師エージェントの活躍を描いた特撮アクションドラマ」の類を好んで見ていると誤解されるのは恥ずかしいことだったようだ。

「私も見たことある」

だが、そこに雫《しずく》が「気にしすぎ」とでも言いたげに、カウンター席に座ったままクルリと後ろを向いて口を挿《はさ》んだ。

「弟が好きなんだ」

しかし雫《しずく》の弁護（？）は、エリカにとってあまり気休めにならなかった。

「弟さんって、小学生でしたっけ？」

「うん。小学五年生」

美月《みづき》の言葉に雫《しずく》が頷《うなず》く。ここにいるメンバーで夏休みに雫《しずく》の別荘へ遊びに行った時、雫《しずく》が弟のことを話したのを美月《みづき》は覚えていた。

「私だけじゃないよ。ほのかも見てた」

「ちょっと、雫《しずく》!?」

何ということもない暴露話に思えるが、ほのかは何故《なぜ》か、とても慌てている。

「その話は――」

ほのかは焦《あせ》って雫《しずく》の口を塞ごうとしたが、

「弟の為《ため》に何度も真似《まね》してくれたもがっ」

一足遅かった。

「真似《まね》？　誰の真似《まね》？」

「あっ、分かった。主人公の真似《まね》でしょ」

レオの疑問に、エリカが顔を輝かせて答える。

雫《しずく》が口をふさがれたまま、エリカの答えに頷《うなず》いた。

「主人公って、鮫島寿雄《さめしまとしお》？　ターミナル・ジョーズの？」

ほのかは必死になって雫《しずく》を抑え込もうとしているが、雫《しずく》は口を押さえる手を気にした様子も無くレオに「そう《ふおう》」と答える。

「あっ、なるほど」

ここで幹比古《みきひこ》が大きく頷《うなず》いた。彼も何かに気づいたようだ。

「あのドラマの主人公、得意魔法が光の屈折術式だったよね。光井《みつい》さんなら特撮なんか使わなくても再現できそうだ」

「ん、んん、んんん……」「わーっ、わーっ、わーっ！」

幹比古《みきひこ》に答えを返そうとする雫《しずく》とそれを遮るほのか。二人のじゃれ合いは、そろそろ放置できないレベルに達していた。

「ほのか、幾ら今はわたしたちしかいないとはいえ、あまり騒ぐとご迷惑よ」

「それよりほのか。雫《しずく》が苦しそうだぞ」

深雪《みゆき》にたしなめられ達也《たつや》に注意され、ほのかは慌てて雫《しずく》の口から両手を離した。

「わっ、ごめん雫《しずく》！　マスター、うるさくしちゃってごめんなさい」

「いや、そんなに騒がしかったわけじゃないし」

カウンターに頭をぶつけそうなくらい勢いよく頭を下げたほのかに、マスターは笑いながら手を振った。

「そう。特にほのかがアクション付きで実演する『覚醒魔法サメントス』が弟はお気に入りで……」

「雫《しずく》っ！　それはもう良《い》いって！」

そして何事も無かったかのように「ドラマの主人公の真似《まね》」の話を続ける雫《しずく》に、再びほのかが悲鳴を上げた。

「そういや、達也《たつや》。あのドラマで気になってたことがあんだけど」

ほのかと雫《しずく》の戯《じゃ》れ合いにようやく一段落ついて多少静かさが戻って来たところで、タイミングを計っていたのかレオが結構な勢いで達也《たつや》に話し掛けた。

「俺はそのドラマを知らんぞ」

「あちゃー……そうか。まっ、いいや」

達也《たつや》の返事はつれないものだったが、レオはめげた様子も無い。

「実はそのドラマに『強制人格入替魔法』ってのが出てくるんだが、それって理論的に可能なのかね？」

「あんたって変なことに興味を持つのね。フィクションの中の魔法でしょ？」

エリカに突っ込まれても、レオはいつもの過剰反応を見せなかった。

「そりゃ分かってるんだけどよ。気になるんだから仕方ないじゃねえか」

「好奇心ってそんなものだよね」

空気が険悪化する前に、幹比古《みきひこ》が取りなすように口を挿《はさ》んだ。

「それで達也《たつや》。実際のところ、どうなんだろう？　人格を入れ替えるなんて可能なのかな」

「それはむしろ古式魔法の領分に思えるが？」

達也《たつや》に反問されて、幹比古《みきひこ》が腕組みする。

「うーん、どうだろう……。御伽噺《おとぎばなし》の中では霊が憑依《ひょうい》するというエピソードも割とポピュラーだけど、術式の観点から言えば、あれは洗脳術の一種みたいなものだからね」

「洗脳、ですか？」

幹比古《みきひこ》の説明に美月《みづき》が首を傾《かし》げる。不思議そうな顔をしているのは彼女だけではなかった。

「憑依《ひょうい》という現象はあくまでも人格の改変であって、その人の人格が入れ替わるわけじゃないんだ。表層意識を別の意識体で上書きしているだけ。人の意識を情報体として見るならば、情報体を別の情報体で上書きするという原理は普通の魔法と変わらない。上書きが深層意識に及ぶと憑依《ひょうい》ではなく融合になるんだけど、それも人格交換とは違うと思うな」

「古式魔法にも人格交換の術式は無いってことね。現代魔法にもそんな術式は無さそうだし、人格の入れ替えは無理ってことかな」

エリカが身体《からだ》を捻《ひね》って椅子の背もたれから身を乗り出す。先ほどのツッコミは何処《どこ》へやら。今やレオよりエリカの方が興味津々《きょうみしんしん》な顔つきだ。

「そうだな……」

達也《たつや》が真剣に考え込んでいるのを見て、何となく茶々を入れられない雰囲気が店内を満たす。

「人格を精神のこととするならば、精神と肉体は脳を送受信機としてつながっているというのが現代の最も有力な説だ」

深雪《みゆき》が控えめに、幹比古《みきひこ》が大きく、共にしっかり頷《うなず》いた。

「この説によれば脳はその複雑な構造故に精神と厳密に一対一で対応していて、他人の精神、他人の肉体と混信することはない。だが何らかの理由で脳が他人の精神とつながれば、本来の人格とは異なる人格がその肉体を使用することになるだろう。意図的にこの混信を起こすことができれば、強制人格交換も可能かもしれない」

「例えば自分の脳の構造情報を他人の脳のエイドスに貼り付け、自分の脳のエイドスにその相手の脳の構造情報を魔法式として上書きする術式を使えば可能ということですか？」

「そうだね。それも一つの方法だろう」

達也《たつや》は内心の動揺を押し隠して、深雪《みゆき》の問いに頷《うなず》いた。一体何に気を取られていたのか、彼女が不用意に挙げた例は四葉家《よつばけ》の機密につながりかねないものだった。

「構造情報をそっくり写し取るなんて、そんなことができるんですか？」

「解析すら無理だと思う。情報量が多すぎる」

だが、ほのかと雫《しずく》が優等生らしく立て続けに疑問を呈してくれたお陰で、それ以上深みにはまることはなかった。


家に帰ってすぐ、達也《たつや》は深雪《みゆき》に何故《なぜ》あんな迂闊《うかつ》なことを言ったのか訊《たず》ねた。

「申し訳ありません！　仰《おっしゃ》るとおりです。深雪《みゆき》の不注意でした」

「何が気になっていたんだ？」

隣で俯《うつむ》いている深雪《みゆき》に、達也《たつや》は優しく問い掛けた。厳しく問い質《ただ》す口調になっていなかったのは達也《たつや》が妹に甘いからという理由ばかりではなく、彼にも心当たりがあったからだ。

「それは、その……」

「例の悪夢のことを連想して、他のことに注意が疎《おろそ》かになった？」

深雪《みゆき》が「何故《なぜ》それを」という表情で達也《たつや》の顔を見上げた。

「……お兄様も、なのですか？」

恐る恐る問い掛ける深雪《みゆき》の声に、達也《たつや》は「怒っていない」と言い聞かせるように微笑《ほほえ》みながら頷《うなず》いた。

「人格を入れ替えるシステムを考えていてすぐに思いついた。これなら多数の人間を一つの夢に、異なる役で参加させることができるのではないかと」

「システムの中に人格の受け皿となる仮想人体を用意して、睡眠中に精神を仮想人体へ強制的に接続する――」

「そうだ。睡眠中は精神と肉体のつながりが緩くなると言われている。それでも、脳と精神のラインを簡単に切断できるというわけではない。そんなことができれば容易に大量殺人が可能となってしまう。それほど強力な術式であれば、それが神話時代のものであろうと何らかの形で伝承として残っているはずだ。今回の悪夢を見せている何かはおそらく、脳と精神をつなぐラインに仮想人体から伸びるラインを割り込ませているんだ」

深雪《みゆき》が躊躇《ためら》いがちに首を縦に振る。自分が兄と同じ推論に至ったと知っても、何でもない時のように手放しで喜ぶ気にはなれないのだろう。

それも当然と言えば当然だった。現代の魔法学はまだ、精神干渉の仕組みを解き明かしていない。技能として精神干渉系術式を使える魔法師はいる。多くの魔法師に使えるよう定式化された精神干渉系術式も皆無ではない。

だがそれは、使い方が分かっているだけだ。作動原理は未解明の部分の方が大きい。作動原理が分からなければ効果的な停止方法も妨害方法も編み出せない。悪夢を見せられている大まかな仕組みが分かっても、それを止める方法が分からなければかえって不安が増すだけだ。

「深雪《みゆき》、心配するな。非論理的な言い方だが、俺がついているから大丈夫だ」

達也《たつや》らしくない気休めのセリフ。

深雪《みゆき》は兄の肩にそっと頭を預けた。

「はい。深雪《みゆき》は、お兄様を信じます」

◇◇◇

達也《たつや》は今日も悪夢の中で目覚めた。

そのことに対するショックはない。強がりではなく、達也《たつや》はこうなることを予想していた。

彼はこの現象が何らかの魔法的な器物――呪物というべきだろうか――によって引き起こされていると考えていた。それも現代の技術では再現できない、所謂《いわゆる》聖遺物《レリック》の類だ。

しかもその呪物は、何らかの条件を満たすことで自動的に作動している可能性が高い。過去三日間のシナリオに一貫性が欠如していることから見て、特定の個人が悪夢を作り出す呪物を操作しているということは考え難《にく》かった。ならばその機能を停止させる為《ため》の条件も存在するのだろう。

(それにしても、今回は一体どんな役柄なんだ？)

昨夜、一昨夜と違い、今夜は割り当てられた役についての知識がダウンロードされてこない。それ自体は意識に対する浸食度が下がったということであり、むしろ望ましいことだと言える。だが何をやれば良いのか分からないというのも困惑させられることだった。筋書きにないことをして目を覚ますのが遅れる、などという事態は達也《たつや》としても避けたかった。

幸いにと言って良いのかどうか判断が難しいところだが、今は達也《たつや》一人きりだ。彼はこの部屋に何か手掛かりになる物がないか、探してみることにした。

立ち上がろうとして、自分が座っている椅子が随分と豪華な物であることに気づいた。背もたれが異常に高く、座面も広い。肘掛けも大袈裟《おおげさ》なくらい重厚だ。まるで玉座に使われる椅子だった。

悪い予感に駆られて、達也《たつや》は立ち上がった。

一歩前に出て、自分がどんな格好をしているのか確かめようと、着ている物を見下ろした。いっそ天晴《あっぱ》れと言いたくなるくらい、黒一色だった。

服のデザインは軍服と言っても通るし宮廷服と言っても通りそうだ。しかもご丁寧にマントまで羽織っている。

悪い予感は、その水位を上げる一方だった。

鏡はないか……そう思って部屋の中を見回した達也《たつや》は、鏡台と、一冊の厚い本を見つけた。

鏡台の前に移動して、鏡をのぞき込むのではなくその本を手に取る。これまた黒一色の表紙は天然皮革の手触りだ。まさか人間の皮膚ではないだろうな……と少しばかり気味の悪いことを考えながら、達也《たつや》は最初のページを開いた。

途端に、知識が流れ込んできた。と言っても意識に強制介入されている感じではない。自分でテキストを読み取っていく感覚だ。ただし十倍速どころではない超高速で。眩暈《めまい》も起こさなかったのは、これが現実ではないからに違いなかった。

強制的に知識を流し込まれるのと強制的に速読をさせられるのと、その何が違うのかと思わないでもなかったが、こちらの方が少なくとも達也《たつや》の好みには合っている。今は必要な情報が手に入ったことで良しとすることにした。

それで肝心《かんじん》の、達也《たつや》に割り当てられた役だが――

（……魔王とはね）

達也《たつや》は、笑うしかないという心境になっていた。確かに自分でも勇者などという柄ではない、と彼は思っている。だが初日はともかく、二日目が魔王討伐軍の遠征軍指揮官で三日目が魔王を討伐する勇者のお供、四日目の今夜が悪役の魔王とは、大した成り下がりぶりだと達也《たつや》は考えたのだった。

ともかく、自分の演じる役は分かった。次に気になるのは深雪《みゆき》の配役だ。もっとも、気になるだけで心配はしていなかった。一旦夢を夢として認識すれば、この悪夢の中でも自分の意識を保《たも》てるはずである。達也《たつや》はそのことを直感的に確信していた。

だから、たとえ昨夜に引き続き魔王の首を狙う勇者の役であっても、それに引きずられることはないはずだ。深雪《みゆき》に襲い掛かられる心配はしなくても良いだろう。

（もっとも、勇者に討たれるのが今回のクリア条件なら、その相手が深雪《みゆき》というのも良《い》いかも

しれないな)

——などという戯《たわ》けたことまで考えている心のゆとりが今夜の達也《たつや》にはあった。だが、この悪意に満ちた舞台がそんなに甘いものであるはずがなかった。それを彼は、すぐに思い知ることになる。

「陛下、お目覚めでいらっしゃいますでしょうか」

ノックの後に、ドアの向こう側からそんな問い掛けが聞こえた。彼が聞き間違えるはずのない、深雪《みゆき》の声だ。どうやら妹も魔王側の陣営らしい。

しかし、目覚めているも何も自分は椅子に座っていたのであってベッドに寝ていたのではない。状況にちぐはぐなものを感じながら、達也《たつや》は「起きているよ」と応えを返した。

それを入室許可と解釈したのだろう。

「陛下、失礼いたします」

深雪《みゆき》はそう断りを入れて、部屋の中に入ってきた。

ちなみに、扉を開けたのは深雪《みゆき》ではない。ノブに手を添えて扉を押さえているのは長袖のロングワンピースにエプロンと、フリルのついたヘアバンド状の白いヘッドドレスを着けたほのかだった。その格好からするに、魔王城の侍女の役らしい。またしても友人に犠牲者が出たことになるが、それを気にしている余裕は達也《たつや》から消《き》え失《う》せていた。

妹の姿に、圧倒されて。

深雪《みゆき》は漆黒のロングドレスを身に纏《まと》っていた。裾は床に届いていて、脚が直接他人の視線に——今は達也《たつや》の目に——曝《さら》されることはない。だが両肩はほとんどむき出しだ。袖はついているが胸はカップの上三分の一まで見えている。何処《どこ》までも深い闇色のドレスと処女雪のような白い肌のコントラストが暴力的なまでに艶《なま》めかしい。

闇色のドレスより純粋な黒の、ドレスにはない艶を放つ髪を飾るのは、雪の結晶をモチーフにしたいつものヘアピンではなく、煌《きら》めく宝石をちりばめた黄金のティアラ。その出《い》で立《た》ちはまるで女王、さもなくば王妃としか思えないものだ。

（まさか……）

いくら自分の意のままにならないからといって、それだけは勘弁してほしかった。

だがこの忌々《いまいま》しい夢物語の作り手《ディレクター》に悪意以外のものを期待できようはずもなかった。

「陛下、本日もご機嫌麗しゅう」

古めかしい作法を少しも大袈裟《おおげさ》に見せず優雅に一礼した深雪《みゆき》に目を細めた達也《たつや》は——見とれたのではなく呆《あき》れたのだ——扉の脇に控えたほのかに声を掛けた。

「少し二人にしてくれ」

「ほのか、お下がりなさい」

「はい、陛下、妃殿下。失礼いたします」

そう応えたほのかが、ぎこちなく一礼して部屋から出て行く。

(妃殿下……)

達也《たつや》はため息を吐きたくなった。

大きく、深々と。

そうであってほしくないと思っていたことが、訊《たず》ねる前に確定してしまったからだ。

「深雪《みゆき》」

「はい、陛下」

すまし顔でそう言った深雪《みゆき》を、達也《たつや》は軽く睨《にら》んでしまった。

深雪《みゆき》が「やりすぎた」という顔で首をすくめる。

お陰で達也《たつや》は、余計な疑いを持たずに済んだ。

「正気なんだろう？　悪い冗談は止めてくれ」

「申し訳ございません、お兄様。悪ふざけがすぎました」

うんざりした表情で責める達也《たつや》へ、深雪《みゆき》は素直に頭を下げた。

「ですがお兄様」

ただ、全面的に自分が悪いと認めるつもりもないようだ。

「ほのかのようにまだ夢を見ている人たちの前では、配役に沿った行動を取るべきだと思いますが」

達也《たつや》に顔を顰《しか》められても、深雪《みゆき》は自分の考えを引っ込めなかった。

「昨夜のことは全面的にわたしが悪かったのですが、お兄様が割り当てられた役から逸脱した振る舞いをなさらなければ、あのような悲劇的結末にはならなかったと思うのです」

達也《たつや》は答えを返せなかった。「そうだ」とも「違う」とも答えられない。深雪《みゆき》の意見は可能性の一つだ。それも、頭ごなしに否定できない種類の。達也《たつや》は自分がどう行動しようとあの結末は変わらなかったと考えているが、それを証明することはできない。

要するに達也《たつや》の考えも深雪《みゆき》の考えも証明不可能な推論で、同じ推測なら強い確信を持っている方が勝つのである、

「わたしは二度とお兄様が斃《たお》れるところなど見たくありません。それが嘘《うそ》だと分かっていても、深雪《みゆき》には耐えられません」

「……すまない」

今回も結局、達也《たつや》が折れることになった。

「お止めください、お兄様。悪いのはわたしなのです。……ですが、役目に沿って行動すべきだということにはご賛同いただけましたでしょうか」

「……あくまでも許容できる範囲でだ。悪夢の言いなりになるつもりはない」

それが達也《たつや》にできる精一杯の抵抗だった。

「まあ、もちろんです！」

しかし、深雪《みゆき》の浮かべた華やかな笑みで、彼女にはその程度の留保などそもそも抵抗にすら

なっていないことが分かってしまう。

「では陛下、玉座へ参りましょう。皆が陛下の御成《おなり》を今か今かと待ちわびております」

芝居とは思えぬ大真面目な表情で促す深雪《みゆき》に、達也《たつや》は無言でついていった。


この世界で目を覚ました時、達也《たつや》は自分が座っていた私室の椅子を「玉座に使われるような大袈裟《おおげさ》な代物」と感じていた。だが彼は、自分が甘かったと認めざるを得なかった。

(これに座るのか……?)

思わず顔が引きつりそうになる。

材質は黒大理石、らしき物。身体《からだ》が触れる部分に黒革張りのクッションが取り付けられている。背もたれは、ほとんど彼の身長と同じ高さ。背もたれの上部——どう見ても頭が届かない部分——と肘掛けに、如何《いか》にも魔王的な彫刻が施されている。

正直に言って、こんな椅子には座りたくなかった。第一、座り心地が悪そうだ。だが彼が腰を下ろさない限り、目の前で平伏《ひれふ》している臣下の者たちは頭を上げないだろう。何より、深雪《みゆき》が「早く座ってください」と視線で急《せ》かしている。達也《たつや》は諦めて「玉座」に着いた。

家臣たちが一斉に顔を上げた。男性だけでなく、女性も結構いるのは現代的な価値観に基づいてこの世界が作られているからか。

幸い広間に集まっていたのは、一人を除いて人間と同じ姿をした人形だけだった。頭の上に分かりやすく役名が浮いている。

魔王の臣下というからどんなおどろおどろしい怪物が出てくるかと身構えていた達也《たつや》にとっては少し拍子抜けだ。要するに魔王といっても「悪魔の王」ではなく「魔族」という名の人間種族の王ということらしい。

そして一人だけの例外はというと。

「雫《しずく》、お前もか……」

思わず某ローマ人のセリフ（ただしコマーシャル版不完全形）を達也《たつや》は漏らしてしまう。広間のほぼ最前列に立っていたのは金糸銀糸をふんだんに使い、スカートの裾が大きく広がっている派手なドレスを纏《まと》った雫《しずく》だった。

「陛下？」

不思議そうに雫《しずく》が問い返す。

さて、何と言って誤魔化《ごまか》そうかと達也《たつや》が悩んでいるところに、隣からサポートが入った。

「雫《しずく》様、お父様のお加減は如何《いかが》ですか？」

「お陰様で随分良くなりました」

「それは何よりです。ですが無理は禁物、お役目は雫《しずく》様が十分に果たしてくださっているのですから完治するまでしっかりと療養に専念してくださいね」

「ありがとうございます。殿下のご厚情は確かに父へお伝えいたします」

「雫《しずく》も……」

そう言い掛けて、達也《たつや》は深雪《みゆき》の注意を促す眼差《まなざ》しに気づいた。「魔王」らしい言葉遣いを、という意味だろう。

「雫《しずく》殿も余り無理をせぬようにな」

「恐縮にございます、陛下」

雫《しずく》がスカートを両手で抓《つま》み膝を折って一礼する。

その後は「宰相」というタグを頭上に浮かべた老人の「人間族のテロリスト集団が接近しているので警備を厳重にするように」という注意でこの場は解散となった。


私室に引き揚げた達也《たつや》は王様用の儀礼服からマントだけ脱いだ格好で、例の「私室用玉座」よりもう少し座り心地のいい長椅子に身体《からだ》を沈めた。あの短時間ですっかり気疲れしてしまったのだ。

当たり前のように部屋の中までついてきた深雪《みゆき》が微笑《ほほえ》みを浮かべながら自分の方を見ているのに気がついて達也《たつや》は少しだけ身体《からだ》を起こした。

「深雪《みゆき》、ありがとう。さっきのフォローは助かった」

「どういたしまして。わたしはお兄様の臣下であり妻です。お兄様をお支えするのは当然のことです」

「……妹で妻というのはおかしくないか？」

「二人きりの時も陛下とお呼びした方がよろしいですか？」

「二人きりの時は王妃とかいうのも止めてもらいたいんだが」

「嫌ですね、お兄様。冗談に決まっているではありませんか」

深雪《みゆき》が屈託無くコロコロと笑う。

「……そうだよな。冗談か」

無論達也《たつや》も、冗談だと信じたかった。だが冗談で片付けられない、何か表現しがたいものを達也《たつや》は感じていた。

「ええ、冗談です」

深雪《みゆき》の言葉がこれほど信用できなかったのも、達也《たつや》は余り記憶に無かった。

しかし深雪《みゆき》の純真そのものに見える笑顔を前にすると、警戒心がいつの間にか溶けて無くなりそうになる。達也《たつや》は間違いを起こさぬよう気持ちを引き締める為《ため》にも、話題を変えようと思った。

「ところで雫《しずく》の父親というのは？」

達也《たつや》の抽象的な質問に、深雪《みゆき》は意外感を表した。

「お兄様には舞台設定の提供が無かったのですか？」

「それは知識が意識にダウンロードされるあれか？」

「はい」

どうやら深雪《みゆき》には今夜もあの現象が起こったらしい。そして深雪《みゆき》は意識に直接介入されることについて、余り危機感を持っていないようだ。

しかし、実害は無いのだ。自分の考えすぎか、と達也《たつや》は思った。

「……いや、今夜は本の形で背景の説明が用意されていた」

とにかく、無用に不安をかき立てるのが一番良くないだろう。達也《たつや》はそう判断した。

「本、ですか？」

一方深雪《みゆき》は、この世界について書かれた本という代物に興味津々《きょうみしんしん》という顔をしていたが、自分の好奇心は後回しにすることにしたようだ。

「雫《しずく》の父親という設定上のキャラクターはこの国の財政と治安維持のトップを兼ねる、いわば内務大臣に該当する役目を持っています」

「そういう言い方をするということは、北山潮《きたやまうしお》さんご本人ではなくシステムが管理するキャラクター、ＮＰＣ《ノンプレイヤーキャラクター》か」

「そうですね。まさしくＮＰＣです。そして今は雫《しずく》が療養中の父親に代わり城で執務しているという設定です」

「あのドレスで治安指揮は辛《つら》くないか？」

特に深い意味も無く達也《たつや》が口にした感想に、深雪《みゆき》が声を上げて笑った。

「お兄様、ここは現実ではないのですから」

言われてみればそのとおりで、夢の中で何時間も事務仕事をするわけではないだろう。これには達也《たつや》も苦笑いするしかなかった。

「それよりお兄様」

深雪《みゆき》が達也《たつや》の隣に腰を下ろす。

現実の自宅でも日常的に見られるいつもの行動だが、どういう理由か達也《たつや》の脳裏に危険信号が点滅した。

「今この世界で、お兄様と深雪《みゆき》は夫婦なわけです」

「どういうわけかは分からないが、確かに王と王妃という役回りだな」

さりげなく達也《たつや》は「夫婦」という言葉を言い換えてみた。

「そうですね。わたしはお兄様の妃《きさき》、つまり妻です」

「…………」

しかし、余り意味も効果も無かった。何の効果を望んでいたのか、達也《たつや》は自分でも理解していなかったが。

深雪《みゆき》がジリッと間隔を詰めた。

ここで後退《あとずさ》るのは負けのような気がして、達也《たつや》は動かなかった。

深雪《みゆき》の唇が達也《たつや》の横顔に迫る。

「ですからお兄様、今夜の寝室は一緒ですよ」

耳元でそう囁《ささや》き、深雪《みゆき》はパッと立ち上がった。

頬を赤く染め、はにかんだ笑みを浮かべると、身を翻《ひるがえ》して小走りに部屋を出て行った。

「……自分でも恥ずかしいなら言わなければ良いだろうに」

達也《たつや》は疲れ切った声でそうこぼした。


一人になると、今夜のこの世界の出来事について考える余裕が生まれる。実質的にはまだシステムの用意した人形の話を聞いただけだが、あの「宰相」の言葉も改めて振り返ってみると気になった。

昨夜、一昨夜の夢の内容を考え合わせれば、「人間族のテロリスト」というのは魔王討伐を目的とした勇者パーティのことだろう。魔王を斃《たお》す勇者の一団は、魔族の側《がわ》から見れば政治的指導者を暗殺する非合法工作部隊というわけだ。

夢の中に国際公法の概念が存在するのかどうか疑わしかったが、別にどうでも良《い》いことである。それより、誰が勇者パーティに参加させられていて、どの程度の時間でこの城に到着するのか、それを達也《たつや》は知りたかった。長時間待たせられるなら、自分から出向くことも考えなければならない。

達也《たつや》は部屋を出て、事情を知っていそうなＮＰＣを探すことにした。人を呼びつけるという発想がなかったのは育ちの所為《せい》だ。深雪《みゆき》と違い、達也《たつや》は使用人を呼びつけるという生活に縁があったことが無い。

達也《たつや》は城のレイアウトを知らない。あの本には、政治用の執務室が城の何処《どこ》に配置されているかといった、今役に立ちそうな情報は搭載されていなかった。その為《ため》、達也《たつや》はうっかり人の気配のする方へ足を向けた。達也《たつや》はこの城の中でまだ三人しか人間に会っていないことを失念していた。

彼が最初に見つけたのは、ほのかだった。侍女役の彼女は他のメイドNPCと一緒にベッドメイキングをしていた。

達也《たつや》はちょっとした好奇心から、その様子をこっそり観察することにした。

「ホノカさん、お願いします」

ほのかの役目が他の侍女と違うのはすぐに分かった。他の侍女が手早くシーツや枕カバーをはぎ取り、キャスター付きの物干し台に羽布団《はねぶとん》を干している。室内で布団《ふとん》を干しても意味は無いだろう、と考えていた達也《たつや》の見ている先で、ほのかが奇行に走った。

「覚醒魔法！」

彼女はいきなり、両手を頭上に伸ばした。次にその手を顔の前でクロスさせる。指は何かを摑《つか》むように軽く曲げられている。そこで一拍、息をためて――

「サメントス！」

ほのかの背後に、きらきらしい半裸の男性像が浮かんだ。一体何の演出だ、と達也《たつや》が首を捻《ひね》った直後。

窓から眩《まぶ》しい日光が差し込んできた。

魔王城の窓から見える景色は曇天の日のように薄暗い。空を見れば太陽は出ているから、そもそも日照が弱いという設定なのだろう。確かに日の光が燦々《さんさん》と降り注ぐ魔界というのもイメージが合わない。

しかし今、窓から射《さ》し込んでいる光は、弱い太陽光をレンズで収束したような眩《まぶ》しさと熱を持っている。

（そういえば幹比古《みきひこ》たちがテレビドラマの主人公について話をしていたな。光の屈折魔法を得意にしているとか）

ほのかはまさにドラマの主人公になりきって、その魔法を使っているのだろう。決めポーズまで忠実に再現して。多分、今夜の創造主《プロデューサー》がその番組のファンだったに違いない。

ベッドも布団《ふとん》も見る見る乾いていく、ような気がする。あれだけの日光を集めているなら殺菌効果も高く、さぞ健康的だろう。健康に気を遣う魔族というのも少し不思議な気がしたが、細かいツッコミを入れようにも相手《カントク》が何処《どこ》にいるか分からない。

「ホノカさん、ＯＫです」

「はい、分かりました」

ほのかがそう言うと、窓から射《さ》し込む光が普通の強さになった。自由に魔法を中断できるというのは、現実の魔法と大きく違う点だ。もしかしたら大きな意味を持ってくるかもしれない、と心に留《と》めて、達也《たつや》はほのかを含めた侍女たちに気づかれないまま、その場を後にした。

達也《たつや》が新たな情報源を求めて城の奥へ進んでいくと、出入り口に扉が無く四方吹き抜けになっている部屋から、深雪《みゆき》と雫《しずく》の楽しそうに笑い合う声が聞こえた。

「陛下！」

彼が声を掛けるより早く、達也《たつや》に気づいた深雪《みゆき》が立ち上がって一礼した。深雪《みゆき》の隣では雫《しずく》が無言で同じ礼をとっている。

「深雪《みゆき》、雫《しずく》殿、余も邪魔して構わないか」

「もちろんでございます、陛下」

これも深雪《みゆき》のセリフだ。雫《しずく》は給仕《きゅうじ》の侍女に達也《たつや》の分のお茶の準備を言いつけている。

達也《たつや》は侍女の引いた椅子に遠慮無く座った。

達也《たつや》が新たに用意されたカップを手に取り、口をつけてソーサーに戻すのを待って深雪《みゆき》が問い掛ける。

「陛下、人をお探しのようでしたが」

「ああ、先ほど宰相が言った『人間族のテロリスト』について訊《き》きたいことがあったのだ」

達也《たつや》は「魔王っぽい」口調を意識して答えた。もっとも、上手《うま》くできているという自信はまるで無い。

「陛下」

不意に、それまで会話を深雪《みゆき》に任せていた雫《しずく》が、達也《たつや》に話し掛けた。

「そのことでしたら私《わたくし》が」

予想外の申し出に、達也《たつや》は意外感を隠し切れなかった。

「雫《しずく》殿が？　いや、申し訳ない。では聞かせてもらっても良いだろうか」

「御意のままに」

達也《たつや》の反応にまるで気を悪くした様子もなく、雫《しずく》が小さく頭を下げる。

「余が知りたいのは、その人間族のグループが何処《どこ》まで近づいているのかということだ」

「恐れながら、正確な位置は不明にございますが」

雫《しずく》はわずかな躊躇《ためらい》を見せて、言葉を続けた。

「人間族は我々の監視網をかいくぐり、既に城下町へ潜入しているものと思われます」

この魔族の街に都市城壁はない、そうだ。基本的に、侵入してくるものより街で暮らしている者の方が強いので守りを固める必要がないらしい。

「既に潜入済み⁉」

すっかり魔王妃になりきっている深雪《みゆき》が驚きと焦《あせ》りの声を上げる。

「大丈夫です、殿下」

雫《しずく》が深雪《みゆき》を宥《なだ》める。

「ヤツらの目的はこの城への潜入。城下町で騒ぎを起こすことはないでしょう」

「ヤツらの標的は余だ。所在を覚《さと》られるリスクを冒して、城下の魔族に手を出すことは無い」

「御意」

そして、達也《たつや》の言葉に短く同意した。

「雫《しずく》殿、貴女《あなた》の予想を聞きたい。人間族は何時《いつ》城に潜入する？」

「最短で、明日の昼」

「日中に押し入ってくるのか⁉」

達也《たつや》の驚きを、雫《しずく》は不思議そうな目で見返している。

「人間族は私たち魔族より暗闇に弱い。それに、昼より夜の方が得意な魔族も少なくないことくらい、人間族だって知っているはずです」

「そうだったな。うっかりしていた」

「陛下も殿下も私と同じ昼型種族ですから無理もございません」

しかし、雫《しずく》はそれ以上不審がることもなく自己完結的に納得した。否、システムによって納得させられた。

「雫《しずく》様、万全の警備をお願いしますね」

すっかり役に感情移入して本気で心配している深雪《みゆき》の言葉に、雫《しずく》がこくりと頷《うなず》く。

しかし、達也《たつや》は意外なことを雫《しずく》に命じた。

「雫《しずく》殿、もし人間族の暗殺者が城に潜入したら、玉座へ誘導して欲しい」

「陛下⁉」

「そんな⁉　陛下、囮《おとり》になられるおつもりですか⁉」

焦《あせ》る雫《しずく》と深雪《みゆき》に、達也《たつや》は首を横に振って見せた。

「臣民に被害を出さず撃退する為《ため》だ。余の暗殺に選ばれる技量の持ち主を退けようとすれば、城の者に犠牲が皆無というわけにもいかぬだろう。それより、余が相手をする方が確実だ」

普通のファンタジーであれば、魔王は勇者に討たれるのが常道だ。それに魔王といえどこの夢の中で達也《たつや》に特別な力が与えられているのかどうかは未《いま》だ不明。にも拘《かか》わらずこのようなことを自分から口にするとは、達也《たつや》も随分役になりきっているようだ。

達也《たつや》自身は、シナリオの進行を早める為《ため》だと考えていたのだが。

「陛下、その時はわたしも！」

身を乗り出す深雪《みゆき》に、達也《たつや》は笑顔で頷《うなず》いた。

「無論だ、妃《きさき》よ。お前の魔法は頼りにしている」

「陛下、私《わたくし》も」

「ああ、雫《しずく》殿にも存分に働いてもらおう」

仕方なくというポーズを見せているが、実は達也《たつや》も結構ノリノリなのかもしれなかった。

その一日はあっという間に過ぎていった。念《ねん》の為《ため》、城下町を秘密裏に探らせてみたが、勇者パーティを捕捉することはできなかった。分かっているのは男性二名、女性三名のグループで、全員かなり若いということだけだ。

今夜の悪夢が昨夜のものを部分的であれ引き継いでいるとするならば、男性二名はレオと幹《みき》比古《ひこ》、女性三名の内二名はエリカと美月《みづき》だろう。残る一名は出演実績のある女性キャストということを考えるなら真由美《まゆみ》が最も有力か。意表を突いて摩利《まり》という線もある。

もし真由美《まゆみ》がパーティに加わっているなら、彼女が勇者の役である可能性が高いと達也《たつや》は考えた。真由美《まゆみ》はこの悪夢の中で現実の意識を保っている数少ない同類だ。真由美《まゆみ》が勇者なら、今回のゲームは案外簡単にクリアできそうだと達也《たつや》は考えた。

自室の――無論、現実の自分の部屋ではなく魔王の自室だ――立派すぎるデスクの前でそんな予測を立てていた達也《たつや》は、ノックの音に顔を上げた。

「……入れ」

思わず「どうぞ」と言い掛けて、達也《たつや》はすんでのところで役に相応《ふさわ》しいセリフに差し替えた。台本に操られるのも不愉快だが、全てアドリブでこなさなければならないというのも面倒なものだ。

「失礼いたします」

緊張した顔つきで入ってきたのは、トレーを持ったほのかだった。

「陛下、お茶をお持ちしました」

ほのかの服装は昼間と変わらぬ長袖ロング丈のハイネックワンピースに白いエプロン。汚れがまるで見つからない真っ白なエプロンは取り替えたばかりなのだろう。確かに、最高責任者の所へ直接飲み物を持っていくとなれば、それが「王」でなく例えば「社長」であってもエプロンを取り替えるくらいするかもしれない。

「こっちに置いてくれ」

ほのかがティーカップを長椅子の前のテーブルに置こうとするのを止めて、達也《たつや》はデスクにカップを持ってこさせた。彼はどちらかと言えばコーヒー派だが、夢の中でまで飲み物に拘《こだわ》るつもりはない。

「は、はい！」

達也《たつや》の命令に、ほのかが上ずった声で応えを返した。背を向けている達也《たつや》にも異常に緊張しているのが伝わってくる。

こういうのは大体、アクシデントの前触れだ。今時ベタすぎる展開のような気もするが、この茶番劇の創出者《カントク》に気の利《き》いた新しい演出を期待できるとも思えない。

達也《たつや》は椅子をほとんど動かさず立ち上がり、振り向いた。

ちょうどほのかが足をもつれさせ、トレーを放り出そうとしているシーンだった。椅子に座ったままだったなら、カップが彼の後頭部を直撃していたに違いないコースだ。

達也《たつや》は首を傾けて飛来するカップとソーサーとトレーを躱《かわ》しながら一歩踏み出し、ほのかの身体《からだ》に腕を回した。横から抱き止める格好だが、胸に触ったりはしない。支える位置を調節する余裕も無いほど彼は慌てていなかったし、運動神経も鈍くなかった。

派手な音を立ててティーカップとソーサーが割れる。床に落ちれば毛足の長い絨毯《じゅうたん》がクッションになって無事だったかもしれないが、あいにく飛んでいったコースは堅いウォールナットのデスクに直撃するものだ。まあカップもソーサーも何もかも幻のようなものだから全く惜しくはないのだが。

「大丈夫か？」

それより問題は腕の中の少女である。過度の緊張とそれに続く失態でパニックになり脊柱起立筋――身体《からだ》を支える筋肉が一時的に正常な機能を失ってしまった状態、つまりほのかは腰が抜けている。

これが現実であれば神経に直接刺激を与えて身体《からだ》の機能を正常化する技術もある。だがここは一種の仮想現実空間だ。腰を抜かしているといってもその症状を模倣しているだけで、内部のメカニズムまで再現しているわけではない。今、ほのかの為《ため》にできるのは対症療法で安静に寝かせてやるだけだ。

「ほのか、歩けるか？」

達也《たつや》が声を掛けてもほのかは返事をしない。否、できない。考えてみれば、多少特殊な魔法を使えるとはいえ一介の侍女が未遂とはいえ魔王に熱いお茶が入ったティーカップをぶつけかけて、その直後にしっかり抱きかかえられているのだ。意識が半分飛んでいたとしても、それは仕方がないことだろう。

だからといって、ずっとこのままでいることもできない。

「すまない」

達也《たつや》は一言謝って、ほのかの背中に手を回し、両膝をすくい上げた。結婚式で時々見られる――フィクションの世界では頻繁に見られるあのやり方で抱き上げたのだ。

「えっ、あのっ⁉」

この体勢は、ほのかにすれば余程衝撃だったのか。身体《からだ》を麻痺《まひ》させていたショックを上書きして発声機能を回復したようだ。

「すぐに下ろすから少し我慢してくれ」

若い女性にとって、男性にこうして抱き上げられるのが酷《ひど》く恥ずかしいものだということくらい達也《たつや》にも想像がつく。もっとも別の方面で想像力が欠如していた達也《たつや》は、ほのかの心情的には結構的外れなことを言って彼女を長椅子まで運んだ。

「達也《たつや》さんに……お姫様抱っこ……」

ほのかの感極まった囁《ささや》きが、達也《たつや》の耳に届いた。

それは思春期の少年ならば脳髄を刺激されて我を忘れてしまうような甘くとろけた声だったが、達也《たつや》の意識にはその言葉の方が引っ掛かった。

「ほのか、目が覚めたのか？」

今、ほのかは彼のことを「陛下」ではなく「達也《たつや》さん」と呼んだ。

「目が覚める……？　いいえ、これは夢だ。夢じゃなかったら達也《たつや》さんが私のことをお姫様抱っこなんてしてくれるはずないもの」

ほのかがうわごとのように呟《つぶや》きを漏らす。まだ意識が混乱しているようだ。

そう判断して、達也《たつや》は彼女を長椅子に横たえた。

「ほのか、俺の声が聞こえているか？」

左手を長椅子の背もたれにつき、右手をほのかの顔の横に置いて、達也《たつや》がほのかに話し掛ける。それはまるで、左右から逃げ道を塞いで覆《おお》い被《かぶ》さっているような格好だった。

少なくとも下になったほのかにはそう感じられた。

「達也《たつや》さんっ！　達也《たつや》さんが私に、私のことを求めて……」

「えっ、いや、これは」

ほのかが口走った夢現《ゆめうつつ》のセリフで自分がそういう誤解を受けても仕方がない体勢でいることを自覚して、達也《たつや》は慌てて身体《からだ》を起こそうとする。

だが彼の右袖をほのかの左手が摑《つか》んだ。

「不思議……夢なのに手応えがある」

「いや、ほのか、あのな。確かにこれは夢だが」

「そうよね。夢でなきゃ、達也《たつや》さんが私に迫ってくれるはずないもの」

「いや、迫っているわけでは」

「でも、良《い》い夢……。これが夢なら、何時《いつ》までも見ていたい」

「ほのか、しっかりしろ。これは夢であってもただの都合が良《い》い夢じゃない」

このままでは埒《らち》があかないと考えた達也《たつや》が、左手でほのかの肩を軽く揺する。

ぼんやり霞《かす》んでいたほのかの目が焦点を結んだ。

「えっ？　えっ⁉　達也《たつや》さんっ⁉」

「気がついたか。ほのか、俺が誰だか分かるか？」

「達也《たつや》さん、達也《たつや》さんがこんなに近くに⁉　私、寝ていて、達也《たつや》さんが上にいて……？」

「おい、ほのか⁉」

急にほのかの身体《からだ》から力が抜けた。過度の興奮で気を失ったのだ。

現実に――夢の中の「現実」だが――こんなことで人が気を失う場面に達也《たつや》は初めて遭遇した。嘘《うそ》だろう、というのが彼の偽らざる感想だったが、意識をアバターに転写する過程で精神的な意識の防御力が落ちているのだろうと考えることにした。

彼はテーブルの呼び鈴を手に取って一振りした。

澄んだ音色が消える前に扉をノックする音が聞こえる。

招き入れた侍女にほのかの世話を命じて、達也《たつや》はその部屋を後にした。


「……そう言えば寝室は一緒だと言っていたな」

「そうですよ。私たちは夫婦ですから」

達也《たつや》の独り言を耳ざとく拾って、深雪《みゆき》がにっこりと笑いながら振り向いた。

「はい、お兄様。就寝前ですからハーブティーにしておきました」

黒いドレスをアイボリーのナイトガウンに着替えた深雪《みゆき》が、カモミールティーを達也《たつや》に差し出す。夢の中なのによくそんなものまであったな、と達也《たつや》は軽く感心してしまう。

「お兄様……」

達也《たつや》がカップをテーブルに置いたタイミングで、深雪《みゆき》がいきなり背後から抱き付いてきた。

達也《たつや》の首に手を回し、吐息が当たる距離まで唇を耳に寄せる。

「深雪《みゆき》？　いきなりどうしたんだ？」

妹が何か仕掛けてくるだろう、という心の備えがあったから達也《たつや》は動揺せずに済んだが、もし完全な不意討ちだったら幾ら彼でも声を上げていたに違いなかった。気を張っていても、背筋がぞくりと甘い刺激に撫《な》で上《あ》げられることを避けられなかったくらいだ。

「こんな時でも、お兄様は冷静でいらっしゃいますのね」

実は達也《たつや》も、全く動揺していないというわけではなかった。生身の身体《からだ》ではないくせに、心臓の鼓動はいつもより確実に速くなっていた。

それを深雪《みゆき》に気づかれていないのは、妹の鼓動が彼以上に激しくなっているからだった。

「お兄様はこの悪夢を忌《い》まわしいだけのものと……お考えのことと思います」

深雪《みゆき》の吐息が達也《たつや》の耳に掛かる。その温度がいつもより高く達也《たつや》には感じられた。

「ですがわたしは一つだけ、良《い》いことを見つけました」

「そんなものが、あったかな」

達也《たつや》の声が少しかすれていた。喉を潤そうとカップに手を伸ばしたが、届かない。深雪《みゆき》の腕は、腕力以外の何かで彼を長椅子の背もたれに縫い付けていた。

「これは夢です。だから現実では決して許されないことも、この世界でなら許されます」

「この身体《からだ》は夢の産物でも、この意識は現実の俺たちのものだ。こうして目覚めてしまっている以上、現実と無縁ではいられない」

「それでも、これは夢です。今のわたしは魔王妃、魔王であるお兄様の妃《きさき》。こうしてお兄様を抱き締めていても、寝室を共にしても、誰もわたしたちのことを非難することはありません」

このセリフに、達也《たつや》は説得を諦めた。一昨夜から続く悪夢で深雪《みゆき》の精神は許容レベルを超えたストレスをため込んでしまったようだ、と彼は考えることにした。

ならば、好きにさせるしかない。

その代わり、自分も好きにしよう。

達也《たつや》はそう決めた。

「分かった」

「お兄様？」

急に態度を変えた達也《たつや》に、深雪《みゆき》が戸惑って腕を解く。

だがスッと立ち上がった達也《たつや》が、長椅子の背もたれ越しに遠ざかる腕を引き寄せた。

手首を摑《つか》んだまま椅子をグルリと回って深雪《みゆき》の前に立つ。

「では、ベッドを共にすることにしよう」

「はい？」

上ずった声。動揺する深雪《みゆき》に構わず、達也《たつや》は彼女のナイトガウンを脱がせた。

アイボリーのガウンの下は丈の長いゆったりしたベビードール。セクシーさを強調したシースルー素材のものではないが、男の目に曝《さら》すには如何《いか》にも無防備に見えるデザインだった。

咄嗟《とっさ》に腕を交差させて身体《からだ》を隠そうとする深雪《みゆき》の両手を摑《つか》んでそれを許さず、達也《たつや》はゆっくりベッドサイドまで移動した。

後ろ歩きでベッドにぶつかった深雪《みゆき》がバランスを崩す。

達也《たつや》は深雪《みゆき》の手を軽く押して、深雪《みゆき》をベッドの上に倒した。

そのまま、上着を脱ぎ、ベルトを抜き取る。

深雪《みゆき》が紅潮した顔を逸《そ》らした。

いきなり部屋が暗くなる。

深雪《みゆき》が横向きに寝たまま手足を縮める。どんなに大胆なことを口にしても、いざとなれば深《み》雪《ゆき》は純潔の乙女そのものだった。

達也《たつや》がベッドへ、深雪《みゆき》の横へ身体《からだ》を横たえた。

そして、
すぐに、
落ち着いた寝息を立て始める。

「お兄様……？」

恐る恐る振り返り、恐る恐る呼び掛ける。だが、彼女の声に応えは無い。

闇に慣れた目で深雪《みゆき》が達也《たつや》の顔をのぞき込む。

達也《たつや》は身動《みじろ》ぎ一つせず、行儀良く眠っていた。

「お兄様っ！　もうっ！」

深雪《みゆき》が声を荒らげても、達也《たつや》は何の反応も見せない。

拗《す》ねて兄に背を向ける深雪《みゆき》。

だがすぐに、彼女はクスクスと笑い始めた。

翌朝、達也《たつや》は寝室ではない自室の、ベッドではなく椅子の上で目を覚ました。

既に魔王の衣装を纏《まと》っている。

なるほど、こういう仕組みか――達也《たつや》はそう思った。（この夢の中における）昨日の疑問が一つ解消してすっきりした気分になった。

そこへ昨日と同じように、ノックが聞こえた。

「陛下、お目覚めでいらっしゃいますか？」

聞こえてきたのは昨日と同じ、深雪《みゆき》の澄ました声。

「入れ」

達也《たつや》の応えと同時に扉が開き、深雪《みゆき》が昨日と同じ漆黒のドレス姿で達也《たつや》の前に立った。

その背後には今日もほのかが付き従っている。達也《たつや》の顔を見ても、畏怖の感情しか浮かべていない。どうやら彼女はまた、眠らされてしまったようだ。

「陛下、本日もご機嫌麗しゅう」

深雪《みゆき》が深々と一礼する。

「ああ。妃《きさき》はどうだ」

「わたしですか？」

そう言ってにっこり笑った深雪《みゆき》が、いきなり平手を閃《ひらめ》かせた。

自分の頬に迫る掌《てのひら》を、達也《たつや》は避けなかった。

深雪《みゆき》の右手が、達也《たつや》の左頬を叩《たた》く。

衝撃は、達也《たつや》が予想していたよりずっと小さかった。

「これで良《い》いのか？」

「はい、陛下。これで気が済みました」

達也《たつや》の左頬は少し赤くなっていたが、この程度なら一時間もしない内に腫《は》れはすっかり取れるだろう。

「では行こうか。人間族の暗殺集団、『勇者パーティ』を迎えに」

達也《たつや》がもったいぶった仕草で立ち上がる。

深雪《みゆき》がクスッと失笑を漏らした。

「お兄様、『魔王』がとても良くお似合いですよ」

「良《い》いさ。正義の味方など、俺の柄じゃない」

不敵に笑う達也《たつや》の左腕に、深雪《みゆき》がするりと自分の右腕を絡《から》めた。

「良《い》いではありませんか。お兄様、力こそ正義です」


今夜の悪夢に決着をつける来訪者は、ちょうど正午に現れた。

「魔王タツヤ！　正義の名の下に、お前を成敗する！」

飛び込んで来るなり勇ましい口上を述べた幹比古《みきひこ》に、達也《たつや》は玉座に座ったまま白けた目を向けた。

「他人の家を訪れた時は、まず自分の名を名乗れ。常識だろう」

「い、家⁉」

達也《たつや》へ指を突きつけた姿勢で目を白黒させて固まった幹比古《みきひこ》に向かって、達也《たつや》はわざとらしくため息を吐いた。

「魔王城は魔族の政庁であると同時に魔王の居城でもある。つまり、どういう因果か魔王になった俺の家だ。さあ、分かったらさっさと名乗れ」

そう言いながら、達也《たつや》の目は勇者パーティの最後尾に向けられていた。勇者パーティは前衛三人、後衛二人のフォーメーションをとっている。その前衛の壁の後ろで、こそこそと顔を背けている、ファンシーな服を着た小柄な少女が達也《たつや》の注意を引いていた。

「ぼ、僕は国王陛下より魔王討伐の任を賜った勇者・ミキヒコだ！」

達也《たつや》が幹比古《みきひこ》に視線を戻し、それからその左右を順番に見た。

「えっ、俺？」

「早くしなさい。後がつかえてるんだから」

レオとエリカがボソボソっと言葉を交わす。

達也《たつや》は空気を読んで、聞こえなかったふりをした。

「同じく、国王陛下より魔王討伐部隊に任命された盾の騎士・レオ！」

「馬はどうした？」

「ハッ？」

まさかここで突っ込みが入るとは思わなかったのだろう。レオは呆《ほう》けた顔をしている。

玉座の後ろでは、深雪《みゆき》と雫《しずく》と、それから何故《なぜ》か同席している侍女のほのかが失笑を漏らしていた。

「騎乗するから騎士と言うんだろう。その馬はどうした？」

「目立つから、置いてきた！」

レオが開き直り&やけくそ気味にそう答える。

「だったら騎士と名乗るのは虚偽申告じゃないのか？　馬がいないのなら『盾の歩兵』と名乗るべきだと思うが」

「盾の歩兵……何か、語呂が悪くねえか？」

「そんなことは知らん。だが『盾の歩兵』が気に入らなければ、『盾の戦士』でも良いんじゃないか？」

「盾の戦士ね……へへっ、中々良《い》いじゃねえか。魔王陛下、ありがとよっ」

「気に入ったのなら、そう名乗れば良い」

「おうよ。使わせてもらうぜ」

そこで全身鎧《よろい》を着込んだレオの兜《かぶと》が、派手な音を立てた。

「いてっ！　このアマ、何しやがる！」

兜《かぶと》越しに頭を押さえたレオに、鞘《さや》に収まったままの剣を振り下ろした姿勢でエリカが怒鳴り返した。

「黙れこのバカ！　魔王に称号を授かって喜んでいる勇者の仲間が何処《どこ》の世界にいるってのよ！」

レオがバツの悪そうな顔で横を向く。

代わりにエリカが、達也《たつや》の顔を正面から見詰めた。

「あたしは王国の剣士、エリカ！　舌先三寸で王国の精鋭を丸め込むとは、恐るべき狡知《こうち》。だけどあたしにはあんな心理攻撃なんて通用しないわよ！」

「そうか」

「……えっ？　それだけ？」

あっさり頷《うなず》いた達也《たつや》に、拍子抜けしたという表情でエリカが立ちすくむ。しかし期待されても、達也《たつや》にはエリカに掛ける言葉は無い。彼女に下手なことを言うと事態が面倒臭くなるのは現実で色々思い知らされている。

達也《たつや》はエリカのリクエストに応える代わりに、玉座から立ち上がった。

彼の背中に「お兄様、お言葉を」と深雪《みゆき》が囁《ささや》く。彼女は役に沿って振る舞うことが重要だという考えを変えていなかったようだ。

達也《たつや》としては非常に気が進まなかったが、ここはとりあえず、妹の意見に従っておくことにした。

「お前たちにばかり名乗らせるのも気が引ける。既に知っているだろうが名乗っておこう。余が魔王・タツヤである」

彼が外連味《けれんみ》たっぷりに名乗りを上げると、予想どおり、堪えきれず「プッ」と吹き出した声が聞こえた。彼女がこういうことに意外と堪《こら》え性《しよう》が無いのも、現実で良く分かっていた。

「ああ、やはり先輩でしたか」

「えっ、何のことかしら」

慌てて後ろを向くカラフルなミニワンピースを着た真由美《まゆみ》に向かって、達也《たつや》が二、三度指先で手招きした。

「……姫様、魔王が呼んでいますよ」

美月《みづき》が隣からこっそり真由美《まゆみ》に話し掛ける。

美月《みづき》だけでなく、前衛三人の視線も真由美《まゆみ》に集中していた。

「何故《なぜ》妖精族が人間族の仲間に？」

雫《しずく》が棒読み口調で問い掛ける。彼女の言葉で、達也《たつや》と深雪《みゆき》は真由美《まゆみ》の耳が尖《とが》っているのに気づいた。

「妖精姫《エルフィン・プリンセス》殿下は我らに大義をお認めになられ、力を貸してくださっているのだ！」

堂々たる口調で幹比古《みきひこ》が勇者らしい口上を述べる。

もちろん、それに圧倒されることも感動することもありはせず、達也《たつや》は別のことが気になっていた。

「エルフィン・プリンセス……？」

おののく声でそう呟《つぶや》いたのは深雪《みゆき》だ。どうやら彼女も、達也《たつや》と同感であるようだった。

「魔法少女とどっちが恥ずかしいだろうな……」

達也《たつや》は思わず、素の自分で呟《つぶや》いてしまった。

「魔法少女よりマシよ！」

しかしそれは、真由美《まゆみ》にとってクリティカルな攻撃になった。

「十八歳にもなってこんな格好させられるだけでも恥ずかしいのに！　魔法少女とかありえないでしょう！」

顔を真っ赤に染めて、真由美《まゆみ》が力説する。

「あー……先輩、お気持ちは分かりますが、落ち着いてください」

こんな格好、については大いに同情の余地がある。達也《たつや》も自分の魔王ファッションをかなり恥ずかしい物と感じているが、真由美《まゆみ》の魔法少女ファッションに比べれば、いや、比べ物にならないくらいまともだ。

どう採点を甘くしても、さすがに膝上二十センチのミニワンピースはない。しかも裾にはフリル、両サイドに小さなリボンの列、腰に大きなリボン、長手袋にコサージュ、足にもコサージュ付きのハイヒール、髪型はとても長いリボンを使ったツーサイドアップとなれば、弁護できないどころか、弁護する気力も湧かない。

「その……まあ……似合っていますよ」

達也《たつや》としては、他に掛ける言葉が無いという心境だった。

真由美《まゆみ》にとっては、死体に鞭《むち》を入れるようなセリフだったが。

「達也《たつや》くんのバカーッ！」

真由美《まゆみ》が魂の絶叫を放つ。

彼女の持つメルヘンチックな杖《つえ》から光の弾丸が放たれた。

光そのものではない。スピードはせいぜいプロテニスプレイヤーのサーブ程度だ。飛び道具の弾速は視聴者がついていける範囲に抑えられているという娯楽作品の原則がこの舞台でも守られているようだ。

「鏡よ！」

達也《たつや》の背後に控えていたほのかが叫ぶ。

真由美《まゆみ》の光弾は、空中に出現した壁に跳ね返された。

「皆、姫殿下に続くよ！」

それが開戦の合図になった。

幹比古《みきひこ》もレオもエリカも、当たり前のように勇者パーティとして魔王に挑みかかる。達也《たつや》と真由美《まゆみ》のメタな会話は気にならなかったようだ。あるいは、シナリオの邪魔になるので聞こえなかったのかもしれない。

雫《しずく》の指先からビームが放たれ、真由美《まゆみ》を直撃する。それを真由美《まゆみ》が、杖《つえ》の先に広がる光の盾で受け止める。

幹比古《みきひこ》が剣を抜いて達也《たつや》に斬りかかる。達也《たつや》が何時《いつ》の間《ま》にか掌中に出現した大剣でそれを受け止める。

レオとエリカが左右から達也《たつや》に襲い掛かる。深雪《みゆき》が腕の一振りでブリザードを起こして二人を別々に吹き飛ばす。

「ミユキ殿下！」

達也《たつや》と鍔迫《つばぜ》り合《あ》いをしている幹比古《みきひこ》が、それを見て叫んだ。

「目をお覚ましください！　殿下は魔王にたぶらかされているのです！」

声を出したことにより力が抜けた幹比古《みきひこ》を、達也《たつや》が大きく突き放した。

蹈鞴《たたら》を踏んで後退し、エリカとレオに支えられて幹比古《みきひこ》が立ち止まる。

その間にも真由美《まゆみ》と雫《しずく》は光弾とビームを撃ち合い、ほのかと美月《みづき》は何もせずに睨《にら》み合《あ》っている。

真由美《まゆみ》と美月《みづき》は、雫《しずく》とほのかに任せて大丈夫そうだと達也《たつや》は判断した。

「勇者よ」

ここが山場と考えて、達也《たつや》は魔王の演技を再開する。

「お前の目的は何だ?」

幹比古《みきひこ》が激しい闘志を宿した目で達也《たつや》を睨《にら》みつける。

「お前を斃《たお》し、殿下を取り戻すことだ!」

自省的な性格故に滅多なことでは自制的な態度を崩さない幹比古《みきひこ》が、闘争心と功名心をむき出しにしている。幹比古《みきひこ》はもっと自己主張すべきだと達也《たつや》は以前から考えていたので、その態度自体は好ましいものだ。

だが、その要求内容は聞き捨てならないものだった。

「深雪《みゆき》を取り戻す?　深雪《みゆき》がお前のものだと言いたいのか?」

自分でも意外なほど、その言葉は達也《たつや》の怒りをかき立てていた。

「わたしはおに……この方のお側《そば》を離れるつもりはありません!」

深雪《みゆき》も激しく言い返す。——だけにとどまらず、大広間の室温が急激に低下していた。

「ちょっとこれ、ヤバくない?」

エリカがブルッと身体《からだ》を震わせて呟《つぶや》いた。

「深雪《みゆき》さん、冷静に!　このままじゃ別のお話になっちゃうわ!」

正気を取り戻した真由美《まゆみ》がピント外れな制止を叫んだ。

ここは夢の次元に何者かが作った偽りの世界で、この世界に巻き込まれた「プレイヤー」は与えられた技能しか使えない。魔法師も現実世界で身に着けた魔法を使用できない。

そのはずなのだが、深雪《みゆき》は現実と同じように魔法を暴走させ無差別の冷却現象を引き起こしている。これがこの世界の創造者《デザイナー》に与えられた能力でないとすれば、説明は一つ。

この世界はプシオンで形成されている。

精神干渉系魔法は、プシオン情報体を改変する魔法と考えられている。

深雪《みゆき》の持つ本来の魔法は、精神凍結魔法――プシオン情報体の活動を止めてしまう魔法だ。

それが本来の発動ルールを逸脱し、まず構造が脆弱《ぜいじゃく》な仮想世界を構築しているプシオン情報体から停止させているのだ。

今はまだ「夢の世界」の気温が低下するだけで済んでいるが、これがプレイヤーの精神に波及しないという保証は無い。世界が凍り心が凍るようなことになれば、真由美《まゆみ》の言うように某デンマーク作家の童話もどきになってしまう。……本当はそんな呑気《のんき》な話ではなく、掛け値無しに命の危険があるのだが。

そのリスクを知っている達也《たつや》は、決着を急ぐことにした。

「幹比古《みきひこ》。お前には他人の伴侶を略奪する性癖でもあるのか？」

思い掛けない嫌疑を掛けられて、幹比古《みきひこ》が絶句する。

「今の深雪《みゆき》は、俺の妻だぞ」

室温の低下が止まった。ちらっと横目で窺《うかが》い見ると、柳眉《りゅうび》を逆立てていた深雪《みゆき》がうっとりと蕩《とろ》けていた。達也《たつや》は「今の」を結構強調したのだが、もしかしたら聞こえていなかったのかもしれない。それにしてもこの反応は……妹の演技であると、達也《たつや》は信じたかった。

気を取り直して、勇者への口撃を続行する。

「こういうのを『寝取り趣味』と言うんだったか？」

「そんな趣味は無い！」

ようやくショックから立ち直ったのか、それとも隣と後ろから注《そそ》がれる冷たい眼差《まなざ》しに耐え切れなくなったのか、幹比古《みきひこ》が早口に叫ぶ。

「では人妻略奪自体が趣味ではなく、深雪《みゆき》だから欲しがっているということか？」

部屋全体の冷却現象は収まっている。

それなのに幹比古《みきひこ》は、背後から漂うひんやりとした空気を感じていた。

「……そうなんですか？」

そっと囁《ささや》く声。どちらかといえば弱々しい印象のある細い声なのに、幹比古《みきひこ》は背筋が震える圧迫感を覚えた。

「何が……？」

幹比古《みきひこ》が恐る恐る振り返る。敵を前にしているという意識は、彼の中から消《き》え失《う》せていた。

「そうなんですか、ミキヒコ様」

その判断は誤りではない。彼にとっての差し迫った脅威は、魔王である達也《たつや》ではなく、

「えっと、シスター・ミヅキ？」

勇者パーティの一員である、美月《みづき》の方なのだから。

「ミユキ殿下がタイプだから、魔王から奪い取ろうとしているんですか？」

「違う！　誤解だ！」

幹比古《みきひこ》は声を振り絞って訴えた。

「でも殿下はおきれいですよね⁉　魅力的ですよね⁉」

「いや、それは……」

正直者の幹比古《みきひこ》は、咄嗟《とっさ》に嘘《うそ》をつけなかった。

しかし世の中にはこういう慣用句がある。「正直者が馬鹿を見る」と。

「やっぱり！」

美月《みづき》が声を上げて泣き崩れた。

「美月《みづき》！」

エリカが慌てて彼女の隣に駆け寄り背中を撫《な》でて慰める。

「あのっ」

「最っ低！」

「あっ……」

幹比古《みきひこ》が美月《みづき》に声を掛けようとするが、エリカの軽蔑しきった声と眼差《まなざ》しが彼の舌を麻痺《まひ》させた。

レオは困惑顔でポリポリと頬を掻《か》いている。

真由美《まゆみ》は隣で演じられている愁嘆場《しゅうたんば》に全く関わろうとせず、顔を真っ赤にして雫《しずく》と魔法を撃ち合っている。どうやら雫《しずく》が余計なことを言ってしまったようだ。

ほのかは美月《みづき》が戦線を離脱したので雫《しずく》の助《すけ》っ人《と》に加わっている。

深雪《みゆき》は何時《いつ》の間《ま》にか、ご機嫌で達也《たつや》に抱きついている。

最早《もはや》、「勇者対魔王」どころではない。

完全に収拾がつかなくなっていた。

「……おい、今夜はもう『幕』で良いんじゃないか？」

達也《たつや》が誰もいない空中に話し掛ける。

次の瞬間、やや歯切れの悪い破砕音と共に、夢の世界が砕け散った。

◇◇◇

達也《たつや》は自室のベッドで目を覚ました。

壁の時計は、午前三時を表示していた。

ふと、扉の向こう側に人の気配が生じた。

どうも、部屋の中に忍び込もうとしているような感じだ。

足音を立てないようにベッドから抜け出し、達也《たつや》は素早くドアを開けた。

「……深雪《みゆき》、こんな真夜中に何をしている」

廊下には、ノブに手を伸ばした体勢で固まっている妹の姿があった。

「いえ、あの……陛下！　わたしたちは夫婦ではありませんか！」

そしていきなり訳の分からない芝居を始めた。

「わたしは陛下の妃《きさき》です！　ですから、寝室は一緒であるべきだと……」

「深雪《みゆき》？」

「ええと、これは夢。夢の続きなのです！　ですからお兄様……」

達也《たつや》が冷たい眼差《まなざ》しで深雪《みゆき》の瞳をのぞき込んだ。

深雪《みゆき》が決まり悪そうに目を逸《そ》らす。

どうやら寝ぼけているわけではないようだ、と達也《たつや》は判断した。

パタン、と音を立てて達也《たつや》は扉を閉めた。

「お兄様!?」

焦《あせ》った声とノックを無視してドアに鍵をかけ、達也《たつや》はもう一眠りする為《ため》にベッドへ戻った。

「お兄様、申し訳ございません！　悪ふざけがすぎました！　せめて言い訳だけでも……」

妹の声を意識から締め出し、達也《たつや》は瞼《まぶた》を閉じた。

眠りはすぐにやって来た。

達也《たつや》はそのまま朝まで、夢も見ないで熟睡した。


（第五夜に続く）

どりーむげーむ――――まおうばーじょん・りていく――――

「お兄様、昨晩はまことに失礼いたしました」

朝の修行から帰宅した達也《たつや》を玄関で迎えたのは、腰を直角に折って深々と頭を下げる妹だった。

突然のことに、いつもならば「一体どうした」と訊《たず》ねるところかもしれないが、今朝は謝罪を受ける心当たりがしっかりとある。しかも、「何でもない」とか「気にするな」では済まされないことだ。

「昨晩、俺の部屋に迷い込もうとした件か？」

念《ねん》の為《ため》、達也《たつや》は何について謝っているのか確認してみた。ここでまた妙なことを口走るようなら、徹底的な話し合いが必要だ。

「はい。あらぬ事を申し上げ、お兄様にはご迷惑をお掛けしました。あの時の深雪《みゆき》は、寝ぼけていたのか少しおかしかったようです」

達也《たつや》は妹の顔を正面からじっと見詰めた。深雪《みゆき》は目を伏せていて視線を合わせることはかなわなかったが、神妙な表情は上辺だけの言い訳を取り繕っているものではなかった。

「分かった。寝ぼけていたなら仕方がない」

達也《たつや》の見たところあの時の深雪《みゆき》は割とはっきり意識があったような感じだったが、寝ぼけていたということにしておいた方がお互いに尾を引かない。

「以後、あのようなことがないように気をつけてくれよ」

「はい。もしわたしがあのようなご無礼を繰り返しましたら、その時は鳥籠《とりかご》に閉じ込められても文句は申しません」

「鳥籠って、お前……」

妹の持ち出した譬《たと》えの妙な方向性に、達也《たつや》は一瞬言葉を失ってしまう。

もしかして深雪《みゆき》は「籠の鳥でも構わない」と言いたかったのだろうか。その比喩表現にしたところで、兄の妹に対する行為としては甚《はなは》だしく不穏当、いや不適当なのだが。

「深雪《みゆき》、俺はお前を閉じ込めるようなことはしたくない。だから本当に、二度と繰り返さないでくれ」

「はい。お約束いたします、お兄様」


異変は達也《たつや》の周囲にますます深く食い込んでいた。

「あっ、お、おはようございます……」

達也《たつや》が教室に入ると、隣の席には美月《みづき》が既に登校していた。

これはいつもどおり。だが、いつになくおどおどした態度だ。まるで初対面の時に戻ったみたいだと考えて、達也《たつや》は自分の思い違いにすぐ気づいた。美月《みづき》は初対面の時から、多少無理をしている感はあっても積極的に話し掛けてきた。これでは初対面以前だ。

その時、遠慮がち、かつ探るような視線を感じて目を上げてみれば、幹比古《みきひこ》が距離を置いてこちらを見ていた。

「幹比古《みきひこ》、何か用か？」

話し掛ける達也《たつや》から、幹比古《みきひこ》は目を逸《そ》らした。

「や、やあ。おはよう、達也《たつや》」

「おはよう。それで、何か用か？」

「えっ？　ううん、何でもないよ」

幹比古《みきひこ》はそのまま、達也《たつや》と目を合わせなかった。

「達也《たつや》」

前の席から振り返ったレオが小声で話し掛ける。

「何か、様子がおかしくねえか？」

「幹比古《みきひこ》のことか？」

「幹比古《みきひこ》だけじゃねえよ」

そう言って、レオは椅子の背から身を乗り出し達也《たつや》に顔を近づけた。

「柴田《しばた》も妙に緊張してるっつうか余所余所《よそよそ》しい感じだし、他の連中も何となくぎこちない気がするぜ」

そういうレオは普段のとおり。逆に、いつもと変わらないからこそ教室内の雰囲気に違和感を覚えている様子だ。

「おはよ〜」

そこにエリカが入ってきた。彼女には珍しく、遅刻寸前の登校だ。

「おはよう、エリカ。今朝は遅かったな」

エリカに美月《みづき》があいさつを返さない。そのことにますます違和感を覚えながら、達也《たつや》はエリカに話し掛けた。

「何かさ〜、夢見が悪くって……夜中に目が醒《さ》めちゃったのよ」

その所為《せい》で寝不足、とエリカがあくびをする。

彼女がそう言った直後、レオがピクリと眉を動かしたのを、達也《たつや》は見逃さなかった。

「悪夢？　夜中に目を覚ますとは、余程のものだったんだな」

だが達也《たつや》はレオにそのことを問わなかった。達也《たつや》が確かめたのは、エリカに悪夢の記憶が残っているかどうかだった。

「それがねぇ……目が醒《さ》めた瞬間、どんな夢だったのか忘れちゃって」

「三歩歩くと忘れるってヤツか？」

レオがそう言い終えるのと、彼の頭が軽快な音を奏《かな》でたのは同時だった。

頭を押さえるレオの隣には、丸めたノートを振り下ろした姿勢で残心を取っているエリカの姿があった。

「痛ってぇ……毎回毎回何処《どこ》から出て来るんだよ、そのノートは」

「うるさい。そういうアンタは昨日見た夢を覚えてるっていうの？」

レオが答えに詰まる。落ち着きなくさまよう彼の目を見ると、レオも単に思い出せないだけでなくエリカと同じもどかしさを抱えているのが分かる。

「夢というのはそういうあやふやなものだろう」

何となく水掛け論が交わされそうなムードだったので、達也《たつや》は一般論を使ってこの場の会話を打ち切った。

昼休み、いつものように階段の踊り場で深雪《みゆき》と合流し生徒会室へ向かっていた達也《たつや》は、上から降りてくる真由美《まゆみ》とばったり出会った。

「あ、あら、達也《たつや》くん、深雪《みゆき》さん」

真由美《まゆみ》はその場で足を止め、不自然な動揺を見せた。

深雪《みゆき》が同じように足を止める。数段上に立ち止まる真由美《まゆみ》に向かって丁寧に一礼し、「会長、お昼はもう済まされたのですか？」と問い掛ける。まだ昼休みは始まったばかりだから、真由美《まゆみ》がランチを済ませているというのは少し考えにくい。深雪《みゆき》の質問は、いつも生徒会室で昼食をとっている真由美《まゆみ》が生徒会室の方から降りてきたという事実を短絡的につなげた、何気ないものだった。

「えっ、うん、その、ちょっと」

だが特に深い意図も無かったその質問に、真由美《まゆみ》は激しい動揺を見せた。まるでかくれんぼの最中、隠れる場所を見つけようと逃げている途中で鬼に出くわしたような驚き方だ。

「何か急な御用事ですか？」

さりげなく達也《たつや》が助け舟を出す。

「そう！　そうなの。急用なのよ！」

真由美《まゆみ》はそれに、猛然と喰《く》いついてきた。

「そうでしたか。お疲れ様です。お役に立てるようでしたらお手伝いいたしますが」

深雪《みゆき》が儀礼的に労《ねぎら》いの言葉を口にする。

「急用だけど大した用じゃないのよ。深雪《みゆき》さんたちはゆっくりお昼を召し上がって」

言葉自体は妥当なものだが、真由美《まゆみ》の声は今にもひっくり返りそうだった。

その尋常ではなく焦《あせ》っている様子に、もしかしたら本当に一大事が起こっているのかもしれないと達也《たつや》は懸念《けねん》を懐《いだ》いた。

彼は真由美《まゆみ》の「急用」が本物か口実か確かめてみることにした。

「魔法少女」

小声で呟《つぶや》いたその一言は、効果てきめんだった。

会話を終わらせて足を踏み出していた真由美《まゆみ》が、その一歩を踏み外す。

「きゃっ」

階段から転げ落ちようとした真由美《まゆみ》の身体《からだ》を、素早く段差を詰めた達也《たつや》が抱き留めた。

「あ、ありがとう……」

達也《たつや》の腕の中で真由美《まゆみ》がホッと安堵《あんど》の息を吐く。

「っ！」

しかしその直後、顔を真っ赤にして無言の悲鳴を上げ真由美《まゆみ》は達也《たつや》の腕から逃げ出して壁にぶつかった。

「大丈夫ですか？」

「大丈夫！　ごめんなさい！　ありがとう！」

真由美《まゆみ》は早口にそうまくし立てて、花柄のインナーガウンを翻《ひるがえ》し階段を駆け下りていった。

その後ろ姿を見送っていた達也《たつや》は、至近距離からの咎《とが》める視線を感じて横を向く。

「お兄様……何故《なぜ》あのような嫌がらせを？」

昨夜の記憶がある深雪《みゆき》には今の一言、「魔法少女」が嫌がらせに思えたらしい。

「嫌がらせのつもりは無かった。本当に緊急の用件が発生したのであれば、放ってはおけないと思って確かめただけなんだが……結果的に、嫌がらせになってしまったか」

「わたしでも、あのようなことを言われては平静を保てません」

多分、自分が同じ境遇に陥ったらと考えておののきを覚えているのだろう。深雪《みゆき》の声は、少し震えていた。

「そうだな。反省しよう。後で謝って……いや、それは止めた方が良《い》いか」

「はい。これ以上触れないで差し上げるのが思《おも》い遣《や》りというものです」

達也《たつや》は無言で頷《うなず》き、生徒会室への歩みを再開した。

◇◇◇

その夜、達也《たつや》は魔王城の玉座で目覚めた。――無論、悪夢の中で、だ。

(これは、昨夜の続きか？)

目を開けた達也《たつや》の脳裏にまず浮かんだのは「嫌がらせか？」という被害妄想的な思念だった。五日目にして初の同じ役だ。ネタが尽きたのだろうか。それとも、はまり役だと思われたのか。

もし後者だとすれば厭《いや》すぎる話だ、と達也《たつや》は本気で思った。彼は確かに、自分は勇者とか正義の味方とかのタイプではないと認識しているが、だからといって魔王などという勤勉さを要求される職業が務まるとも思っていない。魔王といえば世界征服又は人類殲滅《せんめつ》だが、征服すれば統治しなければならないし、殲滅《せんめつ》してもその後に領土は残るのだから新たな資源配分と所得分配を考えなければならない点は征服と変わらない。

達也《たつや》は深雪《みゆき》と二人で平穏な暮らしが送れればそれで良《い》いのであって、その為《ため》の努力を怠るつもりは無いがそれ以上の重荷を背負うのは正直なところ御免だった。将来深雪《みゆき》が自分以外の誰かと結ばれた後は、人里離れた山奥か絶海の孤島にでも引きこもって、遠くから妹の幸せを見守っていられればそれで良《い》いと思っている。達也《たつや》の自己評価は、勇者にも魔王にも徹底的に向いていない人間、というものだった。

しかし彼自身の思いとは別に、今夜もどうやらこの悪夢の中で魔王の役目を果たさなければならないようだ。状況を把握しようと、達也《たつや》は昨日の「本」を探して部屋の中を見回した。

迂闊《うかつ》にも彼はこの時まで、部屋の隅に吊《つ》り下《さ》がっている巨大な鳥籠に気づいていなかった。

籠の形は紡錘形《ぼうすいけい》。円形の床からアーチを描いて一点に集まる細い金属の棒が狭い間隔で何本も伸びている。

鳥籠はその頂点で、天井に取り付けられたフックにぶら下がっている。

銀色の金属でできた籠の床は、小さな部屋がすっぽり入るくらいの面積があった。具体的には、直径三メートルの真円。四畳半の部屋とほぼ同じ広さだ。

彼はその鳥籠に一人の少女が横たわっているのに気づいた。気づくのに遅れたのは、鳥籠の床面が座っていた彼の目線よりも高かった所為《せい》だ。達也《たつや》が立ち上がって、ようやく寝そべっている人影が目に入ったというわけだ。

白いレースを重ねて作った、ゆったりとしたドレスに埋もれて眠る黒髪の少女。その姿に、達也《たつや》は心当たりがあった。――それはもう、見間違えることなどあり得ないくらいに。

少女が目を覚ました。身体《からだ》を起こし横座りになってとろんとした目を達也《たつや》へ向ける。

達也《たつや》の現実（？）逃避はそれ以上続けられないという意味の限界に達した。

「……お兄様？」

「深雪《みゆき》。とりあえず、そこから出てくれ」

鳥籠の中で「囚《とら》われのお姫様」をやっていたのは、深雪《みゆき》だった。


鳥籠からの脱出は簡単だった。籠の扉は外側から閂《かんぬき》が掛かっているだけで、鍵もついていなかった。ただ床から結構な高さがあるので閂《かんぬき》を外すにも達也《たつや》が腕を伸ばさなければならなかったし、鳥籠から深雪《みゆき》が降りる時には手を貸さなければならなかった。

そっと飛び降りた深雪《みゆき》を達也《たつや》がしっかり抱きとめる。深雪《みゆき》は恥ずかしそうに俯《うつむ》いたが、すぐにはにかんだ笑みを浮かべて達也《たつや》に感謝を告げた。

「ありがとうございます、お兄様」

しかしそのセリフもその笑顔も、達也《たつや》の意識の表層を滑り落ちた。

「それは構わないが……どういう状況なんだ？」

達也《たつや》の関心は、この点に釘《くぎ》づけだった。

性急にも思える兄の質問に対して深雪《みゆき》は特に不満を示さず、目を閉じて自分の内側に耳を傾けるような表情を浮かべた。

「……どうやらわたしの配役は、魔王にさらわれた王女のようです」

「また『姫と魔王』か……」

美女と野獣（野蛮人）の組み合わせと並ぶ黄金パターンだ。つくづくこの悪夢の作り手はステレオタイプが好きらしいと達也《たつや》は呆《あき》れた。

ため息を吐く兄に、深雪《みゆき》が悪戯《いたずら》っぽく問い掛ける。

「お兄様、わたしが姫ではご不満ですか？」

からかって、というよりも期待の成分が多い問い掛け。

こんな時でも、達也《たつや》の答えは深雪《みゆき》の期待を裏切らないものだった。

「いや、誰よりもお前こそが『姫』には相応《ふさわ》しいだろう」

照れも力みも無いあっさりした声が、かえって達也《たつや》の本気を伝えてくる。望んだとおりの回答にくすぐったさを覚えて深雪《みゆき》は頰を緩めた。

「しかしそのことと、この状況を認めることとは別問題だ。一体俺に何をさせたいのか……」

「お兄様……」

達也《たつや》は頭痛を覚えて額に手を当てた。

「いや、言われなくても分かっている。ここまで定番を尊重する奴《やつ》の考えることだ。どうせ咋日と同じで、深雪《みゆき》を『勇者』が取り戻しに来るのだろう」

「そうですね……。しかしお兄様、今夜は随分と城内が静かではありませんか？」

深雪《みゆき》が指摘したことに、達也《たつや》は気づいていなかった。妹にそう言われて、達也《たつや》ははじめて城内が静かすぎることに気がついた。

人の声どころか足音すらしない。城の中は基本的に石造りで、表面は鏡のように磨き上げられているとはいえ絨毯《じゆうたん》が敷かれているのは要所要所のみだから、靴の音は結構響くはずなのだ。思い起こせば昨晩も廊下を行き交う使用人の足音が常に聞こえていた。だが今日は耳を澄ませてみても、何も聞こえない。まるで達也《たつや》と深雪《みゆき》以外、誰もいないような雰囲気だ。

「何だか、幽霊城みたいですね……」

深雪《みゆき》がブルッと身体《からだ》を震わせた。自分の言葉に恐怖をかき立てられたのだろうか。

しかし改めて妹の様子を観察して、達也《たつや》はそれだけではないことに気がついた。どうも今夜の自分は気が利《き》かないと思いつつ、マントを脱いで深雪《みゆき》の肩に掛ける。

「お兄様？」

「その格好は寒いだろう」

深雪《みゆき》の着ているドレスは、生地自体は上等な物のようだが如何《いかん》せん薄すぎる。三枚重ね程度では大して防寒にならないだろう。この城のひんやりした空気の中で過ごすには、あまり向いていないと思われた。

「ありがとうございます」

深雪《みゆき》が笑顔でマントを身体《からだ》の前でかき合わせる。

「深雪《みゆき》の着替えも探さなければならないな」

達也《たつや》は深雪《みゆき》の背中に手を当てて、城内探索に踏み出した。

「ここは謁見の間のようですね」

「昨夜の夢と同じ作りだな……」

「同じ世界という設定でしょうか？」

「そうかもしれないし、最初から一つの世界しか用意されていなかったのかもしれない」

「ですが、一日目は魔王討伐の話題など出て来ませんでしたよ？」

「ああ、いや、そういう意味じゃない。テーマパークは一つの敷地《しきち》がいくつかの演出に分かれているだろう？　あれと同じで、舞台装置自体はあらかじめ一つの物が用意されているけれどもその中で異なるストーリーが進められるように、悪夢がいくつものセクションに分けられているのかもしれないと思ったんだよ」

「なるほど……。わたしもそんな気がして参りました」

「それにしても広いな。最初の部屋もかなり大きいと思ったが、あちらは私的な謁見室かな」

「これだけガランとしていると寂しい、ですね。それに少し肌寒い……」

「……ここには何も無いようだ。次の部屋へ行こうか」

「サロンか」

「はい。昨日はこちらのお部屋で雫《しずく》とお茶を飲んでいました」

「やはり、容《い》れ物《もの》自体は同じのようだな。それとも、同じ設計図から作っているのか」

「夢ですから、昼間もずっと維持しているより夜になる都度作り直す方が簡単なように思われます」

「確かに深雪《みゆき》の言うとおりだ。昨日の城は、最後に間違いなく壊れていたしな」

「昨日は随分賑《にぎ》やかなエンディングでしたね。それに比べて、今日は……」

「本番は勇者が来てからだ。今日は一体誰が来ると思う？」

「エリカと西城《さいじょう》君は懲りずにやって来そうですね」

「あの二人も好きで勇者パーティをやっているんじゃないだろうけどね」

「ふふふっ、そうですね。そういえばお兄様、城下はどうなっているのでしょうか？　やはり、無人なのでしょうか」

「上から見てみるか」

「随分高い塔だな……」

「長い階段でしたから。生身の身体《からだ》なら息を切らしているところだと思います」

「現実だったらわざわざ足で上ってくる必要は無いさ。俺は飛行魔法じゃないとこの高さは届かないが、深雪《みゆき》なら跳躍術式で文字どおり一っ飛びだろう？」

「できるかできないかを仰《おつしや》っているのならできると思いますが、この高さになりますと『跳躍』では少し怖いです」

「怖い？　この程度の高さで？」

「お兄様、深雪《みゆき》も女の子ですよ。今だって足が震え出すのを我慢しているんですから」

「ははは。じゃあ、手をつなごうか」

「……はい」


グルッと一回りして、二人は位の高い女性の私室と思《おぼ》しき部屋で一休みしていた。昨日は王妃の部屋だった場所だ。

城内を一巡した結果分かったのは、この城にいるのは達也《たつや》と深雪《みゆき》の二人だけだということだ。

「魔王城ならぬ幽霊城か……」

達也《たつや》が漏らした一言に、深雪《みゆき》が不安げな眼差《まなざ》しを向ける。

「すまん」

意味は無いと知りつつ、達也《たつや》はとりあえず深雪《みゆき》に謝った。

「今の表現は正しくなかったな。正確には、幽霊すらいない魔王城だ」

深雪《みゆき》が苦笑いを見せる。

「それでは気休めになりませんが……廃城にしては傷んでいる様子がありませんでしたね」

多少言い方を変えただけでは、これだけ広い建物に誰もいないという不気味さを解消できない。深雪《みゆき》は着眼点を変えることで、得体の知れない恐怖感を紛らせることにしたようだ。

ただ、目の付け所は間違っていない。妹の呈した疑問を聞いて、達也《たつや》はそう思った。

「それだけじゃない。埃《ほこり》もほとんど無かった。まるで大掃除をして出て行った直後のようだ」

深雪《みゆき》がクローゼットを開けて、中の服を改めた。

「お洋服もきれいに洗ってあります。いえ……新品ばかりのようですが、手入れはしっかりされています。少なくとも、人がいなくなったのは一両日以内のことだと思います」

「こうなると、状況の説明が欲しくなるな」

意識に無理やり割り込まれるあの感覚には生理的な嫌悪《けんお》を覚える。だが、手掛かりがまるで無いミステリーなどという欠陥シナリオに放り込まれると、多少嫌な思いをするのも我慢できる気になってくるから人間とは勝手なものだ。

「そうだな……根拠は無いが、もうすぐ勇者がやって来るので、余計な犠牲が出ないように城の者を逃がした、というところか。いや、勇者を恐れた部下に魔王が見捨てられたという筋書きの方がありそうだな」

「お兄様、それはいくら何でも捻《ひね》くれているのではないかと……」

達也《たつや》の自虐的な推測に対して——魔王は達也《たつや》自身なのだから、見捨てられた発言は自虐と言えよう——深雪《みゆき》が控えめに異を唱える。

「お兄様もこの悪夢の紡《つむ》ぎ手は王道が好みだと仰《おつしや》ったではありませんか。きっと魔王が部下を逃がしたという方が正解だと思いますよ」

「王道的な魔王はそんな立派な人格者では無いと思うが？」

「そこは魔王といってもお兄様が演じていらっしゃるのですから、人格者であっても不思議ではありません」

深雪《みゆき》の言い分は到底納得できるものではなかった。自分が決して人格者でないことくらい、達也《たつや》は弁《わきま》えている。

だがここで反論しても深雪《みゆき》を納得させられるとは思えない。議論は着地させられる見込みがあってこそ意味を持つ。達也《たつや》は意味の無い言い争いに踏み込むことを回避した。

「お兄様、申し訳ございません。少し手を貸していただけないでしょうか」

廊下に出ていた達也《たつや》に、部屋の中から声が掛かった。

深雪《みゆき》の着ていたドレスは肩や足が透けて見える涼しげなもので、見た目はともかくここの気温には合っていない。夢の中で風邪を引くことはないだろうが、寒いものは寒いはずなのでもう少し暖かいドレスに着替えさせているところだ。

その着替えている最中の深雪《みゆき》から、手伝って欲しいとの言葉。

言われるがままに入室して良いものかどうか、達也《たつや》が悩むのも当然だろう。

「お兄様？　いらっしゃらないのですか？」

「いや。入っても良いのか？」

しかし重ねて請《こ》われては断り切れない。

「ええ、どうぞ」

念を入れて訊《たず》ねても、答えは最初の依頼と同じ。達也《たつや》は何時《いつ》でも逃げ出せるように心構えを作って扉を開ける。

達也《たつや》の視界に、いきなり深雪《みゆき》の白い背中が飛び込んで来た。

すぐに扉を閉めて背中を向けなかったのは、妹の素肌に過剰反応を示す兄というのもみっともないのではないか、という思考が意識を過《よぎ》ったお陰だ。

「すみません、どうしても上手《うま》くボタンが留められないものですから」

深雪《みゆき》の選んだドレスは、いくつもの小さな金ボタンを背中で止めるタイプの物だった。何故《なぜ》わざわざこんな面倒臭い物を、と達也《たつや》は正直思ったが、彼も年頃の少女を妹に持つ身の上だ。お洒落《しゃれ》とは手間の掛かるものだということくらいは理解していた。

それに、この上品なドレスは確かに深雪《みゆき》に似合っていた。今まで着ていた白いドレスは如何《いか》にも少女然としていたが、このワインレッドのドレスで身を飾る深雪《みゆき》は、大人びた色香を漂わせていた。

大人の女ではなく、大人びた少女の色気。

それはこの年頃の少女だけが咲かせることのできる華。一年に一晩だけ咲き誇る月下美人の花に似た儚《はかな》くも妖しい艶姿《あですがた》。

「……如何《いかが》ですか？」

ボタンを留め終わったドレスのシルエットを整えて恥ずかしそうにポーズをとる深雪《みゆき》に、達《たつ》也《や》は目を細めた。

「深雪《みゆき》もすっかりレディだな」

そう答えて、達也《たつや》はすぐに言い直した。

「いや、深雪《みゆき》は前からレディだったが、昔はリトル・レディだった。今では立派な、大人のレディだ」

正直な感想ではあったが、達也《たつや》は一応褒めたつもりだった。だが深雪《みゆき》は微妙に不満そうな顔をしている。

「……大人ではありませんよ。深雪《みゆき》はお兄様の妹です」

達也《たつや》の心が突然、深雪《みゆき》をいじらしく想《おも》う気持ちで満たされた。

手を伸ばし、深雪《みゆき》の髪を少し乱暴に撫《な》でる。

深雪《みゆき》は幸せそうに、達也《たつや》のするがままになっていた。

こんな穏やかな時間は長く続かない。

魔王と囚《とら》われの姫、という配役である以上、メインイベントは囚《とら》われている姫の奪還だろう。使い古されたパターンだが、王道好みの夢魔《ナイト・メア》がこの展開を外すはずもなかった。

達也《たつや》はいきなり最初の部屋に転移させられた。現代の魔法では不可能と言われている瞬間移動を擬似的にでも体験できるのは本来であれば興味深いことだったが、それが魔王として斃《たお》されるためだと分かっているので気分も白けてしまう。

今回はシナリオについて誰からも指示されていない。だがさっきは開けっ放しだった扉がわざわざ閉ざされていて、その向こうから荒々しい足音が聞こえてくるとなれば次の展開は読めてしまう。

今回は随分進行が早いな、と考えながら、達也《たつや》は仰々しい「玉座」に腰を下ろした。

まるでそのタイミングを見計らっていたように、分厚い扉が重々しい音を立てて開いた。

「魔王タツヤ！　あたしは王国の剣士エリカ！　神殿より勇者の任を賜った者だ」

達也《たつや》は室内に乱入するなりいいいい礼儀正しく口上を述べたエリカのセリフに直接は応えず、「勇者パーティ」のメンバーを確認した。

「今日は四人か。少ないな」

先頭にエリカ。その隣にレオ。後ろに幹比古《みきひこ》と美月《みづき》。今夜は真由美《まゆみ》の姿がない。おそらく「魔法少女」のコスチュームに耐えられず出演を拒否したのだろう。昨日は達也《たつや》の仲間だったほのかや雫《しずく》と同様、他のステージに飛ばされているに違いなかった。

それ以外のメンバーは同じだが、配役が昨日と違っている。

エリカは昨日と同じ剣士だったが、同時に勇者。彼女に毎回必ず剣士の属性がつくのは、それがエリカの本質だからだろうか。あるいは、自分は剣士であると無意識領域に至るまで強く思っているからだろうか。好奇心をそそられるテーマだ。

レオは昨日の全身鎧《よろい》姿ではなく、要所を覆う部分鎧《よろい》の軽装だ。その代わり手にする得物は巨大な戦斧《せんぷ》。熊の毛皮こそ被《かぶ》っていないが今日の役どころは狂戦士といったところか。

幹比古《みきひこ》は一昨日と同じ「魔法使い」の格好だった。昨日の「勇者」よりもこちらの方がしっくりくる、と達也《たつや》が感じるのは先入観の所為《せい》ばかりではないだろう。

よく分からないのが美月《みづき》だった。ロングドレスに白いエプロン姿は侍女の衣装にも見えるが、白い頭巾は侍女のヘッドドレスと少し違うような気がする。もしかしてこれは看護師コスチュームなのだろうか。最初からでたらめな舞台だったが、最低限の世界観を守る努力すら放棄したのか……。

「こらっ、無視するな！」

達也《たつや》がそんなことを考えていると、エリカから叱責を食らった。何だか現実の性格が色濃く出ているように思えるのは、果たして気の所為《せい》だろうか。

「王女殿下をさらった色欲魔王！　殿下はどこにいらっしゃるのだ！」

そう言えば深雪《みゆき》はどこに行ったのだろう、と達也《たつや》は首を捻《ひね》った。この部屋に移動させられるまでは間違いなく一緒にいたのだが。

そう思って達也《たつや》は部屋の中を見回した。

それにつられたのか、エリカたちも同じ方を向く。

そして達也《たつや》の顔から血の気が引き、エリカの顔が真っ赤に染まった。

深雪《みゆき》は、鳥籠の中にいた。

達也《たつや》たちの視線に気がついたのか、恥ずかしそうに目を逸《そ》らしている。

それだけでも異常性愛を疑われそうなシチュエーションだったが、着ているドレスまで元に戻っていた。

――いや、完全に元どおりではない。元の白いドレスは薄い布が三枚重ねの構造で、少なくとも重要な部分はしっかり隠していた。

だが深雪《みゆき》が今、身に着けているドレスを作っている布は、透けて見えるほど薄い生地が一枚だけ。膝をぴったり合わせて座り胸を両手で押さえているので本当に見られてはいけない部分は隠れているが、逆に言えばそうして隠さないといけないような、セクシーなドレスだ。

Ｂ級映画では生《い》け贄《にえ》の姫が無意味に露出の高い服を着せられていたりするが、それと同じ演出なのだろうか。しかしこの場合、深雪《みゆき》のあられもない姿は救出に来た勇者側にショックを与えるより大きなダメージを魔王である達也《たつや》に加えた。

若い女性、それも妹にこんな格好をさせるなど……。

驚愕《きょうがく》に大きく口を開け硬直していたエリカが、ハッと我に返って隣で同じく呆《ほう》けていたレオの足を思い切り踏みつけた。

「痛ってぇぇ！　何しやがる、このアマ！」

「アンタこそ何じろじろ見てるのよ！　回れ右！」

「お、おう！」

言い返すことも忘れて、レオが深雪《みゆき》に背中を向ける。

「見ちゃダメです！」

こちらもようやく我に返ったのか、美月《みづき》がひっくり返った声で幹比古《みきひこ》の両目を塞いでいた。

とりあえず深雪《みゆき》から男どもの目を遮ったことを確認して、エリカは冷たい眼差《まなざ》しを達也《たつや》へ向けた。

「サイテー」

達也《たつや》が恐れていた攻撃《口撃》がエリカから放たれた。

「変態」

実際に受けてみると、想像以上の痛みがあった。

「色魔」

心が、痛い。

「実の妹相手に何て格好させてるの。そんな人だとは思わなかった」

しかし、このセリフには耳を塞いでいられなかった。

「ちょっと待て、エリカ」

「はぁ？　変態魔王の分際で、馴《な》れ馴《な》れしく名前を呼ばないで」

達也《たつや》は思わず心が折れそうになった。そもそも深雪《みゆき》にあの衣装を着せたのは陳腐な演出を臆面もなく使うこの世界の創造主《カントク》であって、無理やり出演させられている達也《たつや》ではない。こんな酷《ひど》い冤罪《えんざい》は一刻も早く晴らしたかった。だが今は、彼の心情よりも優先すべき確認事項があった。

「エリカ、もしかして目を覚ましているのか？　現実の意識が戻っているのか？」

「目なんて最初から醒《さ》めているわよ。現実の意識？　まるでここが夢の中みたいな言い方ね。訳が分からないこと言って誤魔化すつもり？」

エリカが既に抜いている片手剣の柄を握り締めた。彼女の全身から殺意が迸《ほとばし》る。

「自分が今何を言ったのか、覚えていないのか？」

「覚えているわよ。この変態。色魔。サイテー魔王」

どうやら肝心な部分は覚えていないらしい。

達也《たつや》の心にふつふつと怒りが湧き上がる。

情動のストッパーが掛かるギリギリの線まで彼の不快感は高まっていた。

エリカは事情を知らないのだから勘違いするのは百歩譲って仕方がないとしても、せっかく取り戻した意識を苦も無く乗っ取り返されるとはだらしなさすぎる。

これでは自分が罵られ損ではないか。

達也《たつや》の手に漆黒の大剣が現れた。如何《いか》にも魔王の武器に相応《ふさわ》しい姿と、登場の仕方だ。

エリカが不敵な笑みを浮かべて、剣を中段半身に構える。

「手出しは無用よ。この変態魔王はあたしがお仕置きしてやる」

エリカの懲罰宣言に、

「忘れっぽいお嬢さんにはショック療法が必要か」

達也《たつや》は挑発を返した。

「あたしが何を忘れたって言うのよ！」

「そんなセリフが出て来ること自体、自分が何なのか忘れている証拠だ」

「さっきからごちゃごちゃと意味の分からないことを……」

忌々《いまいま》しそうに呟《つぶや》きながら、エリカは何故《なぜ》か斬り掛かってこようとしない。

「一体何なのよ、このもやもや感は！」

達也《たつや》が軽く目を見開いた。

やはりエリカは目を覚ましかけている。

ショック療法というのは一種の買い言葉にすぎなかったが、案外当を得ているのかもしれない。強いショックを与えれば、この世界の呪縛から逃れられる可能性があると達也《たつや》は思った。

そうと決まれば全力で叩《たた》き伏《ふ》せるのみ。――決して、変態扱いされた憂《う》さ晴《ば》らしではないはずだ。

「だからそれを思い出させてやると言った。――来い」

「いやぁぁぁ！」

エリカが達也《たつや》に斬り掛かる。

先に動いたのはエリカの方だが、呼吸を盗み誘い込んだのは達也《たつや》だ。

現実には片手で扱えそうもない重量感の大剣で、達也《たつや》はエリカの片手剣を受け止めた。

これは必ずしも夢の中だから可能というわけではない。純粋な腕力では、達也《たつや》はレオに劣る。だが身体《からだ》の末端の力、握力や手首の強さはレオに匹敵するか、凌《しの》いでいる。得物が重すぎて扱えないのは腕力が不足している場合より、得物を握る握力と衝撃が伝わる手首が耐えられないことの方が多い。

武器を操るのは全身だが、武器を持つのは手だ。手でしっかり支えられれば、重さは遠心力を利用するなり反動を利用するなりで意外に何とかなる。今のケースも、重量剣をしっかり支えられる握力があればその重さが相手の打ち込みを受け止める助けになる。

「はぁっ！」

鍔迫《つばぜ》り合《あ》いを嫌ったのかエリカはすぐさま後退し、その直後角度を変えた斬撃を放つ。

めまぐるしいステップバックとダッシュの繰り返し。

踊るように繰り広げられる多彩な剣撃。

それを達也《たつや》は機械のように正確に受け止め続ける。

「おおっ、やるな！」

「そうだね、さすがは勇者様」

「エリカ様、頑張って！」

勇者の仲間たちがギャラリーと化しているのは、エリカが「手出し無用」と言ったからばかりではなかった。

レオの持つ重い戦斧《せんぷ》では、あんなスピーディな戦闘に割り込めない。

幹比古《みきひこ》はめまぐるしく動き回る二人に照準を合わせられずにいた。

美月《みづき》は最初から戦闘要員ではなく回復要員だった。

そして、そういった純戦闘的な理由以上に、三人は達也《たつや》とエリカが打ち交わす剣の舞に意識を奪われていた。

「お兄様、頑張ってください！」

目が釘付《くぎづ》けになっているのはレオたちばかりではなかった。鳥籠の中の深雪《みゆき》も声を張り上げて達也《たつや》に声援を送っている。王女の演技などすっかり忘れてしまっている。

達也《たつや》とエリカは円を描いて小広間を移動しながら剣を打ち合わせていた。二人の姿はますます剣舞の様相を呈してきている。予定調和すら感じさせる、攻撃に対する確実な防御。どれ程エリカが激しく複雑に片手剣を繰り出しても、達也《たつや》の大剣はそれを的確に正面から受け止めている。剣の軌道が流されたり逸《そ》らされたりすることはない。達也《たつや》が常に真《ま》っ直《す》ぐ跳ね返しているから、エリカも体勢を崩さずすぐに次の斬撃に移行する。

ギャラリーたちの目には完全な互角。しかし、打ち合っている二人の評価は違う。

(やはり剣の技術ではエリカの方が二枚も三枚も上手か)

達也《たつや》は命懸けで鍛え抜いた身体操作技術に物を言わせて、反射神経を上回る反応速度でエリカの剣をブロックしている。だが打ち込みに合わせるだけだ。反撃まではとても手が回らない。反撃するには技術が足りない。

(あたしの方が強いはずなのに……！)

エリカは逆に、自分の技量が勝っていると分かるからこその焦燥を懐《いだ》いていた。

彼女の経験からすれば、魔王をとうに切り伏せていなければならないはずだった。剣技に限って言えば、自分と魔王の間にはそれだけの差がある。自分の方が間違いなく優《まさ》っている。

それなのに魔王を仕留めることができない。自分の打ち込みはことごとくブロックされている。もし自分が使っている得物が聖剣でなく普通の剣だったら、跳ね返されたダメージの蓄積で折れているかもしれない。

聖剣と魔剣の打ち合いだからこそ拮抗《きっこう》状態が続いているのだと、エリカは既に自覚していた。

相手は魔王。

ならば魔法をこそ得意とするはず。

そんな疑念が、エリカの意識を掠《かす》める。

何故《なぜ》魔王は魔法を使わないのか。

何故《なぜ》魔王は剣の勝負に付き合ってくれているのか。

それは雑念だった。

雑念は、エリカの集中力が低下している証拠だった。

技術は、エリカが達也《たつや》よりも上。

だが持久力は、達也《たつや》がエリカを凌駕《りょうが》していた。

肉体的な持久力以上に、精神的な持久力で達也《たつや》はアドバンテージを有している。

達也《たつや》は技術上の破綻が訪れない限り、攻撃側よりも不利なはずの防御を何時《いつ》までも続けられる。

彼の集中力は決して途切れることがない。集中している状態こそが達也《たつや》にとって日常であり、意識を散漫にした状態の方が特殊だからだ。

エリカはまだその段階に至っていない。

いや、それは武道家の目指すべき境地ではない。

だからここに来てエリカの意識が拡散を始めたのは、未熟な所為《せい》だからとは言い切れない。

拡散した彼女の意識が、遥々《はるばる》魔王城までやって来た理由、救いに来た相手である「王女殿下」の声を拾った。

「お兄様、その調子です！　逆転できそうですよ。頑張ってください！」

驚きに思わず手が止まりそうになる。

たゆまぬ長年の修練によって身につけた剣士の本能が、意識の代わりに剣を繰り出してくれる。自動的に切り結ぶ剣の応酬の中で、エリカは今耳にした信じられない言葉を反芻《はんすう》していた。

『その調子です！』

『頑張ってください！』

それは王女が、魔王を応援する言葉。

それだけならばまだ、王女が魔王の妖しげな術にたぶらかされていると考えることもできる。

しかし、あの言葉は。

『お兄様』

――何故《なぜ》王女が、ミユキ姫が魔王タツヤを兄と呼ぶのか。

エリカの脳裏に、新たな疑問が閃《ひらめ》く。

——いや、それはおかしなことなのか？

——それは不思議なことなのか？

——それはむしろ、自然なことではなかったか？

——「深雪《みゆき》」が「達也《たつや》くん」をお兄様と呼ぶのは、当たり前のことではないのか？

一際《ひときわ》甲高い音を立てて、エリカの聖剣が、達也《たつや》の魔剣の上で止まった。

剣を振り下ろした姿勢のまま、エリカの身体《からだ》が静止する。

「エリカ……？」

レオが訝《いぶか》しげに呟《つぶや》き、

「勇者エリカ！　どうなさいました」

幹比古《みきひこ》が焦《あせ》りの声を上げる。

エリカが顔を上げ、達也《たつや》と目を合わせた。

「……達也《たつや》くん？」

「どうやら今度こそ目を覚ましたようだな」

剣と剣を合わせたまま、その刃越しに達也《たつや》とエリカが言葉を交わす。

「……これってどういう状況なの？」

「何も覚えていないのか？」

形としては鍔《つば》迫《ぜ》り合《あ》いだが、お互い剣に力は入っていない。

「えっと……魔王を斃《たお》してさらわれた王女を助けてくるように言われたような……」

ぶつぶつと呟《つぶや》いていたエリカの顔が、いきなり赤く染まった。

「勇者⁉　あたしが？」

エリカがいきなり剣を捨て、蹲《うずくま》って両手で頭を抱える。

「あああああ……あんなこっぱずかしいセリフ……何なの、あんなのあたしじゃない……」

「頭を抱えるほど恥ずかしいセリフは口にしていなかったと思うが」

きょとんとした表情の三人を置き去りにして、達也《たつや》がエリカに慰めの言葉を掛けた。

「十分恥ずかしいよ……勇者……勇者って……」

「俺に比べれば大したことはないと思うぞ、エリカ。何と言っても魔王だからな」

エリカがチラッと上を見て、納得の表情を浮かべる。

「それもそっか」

立ち上がってさばさばした顔をエリカは見せた。

「変態魔王よりマシよね」

エリカの目は鳥籠に閉じ込められた深雪《みゆき》に向けられている。

「達也《たつや》くんにこんな趣味があったなんて……」

「それは誤解だ」

すかさず達也《たつや》は言い返した。だが、エリカは聞く耳を持っていなかった。

「わざわざあんなでっかい鳥籠を作って……」

「俺が作ったわけじゃない」

「実の妹を閉じ込めただけでなく……」

「閉じ込めたのは俺じゃない」

「あんな格好をさせるなんて！」

「だから誤解だ！」

エリカが一歩下がって達也《たつや》から距離を取った。

「達也《たつや》くん、そんな趣味の人だったの」

エリカの顔は、本気で引きつっていた。

「いや、だからな……」

「エリカ、お兄様に失礼なことを言わないで！」

弁解を諦めかけた達也《たつや》に代わって、憤《いきどお》りを示したのは深雪《みゆき》だった。

「うわっ、深雪《みゆき》！　見えてる！　隠して！」

エリカに指を突きつけたせいで、深雪《みゆき》の胸が隠し切れなくなっている。

だがエリカの警告は、深雪《みゆき》の耳に届いていなかった。

「たとえわたしがお願いしても、お兄様はわたしを閉じ込めてなどくださらないわ！」

「ええっ⁉」

エリカの顔が驚愕《きょうがく》を通り越した恐怖に染まった。

達也《たつや》は酷《ひど》い頭痛を覚えて頭を押さえ項垂《うなだ》れた。

「お兄様の名誉を汚す世界など！　滅びてしまいなさい！」

高らかに宣言した深雪《みゆき》の周りから、白い靄《もや》が勢いよく広がった。

急激に下がる体温を自覚しながら、白く閉ざされた視界の中で達也《たつや》はいつもの、「世界」が壊れる音を聞いた。

◇　◇　◇

目を覚ました場所は自分の部屋だった。

そのことに達也《たつや》はホッとしながら、枕元の時計を見る。

目覚ましを掛けた時間の一分前。

今回は案外平和な終わり方だったな、と考えながら、達也《たつや》はベッドから起き上がった。

（しかし変態……変態魔王か……）

だがその落ち着いた――というより脱力感に支配された気分は、ふつふつと湧き上がる不快感に取って代わられた。

彼は「強い感情」を失っているだけで、感情が全くないわけではない。

不快感も懐《いだ》けば怒りも覚える。

（悪夢の影響が現実に広まっている。皆の学校での様子を見れば、最早《もはや》放置しておけない水準であることは明らかだ）

達也《たつや》は自分の怒りをそういう理由で正当化して、一つの決心を固めた。

（悪夢を作り出している夢魔《ナイト・メア》を何としてでも見つけ出して、その機能を止める）

聖遺物《レリック》が原因ならその破壊も含めて。何者かが魔法を操っているのであれば、その生命体としての機能停止までも視野に入れて。

達也《たつや》はそう、心に決めた。

（第六夜に続く）

どりーむげーむ——ちーむたいせん・まおうたいゆうしゃ——

土曜日の朝。個型電車《キャビネット》の駅から学校へ向かう通学路の深雪《みゆき》は、大層機嫌が悪かった。

「深雪《みゆき》、そろそろ機嫌を直せ」

「……ですが、お兄様」

「所詮、夢の中の話だ」

「ただの夢ではありません。あの時のエリカは、明らかに正気でした」

「意識はあっても混乱していたんだろう。正気とは言えない」

「しかし言うに事欠いて、お兄様のことを変態魔王などと！」

深雪《みゆき》が憤懣《ふんまん》やるかたないという口調で呟《つぶや》く、というには少々大きめの声で言い捨てる。

そのセリフは、達也《たつや》に地味なショックを与えた。

深雪《みゆき》は達也《たつや》のことを「変態魔王」などと思ってはおらず、むしろ兄がそのような濡《ぬ》れ衣《ぎぬ》を着せられたことに対して怒っている。だが達也《たつや》は、自分が演じさせられていた「魔王」の性癖が、さらってきた女の子を鳥籠に入れて悦に入るような変態的なものであったことを、実は気にしていた。

「ああっ⁉　違います、お兄様！　わたしは断じて、お兄様のことを変態などと思ってはおりません！」

「……分かっている」

口ではそう答えているが、達也《たつや》があの罵倒《ばとう》を気にしているのは明らかだ。

兄の落ち込む様――他人から見れば単なる無表情でしかない――を目《ま》の当《あ》たりにして、深雪《みゆき》は力強く拳を握った。

「やはりエリカにはお仕置きが必要ですね」

小さく呟《つぶや》いた妹のセリフを聞いて、達也《たつや》が顔色を変える。

「深雪《みゆき》。寝言をいちいち真に受けていたらきりが無いぞ」

この時の深雪《みゆき》の声は、達也《たつや》にすら物騒なものに聞こえた。妹が何をしでかすか心配で、達也《たつや》はろくに落ち込んでもいられなかった。

「あれはあくまで夢の中の出来事だろう？　夢と現実の区別はつけるべきだ」

深雪《みゆき》は納得できないという表情で黙り込んでしまう。

達也《たつや》は「仕方が無いな」という顔で、妹の右肩を左手で柔らかく摑《つか》んだ。

「深雪《みゆき》？」

「……お兄様がそう仰《おつしや》るのであれば」

不承不承の口調で深雪《みゆき》が頷《うなず》く。ただし、不機嫌を引きずっているのはその口調だけだ。深雪《みゆき》の目は自分の肩に置かれた兄の手に向けられている。そしてその目元は、ほんのりと赤らんでいた。

一年E組の教室に入った瞬間、達也《たつや》は全力で目を逸《そ》らされた。

「達也《たつや》さん、おはようございます……エリカちゃん、どうしたの？」

いきなり妙な態度を取った理由を美月《みづき》に問われても、エリカは何も答えずじわじわと顔を赤くするだけだ。どうやら彼女には昨夜の記憶がしっかり残っているらしい。

一方の美月《みづき》は挙動不審な友人に頻《しき》りと首を傾《かし》げるばかりで、思い当たる節が無い様子。明らかに何も覚えていないと分かる仕草だった。

結局、エリカは美月《みづき》の質問に回答しなかった。

「……達也《たつや》くん、ちょっと付き合って」

付き合って、といっても無論、甘いニュアンスなどは無く、どちらかと言えば「顔を貸して」の方がしっくりくる口調でエリカはクイッと廊下へ顎《あご》を向けた。

唐突な展開にオロオロする美月《みづき》を置いて、すたすたと教室を出て行くエリカ。その身に纏《まと》う雰囲気は有無を言わせぬもので、ちょうど教室に入ってきたレオと幹比古《みきひこ》が目を丸くして道を譲ったほどだ。すれ違い様、目で問い掛けてくる二人に肩をすくめるジェスチャーで応えて、達也《たつや》はエリカの背中を追い掛けた。

第一高校の校舎は一科生の使う昇降口と二科生の使う昇降口が本校舎の左右に分かれていて、教室に上る階段も使い分けられている。別に一科生側の昇降口が二科生側より豪華な作りになっているとか一科生の使う階段は二科生立ち入り禁止になっているとかはないが、何となく嫌らしさが拭い切れない造りではある。

春の臨時全校集会における真由美《まゆみ》の演説、そして九校戦の新人戦モノリス・コードで二科生チームが優勝したことにより変わりつつあるとはいえ、大多数の一科生は二科生を特に意識することなく見下しているし、二科生は一科生と係《かか》わり合いたくないと感じているところがある。だから一科生と二科生の行動範囲がある程度分割される校舎の造りは多くの生徒にとって気にならないものではあるが、感情的な反発を覚える生徒も少数ながらいる。例えば深雪《みゆき》は口にこそ出さないものの、入学以来ずっと、達也《たつや》と別々の昇降口を使わなければならないことに不快感を持ち続けていた。

それはともかくとして、この校舎の構造上、登校時に中央階段が使われることはほとんど無い。エリカが達也《たつや》を連れて行ったのはその中央階段の、二階と三階の間の踊り場だった。

足を止めたは良《い》いものの、エリカは背中を向けたまま中々口を開こうとしない。「そろそろ授業が始まる」と達也《たつや》が声を掛けようとした時になって、ようやく彼女は振り返った。

「昨日はごめん！」

こちらを向いたかと思うと、いきなりエリカは頭を下げた。

彼女が何について謝っているのか、達也《たつや》はすぐに思い当たった。

「昨夜の記憶があるんだな？」

　第三者が耳にしたらとんでもない邪推を招きそうな訊《き》き方だったが、当事者のエリカは無論誤解などせず、こくりと頷《うなず》いた。希望的要素が少なからず混ざっていたが、達也《たつや》の推測は当たっていたようだ。

「変態魔王とか言っちゃって、本当にごめんなさい！」

　昨夜の夢の中から何度目になるか分からない「変態魔王」という言葉に、憮然《ぶぜん》とした面持ちになる達也《たつや》。

「……やっぱり気にしてる？」

　再び頭を下げた状態から上目遣いに達也《たつや》の表情を窺《うかが》っていたエリカが、恐る恐る問い掛ける。

「気にしていないと言えば嘘《うそ》になるが、誤解だと分かってくれれば良い」

　達也《たつや》の声に怒りが含まれていないのを読み取って、エリカは安堵《あんど》の表情を浮かべた。

「あー、良かった。ほら、あの時のあたし、テンションがおかしくってさ。冷静に考えれば達《たつ》也《や》くんが深雪《みゆき》を鳥籠に閉じ込めたりするはずないのにね？」

「当たり前だ。あの時も俺がしたことじゃないと言っただろう」

「ごもっとも。あたしも『勇者』なんて恥ずかしい役をやらせられていたし、達也《たつや》くんが夢に操られていたってことくらい、すぐに分かっても良かったのに」

「ちょっと待て」

　分かったと言いながら、どうやらエリカはまだ誤解しているらしかった。

「俺が閉じ込めたんじゃないと言っただろう」

「えっ、操られたんじゃなかったの？　じゃあ深雪《みゆき》が自分から？」

何処《どこ》か怖々、少し期待混じりに訊《たず》ねるエリカ。

達也《たつや》の口からため息が漏れる。

「そんなはずないだろう。自動的に籠の中へ移動させられたんだ」

「へぇ～。さすがは夢の中。不思議なことがあるもんだね」

「夢だからな」

今日は朝から精神的なスタミナを削り取られ続けているが、最後にもう一つ、達也《たつや》にはエリカに訊《き》いておかなければならないことがあった。

「ところで、深雪《みゆき》が自分から鳥籠に入るという発想は何処《どこ》から出て来たんだ」

その質問にエリカは、意外そうな表情で何度も瞬《まばた》きして見せた。

「えっ？　深雪《みゆき》だったらやるでしょ、そのくらい。達也《たつや》くんに閉じ込めてもらえるなら深雪《みゆき》は大喜びだと思うよ？」

「人の妹を変態みたいに……」

達也《たつや》の口調は怒りよりも脱力感が優《まさ》っている。だがエリカの本能は、その中に無視し得ない危険を嗅ぎ取った。

「あ、あははは……あっ、授業が始まっちゃうよ」

そう言ってエリカは達也《たつや》の横をすり抜け階段を駆け下りていく。

捕まえようと思えば可能だったが、監視カメラもある校舎内で女子生徒の腕を摑《つか》むのは不本意な嫌疑を掛けられる恐れがある。達也《たつや》は瞬間的にそう判断して、エリカの背中を見送った。

彼の口から、今朝何回目か分からない深いため息が漏れた。


深雪《みゆき》の性癖に関する勘違い（？）はともかくとして、エリカの精神状態には特に異常が見られなかった。達也《たつや》はこの方面の専門家ではないから、彼が気づかない部分で変調が現れている可能性も当然あったが、少なくとも達也《たつや》が気づく範囲ではいつもどおりのエリカだった。

だが、明らかにいつもどおりではない友人の方が多かった。

「……レオ、さっきからどうした。俺の顔に何か付いているか？」

「えっ、いや、そういうわけじゃないんだけどよ」

今は二時限目と三時限目の間の休み時間だが、今日は朝からたびたびレオの視線を感じる。ジッと見詰める眼差《まなざ》し、といっても彼が妙な性癖に目覚めたわけではないだろう。達也《たつや》もその手の視線を向けられた経験など無かったので断言はできないが、熱情ではなく疑惑のこもった視線だ。

「……なあ、達也《たつや》ってカナリヤとか飼っていたりするか？」

「いや、小鳥に限らずペットは飼っていない。家もそれほど経済的に余裕たっぷりってわけじやないからな」

寒冷化と戦争の影響はペット事情にも及んでいる。世界群発戦争終結から三十年が経過しても、ペットは一部富裕層にしか普及していない。最近ではむしろ3D映像で動く電子ペットや動物型ロボット《アニマロイド》の方が一般化しつつあるくらいだ。――なお事実を言うなら、大型犬はともかく小鳥程度なら飼うだけの経済力が達也《たつや》にはある。

「ところで、何故《なぜ》そんなことを訊《き》く？」

達也《たつや》としては特に脅しつけるような声を出したつもりは無かったが、自分の席で達也《たつや》たちの会話に聞き耳を立てていたエリカがいきなり顔を背けたのを、彼は視界の端に捉えていた。

「何でって……何でだろうな？」

しかし反問を向けられた当人には特に危機感を覚えた様子は無く、むしろ自分が最初に何故《なぜ》あんな質問をしたのか戸惑っている様子だった。

「俺に訊《き》くなよ……」

「ごもっとも。いや、どういう訳か頭の中に『達也《たつや》と鳥籠』って組合せが浮かんできてさ」

「……そんなイメージを持たれる心当たりは無いんだが」

達也《たつや》のこのセリフに、エリカは賢明にも反応を示さなかった。

不審な挙動を見せたのは彼女ではなく美月《みづき》だった。

「……美月《みづき》までどうしたんだ」

いきなりチラチラと横目でこちらを窺《うかが》い始めた美月《みづき》の視線を、達也《たつや》はタイミングを合わせて捉《つか》まえた。

「あっ！　その、すみません……」

盗み見している現場を押さえられて恥ずかしそうに俯《うつむ》いてしまった美月《みづき》だが、やはり何かが気になるのか上目遣いの視線を達也《たつや》に向ける。

「いや、謝らなくても良い。それより何か訊《き》きたいことでもあるのか？　俺としてはそちらの方が気になるんだが」

暗に「盗み見のことは不問に付すから正直に白状しろ」とプレッシャーを掛けられて、美月《みづき》はますますおどおどしながら、それでも舌をもつれさせることもなく質問に答えた。

「その……西城《さいじょう》くんの話を聞いて、急にイメージが湧いてきまして……」

「イメージ？」

何だか聞くまでもないような気がしたが、達也《たつや》は自分の心理的抵抗を押し切った。

「どんな？」

「えっと、銀の鳥籠を前にして達也《たつや》さんがとても優しそうに微笑《ほほえ》んでいるんです」

たとえ夢の中であってもそんな事実は無い、と言い切ってしまえればどんなに楽だろうか、と達也《たつや》は自問した。

美月《みづき》の向こう側では、エリカが肩を震わせている。一瞬だけだが、今朝、深雪《みゆき》を止めなければ良かったと達也《たつや》は考えてしまった。

「鳥籠の中には真っ白な衣を着たとてもきれいな妖精さんがいて」

「ちょっと待て、美月《みづき》」

これ以上、思い出させるのはまずいと考えた達也《たつや》は、強引に話の腰を折った。

「それだと俺が、妖精を捕まえて悦に入っている悪者みたいじゃないか」

声もなく噴き出したエリカへ、レオと、いつの間にか近くに来ていた幹比古《みきひこ》が不思議そうな目を向ける。だが美月《みづき》には、エリカに注意を払っている余裕は無かった。

「ええっ⁉　そそそんなことありませんよ！」

いきなり大声を上げた美月《みづき》に、クラスメイトの目が集中する。静まり返った教室中から浴びせられる視線に気づいた美月《みづき》が、顔を真っ赤にして俯《うつむ》いた。

達也《たつや》と幹比古《みきひこ》とレオが級友たちをジロリと見返す。

慌てて目を背けるクラスメイト。

視線の圧力は無くなったが、美月《みづき》は俯《うつむ》いたままだ。

「……柴田《しばた》さんとは少し違うかもしれないけど、実は僕もここのところ妙なイメージに悩まされているんだ」

達也《たつや》の注意を逸《そ》らす為《ため》、でもないだろうが、幹比古《みきひこ》がそんな前置きと共に口を挿《はさ》んだ。

「幹比古《みきひこ》もか？　しかも、ここのところ？」

達也《たつや》に訊《き》かれて、幹比古《みきひこ》が躊躇《ためら》いがちに頷《うなず》く。

「柴田《しばた》さんみたいにはっきりとしたヴィジョンじゃないんだけど、何となく嫌な感じがつきまとっていて……自分でも気づかない内に、誰かに操られているような」

「吉田《よしだ》くんもなんですか？」

俯《うつむ》いていた美月《みづき》が急に顔を上げた。

「僕も……って、柴田《しばた》さんも？」

驚いた顔で訊《き》き返す幹比古《みきひこ》へ美月《みづき》は真剣な表情で頷《うなず》いた。

「私も最近、朝起きた時に、自分が自分でなくなっていたような不安感に襲われる毎日なんです。夢見が悪いだけかもしれませんけど、それが毎朝続くので……」

「夢見、そうか、夢か。柴田《しばた》さんに言われるまで気付かなかったなんて、僕は何て迂闊《うかつ》なんだ！」

いきなり頭を抱えた幹比古《みきひこ》に、達也《たつや》とレオが同時に「どうしたんだ？」と問い掛けた。

「夢は見るだけのものじゃなくて、見せられるものという側面もあるんだ。昔は夢に想《おも》い人が出てくるのは、自分が相手のことを想《おも》っているからではなく相手が自分のことを想《おも》っているからだと普通に信じられていたし、『夢枕に立つ』という言葉はまさしく神仏や故人が自分にその夢を見せているという思想を示している」

顔を見合わせる達也《たつや》とレオには構わず、幹比古《みきひこ》は頭を抱えたまま独演会のように喋《しゃべ》り続ける。

「確かに夢の中の自分なんて、自分であって自分でないようなものかもしれないけど……普通なら『ああ、夢か』で済むはずだ。目が覚めた後にまで違和感を残すなんておかしい。どうしてこんなことに気付かなかったんだろう……⁉」

幹比古《みきひこ》は抱え込んでいた頭から手を離すと、美月《みづき》の机の横に回り込んだ。

「柴田《しばた》さん！」

「は、はい！」

思いがけない剣幕に、美月《みづき》が跳び上がるような勢いで返事をする。彼女の目には薄らと涙が浮かんですらいたが、幹比古《みきひこ》はそれを目に留める余裕も無い様子だ。

「今日の帰り、少し待っていてくれる？　護符を作るから」

「護符、って、御守《おまも》りのことですか？」

待っていて、の所で美月《みづき》は真っ赤に茹《ゆ》で上《あ》がり掛けたが、幹比古《みきひこ》が最後まで一気に用件を言い切ったお陰で彼女の顔色は何とか日常の範囲内に留まっている。

「万が一を考えて、呪詛《じゅそ》除《よ》けをしておいた方が良《い》い。そうだ！」

幹比古《みきひこ》がクルリと、レオへ振り返る。

「レオ！」

「お、おお」

その剣幕に、レオが仰《の》け反《ぞ》る。

「護符は君の分も作っておくよ。放課後、部活が終わっても帰らないでね」

「いや、俺は別に、夢見が悪いわけじゃ……第一放課後は、いつも一緒に帰っているじゃねぇか」

レオに指摘されて、幹比古《みきひこ》はようやく、わざわざ念を押す必要のないことだったことに思い至った。

「そう、か……そうだよね」

興奮していた反動で、気が抜けたように幹比古《みきひこ》が呟《つぶや》く。

各机の端末に授業開始のサインが表示される。

幹比古《みきひこ》は慌てて自分の席に戻った。


さっきの休み時間、幹比古《みきひこ》が自己完結気味に口走っていた講釈は、達也《たつや》にとってこれまでの推測を補強するものとなった。

(夢は見るだけのものではなく、見せられるものでもある、か……)

王朝時代の貴族たちが何を信じていたのかは別にしても、今週の月曜日から始まったあの悪夢は間違いなく何かに見せられているものだ。そして、それに気付いていない被害者の精神に大きなストレスを残している。

(少し対応が悠長すぎたかもしれんな)

「達也《たつや》くん、一体どうしたんだ？　そんなに真剣な顔で考え込んで」

箸を置いて身動《みじろ》ぎ一つもしなくなった達也《たつや》に、向かい側から摩利《まり》が問い掛ける。今日は土曜日だが、月末に生徒総会と生徒会長選挙を控え、いつものメンバーが生徒会室のテーブルで昼食を取っている。そのメンバー、真由美《まゆみ》、摩利《まり》、鈴音《すずね》、あずさ、そして深雪《みゆき》を順番に見回し、摩利《まり》へ視線を向けた。

「風紀委員長、最近生徒の間で心に変調を来している者が増えていませんか？」

「変調？　精神異常ということか？」

「そこまではっきりとしたものではないと思いますが、例えば悪夢に悩んでいるとか」

「そういう悩みがある生徒はカウンセラーの所に行くだろうし、カウンセラーの先生方に聞いても守秘義務があるから答えてはくれないだろうが……」

摩利《まり》は少し考える時間を取ってから、微《かす》かに恥じらいを帯びた声で打ち明けた。

「実はな、あたしも月曜日から立て続けに悪夢、というか妙な夢を見ているんだ」

達也《たつや》は深雪《みゆき》と顔を見合わせ、真由美《まゆみ》と顔を見合わせた。

「達也《たつや》くんもなのか？　真由美《まゆみ》も？」

「私は悪夢よ」

真由美《まゆみ》が不機嫌の塊のような声で突《つ》っ慳貪《けんどん》に答える。

面食らっている摩利《まり》の代わりに、口を挿《はさ》んだのは鈴音《すずね》だった。

「悪夢に悩まされている、という話はあまり聞きませんね。むしろ良《い》い夢を見た気がする、という生徒の方が多いようですよ」

「市原《いちはら》、お前何故《なぜ》そんなことを」

「リンちゃん、貴女《あなた》まさか」

盗聴疑惑を向ける摩利《まり》と真由美《まゆみ》を、鈴音《すずね》は冷たい一瞥《いちべつ》で撃退する。

「私は定期カウンセリングの対象者ですので、カウンセラーの先生とはそれなりに親しいのです。先生方には個人の秘密を守る義務がありますが、個人を特定しない形の質問にはよほど立ち入ったものでない限り答えてくれるはずですよ」

この説明は達也《たつや》に向けたものだった。

「司波《しば》君も定期カウンセリングを受けていますでしょう？　気になるのであれば、訊《き》いてみては如何《いかが》ですか？」

「そうですね。後で訊《き》いてみます」

達也《たつや》が軽く頭を下げて、鈴音《すずね》に謝意を示す。鈴音《すずね》は目礼でそれに応えた。

「ところで渡辺《わたなべ》先輩」

「んっ？　何だ？」

さりげない声で訊《たず》ねる達也《たつや》に、摩利《まり》が警戒を示す。彼女はそろそろ、達也《たつや》がこういう時にこういう声を出したら要注意ということを学びつつあった。――それを対策に活《い》かせた実績は、本人にとって残念なことにゼロだったが。

「妙な夢、の内容は覚えていますか？」

「あ、ああ、まあな。だが内容までは話さないぞ。それはあたしのプライバシーだ」

前半はともかく後半は、毅然《きぜん》と対応しているように聞こえる。だが頬を赤らめ目を泳がせているその様は、「毅然《きぜん》と」という形容からは程遠い。

「内容までお訊《き》きするつもりは最初からありませんよ」

苦笑する達也《たつや》の声に、摩利《まり》が緊張を緩める。――彼女はそろそろこれも達也《たつや》の戦術パターンであることを学んだ方が良《い》いだろう。

「お訊《き》きしたいのはもっと別のことです。渡辺《わたなべ》先輩は、その『妙な夢』を見ている最中、自分が夢を見ているという自覚が有ったのでは？」

「何故《なぜ》それを!?」

反射的に叫び返す摩利《まり》。それは、達也《たつや》の質問に対する肯定の回答でもある。

「やはりそうでしたか。もしかしたら、ある程度自分の思いどおりに動くことができたのではありませんか？」

「――ああ、そうだよ」

摩利《まり》はふて腐れた声で、そっぽを向きながら認めた。

「意識はあったさ。散々はっちゃけさせてもらったよ。悪いか！　思い切り剣を振り回す機会なんて現実には滅多に無いんだ。夢の中でくらい、羽目を外しても良いだろう！」

「もちろん、構いませんよ。どんな夢であろうが、所詮は『夢』ですから」

すっかり興奮して「話さない」と自分で宣言した夢の内容まで暴露していた摩利《まり》だったが、達也《たつや》から冷静な声で意味ありげな言葉を返されて、いきなり落ち着きを取り戻した。

「……何だかただの夢ではないような口振りだな？　何を知っている」

「ちょっと待ってください」

達也《たつや》は摩利《まり》の質問に答えず、鈴音《すずね》へ目を向けた。

「市原《いちはら》先輩は奇妙な夢を見ている記憶がありますか？」

「内容は覚えていませんが、私も良《い》い夢だったような気がします」

鈴音《すずね》は特に隠す必要も覚えなかったのか、すぐに答えてくれた。

「中条《なかじょう》先輩はどうです」

あずさは首を横に振った。

達也《たつや》が真由美《まゆみ》を見る。

真由美《まゆみ》は嫌そうに顔を顰《しか》めたが、「仕方ない」という表情で頷《うなず》いた。

達也《たつや》が摩利《まり》へ視線を戻した。

「実は俺と深雪《みゆき》も、月曜日から悪夢に悩まされています。そして俺は最初から、深雪《みゆき》は一昨日から、夢の中で意識を保ち、ある程度自発的な行動が可能でした」

「達也《たつや》くん、それは」

「はい。おそらく、渡辺《わたなべ》先輩と同じですね」

摩利《まり》が目を大きく見開いて絶句する。

「そしてここから先が重要なのですが」

達也《たつや》にも、ここから先を打ち明けて良いものかという迷いがある。だが彼は、事態の緊急性を思い出してその迷いを踏み越えた。

「俺と深雪《みゆき》は、夢の中で実際にコミュニケーションを成立させています」

数秒の沈黙の後、達也《たつや》のセリフに反応したのは鈴音《すずね》だった。

「それは、夢の中で行った会話を目が覚めた後に確認してみたら一致していた、ということですか？」

「会話だけではありません。お互いが見たもの、聞いたもの、背景、行動内容、全てが一致しています」

「……興味深いですね。夢を共有したということでしょうか？　兄妹《きょうだい》間でテレパシーのようなものが作用した？」

鈴音《すずね》の自問するような呟《つぶや》きを、達也《たつや》が即座に否定する。

「市原《いちはら》先輩。この現象は血縁に起因するものではありません」

自信たっぷりに断言されて、鈴音《すずね》が微《かす》かに眉《ひそ》を顰めた。

「……何故《なぜ》そう言い切れるのですか？」

無論それは、達也《たつや》のハッタリではなかった。

「夢の中で会ったのは、深雪《みゆき》だけではないからです。会長とも言葉を交わしました」

本当は言葉を交わしただけでなくダンスまで踊った仲だが、それは今、言う必要のないことだった。

鈴音《すずね》が真由美《まゆみ》に目で問い掛ける。

真由美《まゆみ》はぶすっとした表情で鈴音《すずね》の視線に頷《うなず》いた。

「詳しく調べれば、俺たちと同じ体験をしている生徒はもっと出て来るでしょう。一高全体が夢を操作する正体不明の精神干渉系魔法の影響下にあると俺は考えています」

「……そんな大規模な精神干渉系魔法を使える魔法師が実在するとは思えませんが」

達也《たつや》の推論に、鈴音《すずね》は魔法師として常識的な反論を見せた。

もちろん達也《たつや》もその意見に異論は無い。

「俺もそう思います。これは一人の魔法師の手によるものではなく、我々がまだ理解できない魔法技術の産物、聖遺物《レリック》の作用によって生み出されている現象だと俺は考えています」

「聖遺物《レリック》ですか……司波《しば》君と深雪《みゆき》さんだけならともかく、会長も同じ体験をされているのでしたら、その可能性を否定できませんね」

俺と深雪《みゆき》だけならともかくとはどういう意味だ、と達也《たつや》は思ったが、話が脱線しそうだったのでその点に言及するのは止めておくことにした。

「夢を見せる聖遺物《レリック》かぁ……名付けるとしたら『ドリームキャスター』？」

真由美《まゆみ》のセリフに、達也《たつや》は思わず笑ってしまった。

「俺としては『ナイトメア』の方が相応《ふさわ》しい気がしますが、悪夢ではなく良《い》い夢だと感じている生徒もいるようですからね……。『ナイトメア』や『ドリームメーカー』は他の魔法に割り当て済みでもありますし、便宜的な名称が必要ならば『ドリームキャスター』で良いと思いますよ」

「じゃあ仮称『ドリームキャスター』が一高内の何処《どこ》かに存在すると仮定して、リンちゃん、探すの手伝ってもらえる？」

「……今から、ですか？」

さすがに鈴音《すずね》は不満の声を上げた。いきなりすぎる話だし、そもそも彼女はこれから月末に開催される生徒総会の準備をしようと考えていたのだ。

「立候補の締め切りが昨日でちょうど終わったところだし、来週になったらますます時間的に余裕が無くなるでしょう？　選挙と総会に悪影響が出るのは何としても避けたいのよ」

真由美《まゆみ》は生徒会長として最後の大仕事になる月末の生徒総会に期するものがある。それは鈴《すず》音《ね》も理解していた。

「……仕方がありませんね」

元々口では厳しいことを言っても、根本的な部分で、鈴音《すずね》は真由美《まゆみ》に甘い。今も大きくため息を吐きながら、結局真由美《まゆみ》の「お願い」に頷《うなず》くのだった。

「確かに、放置しておける話ではなさそうです。それで会長、事態は何処《どこ》まで判明しているのですか？　会長は既に『ドリームキャスター』の探索に当たられているのでしょう？」

鈴音《すずね》はたったあれだけの材料で真由美《まゆみ》が「ドリームキャスター」について調べていることを言い当てて見せた。

「校内に不審物が持ち込まれた形跡は無し。研究資料にもそれらしい古代遺物の該当は無かった」

だが驚いているのは第三者だけで、真由美《まゆみ》本人はそれを当然のように受け止め普通に会話を続けていた。

「残るは美術品や骨董品《こっとう》に紛れて、という可能性ですが……そちらも当然、調査済みなのでしょう？」

「ええ。そもそも今年度に入ってから学校が購入した美術工芸品は無いわ」

「……となると残るは教職員の私物ですか。厄介ですね」

「そっちは私がこっそり調べてみるから、リンちゃんは研究資料のリストを再確認してもらえない？　私の見落としがあるかもしれない」

「分かりました。では早速」

鈴音《すずね》がテーブルを立ってコンソールに向かう。真由美《まゆみ》も生徒会長席へ移動した。

「あたしは、おかしなことを口走ったりいつもと違う行動を取ったりしているヤツがいないか、少し聞き込みに行ってくるよ」

摩利《まり》は風紀委員会本部へ続く階段へ足を向けた。

「俺は小野《おの》先生の所へ行ってみます」

「ここはわたしが片付けますので、中条《なかじょう》先輩は選挙の準備に専念してください」

「……じゃあ、お願いします」

達也《たつや》が立ち上がり、深雪《みゆき》がそれを見送り、あずさが消え入るような声でそう答えた。

それから十分後。カウンセリング室ではE組担当カウンセラーの小野遥《おのはるか》が難しい顔で腕を組んだまま、達也《たつや》の話に耳を傾けていた。

入学直後の意図的な色仕掛け《いろじかけ》は別にして、遥《はるか》も校内では現代のドレスコードを守っている。だが肌は隠せても体型は隠せるものではない。いや、体型を隠すコーディネートも不可能では無いのだが、自《おの》ずと限度がある。遥《はるか》のスリーサイズで腕組みなどしていると、男子高校生の目には毒な光景が出現してしまうのだが、彼女に自覚は無いようだ。

そんなことを冷静に考えながら、達也《たつや》は情報開示の要請で話を締めくくった。

「個人を特定する情報は要らない、と言われてもねぇ……」

遥《はるか》の声は困惑に満ちている。例えば同じ話を達也《たつや》以外の生徒に持ち込まれたら、彼女は心理学の知識をフルに活用してその分析に取り組んでいただろう。主に「思春期にありがちな妄想」の方向で。だが司波《しば》達也《たつや》に限って妄想に囚《とら》われることなどあり得ないと彼女は知っている。この男子生徒が「本当のことだ」と前置きした上で話すことは事実なのだ。事実の全てであるという保証は何処《どこ》にも無いにしても。

「カウンセリングで聞いたことは、どんな些細《ささい》なことでも守秘義務の対象になるのよ。それに司波《しば》君はもう、その異常な夢が自分たちだけの狭い範囲で起こっている現象ではなくもっと広い範囲で起こっている現象で、またこれが心理的な現象ではなく魔法的な現象だと確信しているのでしょう？　私から話を聞き出す必要は無いんじゃないかしら」

「なるほど、ありがとうございます」

達也《たつや》から返って来たのは、謝辞と一礼だった。

遥《はるか》はそれで、自分のセリフが達也《たつや》の依頼に対する回答になっていたことを覚《さと》る。彼女は慌てて、両手に持っていた電子ペーパーで顔を半分隠した。

達也《たつや》は遥《はるか》の動揺に気付かなかったふりをして、別の依頼を切り出した。

「守秘義務についても理解しました。ですがこの状況は、小野《おの》先生にとっても看過できるものではないと考えますが」

「……何が言いたいの」

警戒感をこれ以上無いくらい露《あら》わにして、遥《はるか》が達也《たつや》に問い返す。

達也《たつや》はその反応に、ニコリともニヤリともしなかった。

「生徒の不安やストレスを解消する、その為《ため》には事後的なケアだけでなく、余計なストレスの元になる原因を取り除くことも必要ではないでしょうか」

「……そんなことは言われなくても分かっているわよ」

これは遥《はるか》の強がりではない。実際に一高のカウンセラーには、学校の運営において生徒に過度のストレスを与えると判断した要素について、校長宛に改善を提言する権利と義務が与えられている。

「今回の事態を引き起こしている聖遺物《レリック》は、生徒の心理状態に悪影響を与え始めているのではありませんか」

「聖遺物《レリック》が原因というのは、まだ仮説でしょう」

「だからといって、放置して良いということにはならないと思います」

「ハア……司波《しば》君は私に何をさせたいの？」

遥《はるか》は下を向いて大きく首を左右に振りながら、遂《つい》に白旗を上げた。

「そんなに難しいことをお願いするつもりはありません」

遥《はるか》の心の底から疑わしそうな眼差《まなざ》しには取り合わず、達也《たつや》は依頼の言葉を続けた。

「九月に入ってから校長宛に届けられた骨董《こっとう》品が無いかどうか確認してください」

「校長宛に……？」

その要求は遥《はるか》にとってかなり意外なものであったらしく、駆け引きを忘れた素顔の状態で彼女は達也《たつや》へ問い返した。

「校長先生が骨董品《こっとう》収集のご趣味をお持ちなのは有名です。そしてこの学校に仕事とは関係の無い私物を持ち込めるのは校長先生だけだ」

「貴方《あなた》、校長先生を疑っているの？」

「校長が自分の意思で校内に聖遺物《レリック》を持ち込んだとは考えていません」

呆《あき》れ顔《がお》の問い掛けを達也《たつや》は否定する。

「ただ、聖遺物《レリック》が骨董品《こっとう》と取り違えられて校長宛に届けられた可能性は否定できないと思っています。この学校において七草《さえぐさ》会長の調査が及ばない物品といえば、最も可能性が高いのは校長の私物だ」

遥《はるか》はいつの間にか真剣な表情になって達也《たつや》の言葉を咀嚼《そしゃく》していた。

「……司波《しば》君の言いたいことは分かった。でも校長先生は今日まで出張中よ。校長室に入れるのは教頭先生だけだわ」

「普通の手段なら、そうでしょう」

遥《はるか》が泣きそうな表情でまなじりを吊《つ》り上《あ》げた。

「結局そういうことなのね！」

半泣き顔で怒るという器用な感情表現を見せた遥《はるか》に、達也《たつや》は立ち上がって一礼した。

「分かり次第、ご一報ください」

「……鉄壁なのは十文字《じゅうもんじ》君じゃないわ。司波《しば》君、貴方《あなた》の面の皮よ」

遥《はるか》の非難を、達也《たつや》は言われたとおりの鉄面皮で受け止めて、カウンセリング室を後にした。

◇　◇　◇

結局、その日の内に成果はあがらなかった。真由美《まゆみ》も鈴音《すずね》も何も見つけられず、遥《はるか》からの連絡も無かった。

そして夢の中で、達也《たつや》は再び魔王として玉座に座っていた。

ため息を堪えて立ち上がり、達也《たつや》は三人の少女に問い掛けた。

「俺はそんなに魔王が似合っていると思うか？」

胸元が大きく開いている純白のドレスを纏《まと》った深雪《みゆき》がクスクスと笑いながら答える。

「魔王が相応《ふさわ》しいとは思いませんが、王様はお似合いですよ。そのお姿を拝見していると、お兄様は人に使われるより人を使うタイプだと思います」

彼女の衣装は、月曜日の夢で見た王女の物だった。

「確かに、国王の使い走りにすぎない勇者より、それを迎え撃つ魔王の方が似合っているね」

エリカが昨日と同じ剣士姿で、からかうようにそのセリフを引き継ぐ。

「そんなことありませんよ！　達也《たつや》さんは勇者様でもおかしくありませんから！」

ほのかが木曜日に見たエプロンドレスの侍女姿で、両手を拳に握って力強く否定してくれたのがわずかな救いか。もっとも、今夜も彼が魔王役という現実に変わりはないが。

「さて……、深雪《みゆき》は大丈夫として、エリカも今夜は最初から意識があるな？」

「お陰様で」

エリカがペロッと舌を出しそうな声で答える。ただし、頬には少し赤みが差していた。おそらく、考えないようにしていた昨夜のことを思い出してしまったのだろう。

「ほのかも今日は意識があるんだな」

「あっ、はい。……あの、これってどういう状況なんですか？」

ほのかは逆に、昨晩までの夢の記憶が一切残っていないようだ。

「この服って……ウエイトレス？　でもありませんよね。メイドさん？」

ほのかはスカートの裾を自分で左右に広げ、身体《からだ》を捻《ひね》って自分がどんな格好をしているのか確認し、頭に手をやってヘッドドレスの感触を確かめた。

「ここは何らかの魔法的手段によって作られた夢の一種だ。どんな魔法かは分からないし、夢と言い切って良いのかどうかも分からない。だが、一つの夢を多人数で共有していると考えるのが今のところ最も適切な解釈だと思われる」

「夢？　じゃあ私のこの格好は、私の無意識が反映しているとかですか？」

「いやいやいやいや」

達也《たつや》は彼らしくもなく、一度で良《い》い「否」を四回も繰り返してしまう。

「この夢は何ものかによってコントロールされている。最初は『何者か』だと思っていたが、現段階ではこの『夢』を作っている聖遺物《レリック》が夢に取り込んだ人々の無意識を吸い上げて役を振っていると考えるようになった。ほのかも含めて、俺たちの格好はその聖遺物《レリック》によって決められているんだ」

「へぇ〜」

ここで真っ先に反応したのは、ほのかではなくエリカだった。

「じゃあ昨日の深雪《みゆき》のあの格好も、達也《たつや》くんの趣味ばかりじゃないんだ」

達也《たつや》はまたしても彼らしくない過剰反応を返してしまう。

「断じて違う！　俺なら深雪《みゆき》にあんな格好はさせない」

「でも夢に取り込まれた人の無意識を反映するんでしょ？　だったら達也《たつや》くんの願望も少しは入っているんじゃない？」

「重ねて言うが、断じて違う！　俺の趣味だというなら、昨日よりも今夜の方が好みだ」

「お兄様……ありがとうございます……」

深雪《みゆき》が恥じらいに頬を染め、嬉《うれ》しそうに微笑《ほほえ》みながら俯《うつむ》く。

ニヤニヤ笑うエリカに、達也《たつや》は不覚にも反論できない。起きている時にはあり得ない失言だ。

「良《い》いなぁ」

だが隣から聞こえてきた切なげな声に、エリカも笑っていられなくなった。

「深雪《みゆき》はお姫様で私はメイドさんかぁ……うん、分かっていたことだけど、やっぱり羨ましい……」

達也《たつや》がエリカを目で詰《なじ》る。「余計なことを言うからだ」というメッセージをエリカが誤解すること無く受信したのは、彼女自身もそう感じていたからだった。

「いや、えっと、あのね、ほのか。深雪《みゆき》がお姫様っていうのは確かによく似合っていると思うけど、ほのかのメイドさんだって献身的で清楚《せいそ》で一途《いちず》なところが凄《すご》くマッチしていると思うよ」

「そ、そうかな」

「うん、そう！　お姫様ってさ、何となく我が侭《まま》なイメージがあるじゃん？　その点メイドさんはどんな理不尽にも堪え忍んでひたすら尽くす。そして遂《つい》には主人公と結ばれるのが昔からの王道だよ」

満更でもなさそうなほのかに対して、深雪《みゆき》は明らかに機嫌を傾けている。おそらく「お姫様は我が侭《まま》」の箇所が彼女の癇《かん》に障《さわ》ったのだろう。

しかしここで余計な口を挿《はさ》まれては、せっかく纏《まと》まり掛けた状況が再びカオスに引き込まれかねない。達也《たつや》は手振りで必死に深雪《みゆき》の気持ちを宥《なだ》めていた。

「ところで今夜の設定を確認しておきたいんだが」

達也《たつや》はそう言って妹へ目を向けたが、深雪《みゆき》は申し訳なさそうに首を横に振る。

「すみません、お兄様。今夜は何の情報も入ってきていません」

「あたしも」

エリカも同じように首を振った。

「そうか。ほのかはどうだ？」

「はい？　何がですか？」

ほのかが首を傾《かし》げて、そう問い返す。

そう言われて、達也《たつや》はほのかに説明していないことが多々あることに気付いた。

「ほのか。さっきも言ったように、この夢に吸い込まれた人々は聖遺物《レリック》によって一人一人役が振られている」

「……何だか、お芝居の舞台みたいですね」

「そうだな。演劇型仮想世界とでも言えば良いのか……とにかく、衣装もその役によって決まる」

「持ち物もね。例えばあたしの、これなんかも、そう」

エリカが腰に佩《は》いた剣を半分引き抜いて示す。

「うわぁ……エリカ、それ、真剣？」

「少なくともこの世界ではね」

ほのかの女の子らしい反応に苦笑しながら、エリカが剣を鞘《さや》に戻した。

「しかし、衣装と小道具だけで芝居はできないだろう？」

「あ、はい、そうですね。役が決まっていても台本が無ければお芝居は始められません」

「台本が用意されていても、それを覚えなければならない。台本を覚えるだけではまだ駄目だ。演技も覚えなければならないし、殺陣《たて》や踊りがあればそれも覚えなければならない」

「分かります。中学校の文化祭で一度だけ演劇をやりましたから。わずか三十分程度のお芝居でも、何週間も前から練習しなくちゃできませんよね」

「まさにそのとおり。だったら、夢の中に引き込まれたばかりの素人《しろうと》に、ぶっつけ本番の演技などできるはずがないのも理解できるだろう？」

「はい、分かります」

達也《たつや》の言葉に、ほのかが大きく頷《うなず》く。

「ここがこの夢の嫌らしいところなんだが……聖遺物《レリック》は自分が作り上げた舞台を機能させる為《ため》に役者、つまり俺たちの意識と行動に介入してくるんだ」

「それは……私たちを操るという意味ですか」

「そのとおり」

ほのかが怯《おび》えた顔で小さく震えた。

「まず、役を演じさせる為《ため》に意識を作り替えて、配役そのものになりきらせる。馬に乗る役なら馬術、剣で戦う役なら剣技をこの身体に刷り込む。だが中には今の我々のように自分の意識を失わない例もある。そんな場合は、台本が知識として流れ込んでくるんだ」

「それがさっき仰《おっしゃ》っていた意味なんですね……ちょっと待ってください」

そう言ってほのかは目を瞑《つぶ》り、お腹《なか》の前で両手を組んで一所懸命に自分の中から達也《たつや》の求める知識を引っ張り出そうと意識を凝らし始めた。

「……あっ、分かりました」

一分ほど経《た》って、そろそろ止めさせなければと達也《たつや》たちが思い始めたタイミングでほのかが目を開く。

「達也《たつや》さんは、その、やはり『魔王』ですね。深雪《みゆき》は『王女』。元々人間の国の王女様だったのが『魔王』に心を奪われて従っているという設定みたい。エリカは『魔剣士』ね。魔法で身体能力を上げて戦う剣士だから、現実の剣術家と同じじゃないかしら」

「ほのかは何なの？」

深雪《みゆき》が当たり前に訊《たず》ねると、ほのかは何故《なぜ》か赤面した。

「私は、その……『魔女』みたい」

「えっ、『侍女』じゃないの？」

エリカが驚いた声で問い返すが、ほのかの答えは「魔女」で変わらなかった。

「この格好は『魔女』の趣味なんですって……」

「何それ？　全くもう、男の子って……そんなにメイド服が好きなのかしら」

「お兄様、そうなんですか？」

エリカのセリフを受けて、深雪《みゆき》が達也《たつや》に上目遣いで訊《たず》ねる。しかしどんなに可愛《かわい》く質問されようと期待の眼差《まなざ》しを向けられようと、達也《たつや》は首を横に振るだけだ。

「少なくとも俺は侍女服に思い入れなど持っていない。そんなヤツは男子高校生に限ってみても一握りなんじゃないか？　大体、変わった趣味を持つ人間は目立つので、実態以上の多数派に見えるものだ」

「そうなのですか？」

「そうなんですね……」

深雪《みゆき》が小首を傾《かし》げ、ほのかがしょんぼりと俯《うつむ》いても、達也《たつや》は答えを変えなかった。——ここで答えを変えようものなら、目が覚めた後で何を言われるか分かったものではない。

「それでほのか、状況は？」

達也《たつや》に名前を呼ばれて、俯《うつむ》いていたほのかが我に返って顔を上げる。

「えっと……大変です、達也《たつや》さん！　もうすぐこの部屋に、勇者パーティが攻めてきます！」

「それはまた随分な急展開だな」

た。

「ええ、過去最短時間でクライマックスに突入ですね」

何故《なぜ》でしょう？　という声にならなかった深雪《みゆき》の疑問にも、達也《たつや》は一つの推理を用意してい

「今回は勇者側のストーリーがメインだったということじゃないか」

「どういうことですか？」

ほのかが首を傾《かし》げて訊《き》いてくる。もちろん達也《たつや》は、きちんと説明するつもりだった。

「つまり、勇者側では長いストーリーが既に進行しているんだ。ただそこに、俺たちの出番はなかった。今回のシナリオには魔王側のエピソードは存在せず、最後のクライマックスシーンまで、謂《い》わば舞台裏で待機している状態だったに違いない」

「そしてようやく出番が回ってきた……何だ、あたしたちは脇役ってことか」

不満そうなセリフに反して、エリカは楽しそうな笑みを浮かべていた。

「そういうことなら、派手に暴れてやろうじゃないの。この『舞台』をひっくり返すくらい」

まるでそのセリフを待っていたかのように、広間の扉が音を立てて開いた。

駆け込んでくる「勇者パーティ」。だがその先頭に立つ少女から放たれたセリフは、勇者のものではなかった。

「ようやく最終ステージだ！　この馬鹿げたＲＰＧをさっさと終わらせるぞ！」

聞き慣れた声が、自棄《やけ》になっているとしか思えない口上《こうじょう》を叫ぶ。

「渡辺《わたなべ》委員長、貴女《あなた》もですか……」

本当は役名で呼ぶべき場面だろうが、達也《たつや》は思わず相手の本名を呟《つぶや》いてしまった。

摩利《まり》がこの悪夢に巻き込まれていて、しかも自分の意識を保っているというのは昼間に聞いて知っていた。だがたとえ夢の中であろうとも、見ると聞くとでは印象が大違いだ。

名前を呼ばれたのに気付いたのか、大層キラキラした衣装を纏《まと》った摩利《まり》が、同じくキラキラした柄《つか》を持つ剣を達也《たつや》に突きつけた。

「達也《たつや》くん、君がラスボスか！」

「どうやら『魔王』らしいですよ、俺は」

「ハッハッハッハ、達也《たつや》くんが『魔王』！　実に良く似合っているじゃないか！　なあ、真由《まゆ》美《み》！」

どうも、余程嫌なシナリオだったと見えて、摩利《まり》はかなり壊れ気味だった。

「渡辺《わたなべ》委員長は『勇者』だと思っていたんですが、配役は『王子』だったようですね」

「君までそんなことを言うか！　私は女だ！　それを言うなら『王女』だろう！」

「しかし『王女』の役は既に深雪《みゆき》で埋まっていますので」

「ええい、どいつもこいつもぉ！」

達也《たつや》に斬り掛かろうとした摩利《まり》の前に、抜剣済みのエリカが割り込んだ。

「おっと、あんたの相手はこのあたしよ」

「望むところだ、エリカ！　今日こそ先輩後輩のけじめを教えてやる！」

「あんたこそ、姉弟子と妹弟子の立場を弁《わきま》えなさい！　もっとも、あんたみたいな『妹』は要らないけどね！」

「あいにくだが、あたしはお前の義姉《あね》になる予定なんだ！」

「ますます要らないわよ！」

言葉を交わしながらも、既に摩利《まり》とエリカは激しい打ち合いに突入していた。夢の中とはいえ真剣を手にして躊躇《ちゅうちょ》がまるで存在しないのは、見ていて呆《あき》れるしかない。

「どうも、七草《さえぐさ》会長」

最早《もはや》摩利《まり》との意思疎通は不可能と見て、達也《たつや》は摩利《まり》の隣にいた真由美《まゆみ》に話し掛けた。

「……見たわね？」

「はあ？」

しかし真由美《まゆみ》から返って来たのは、たった一言なのに最初からかみ合っていない、妙に迫力のある声だった。

「もちろん見えていますが……それが何か？」

真由美《まゆみ》の衣装は一昨日の夜と同じ「妖精姫」のものだった。膝上二十センチのミニワンピースで裾にはフリル、両サイドに小さなリボンの列、腰に大きなリボン、長手袋にコサージュ、足にもコサージュ付きのハイヒール、髪型はとても長いリボンを使ったツーサイドアップだ。

本人には不本意かもしれないが、やはりよく似合っている。

「見たわね？　また！　私の！　この姿を！」

半泣きどころか既に七割以上、真由美《まゆみ》の声は、泣き声だった。

「達也《たつや》くんのバカヤローー！　こんな悪夢のことなんて忘れてしまえぇぇ！」

真由美《まゆみ》の絶叫と共に、無数の氷の欠片《かけら》が真由美《まゆみ》の掲げる杖《つえ》の先から達也《たつや》へ向けて放たれる。

「させません！」

その弾幕に立ちはだかるのは、白いロングドレスを翻《ひるがえ》した深雪《みゆき》。いきなり出現した渦巻く吹雪の円盤が氷の欠片《かけら》を呑《の》み込み、弾幕と打ち消し合うように消えた。

「退《ど》いて、深雪《みゆき》さん！　女には通さなければならない意地があるの！」

「落ち着いてください、会長。正直なところ、意味不明です」

達也《たつや》も深雪《みゆき》に全くの同意だった。一体全体、何の意地なのか、まるで見当がつかない。

「深雪《みゆき》さんは良《い》いわよ！　そんな大人っぽいドレスが似合っているんだから！　私のこの格好見てよ！　ずっとこの格好で旅をさせられたのよ！」

「可愛《かわい》いと思いますが……？」

深雪《みゆき》は別に、嫌がらせで言っているのではない。素直な感想を述べているだけだ。彼女はまだ十五歳。この年代の三歳差は、感性に大きなギャップをもたらす。深雪《みゆき》は大人っぽく振る舞うことができるだけで、「少女」の部分を無くしてしまっているわけではなかった。

「じゃあ、同じ格好ができるの⁉」

もっとも十八歳の少女にそれを理解しろというのも無理な話だろう。こういうことは、もっと大人になって、昔を懐《なつ》かしむようになってからようやく理解するものだ。

「お兄様にお見せするのであれば……」

深雪《みゆき》が頰に手を当てて恥ずかしげに俯《うつむ》いた。

「そうですね……偶《たま》にはそのような衣装を纏《まと》ったわたしを、ご覧に入れるのも良《い》いかもしれません」

いつもの真由美《まゆみ》であれば「またこの兄妹《きょうだい》は」という思いから胸焼けを起こしたような表情で目を逸《そ》らしていただろう。だがここにいるのはいつもの七草真由美《さえぐさまゆみ》ではない。多大なストレスに曝《さら》された十八歳の魔法（を使える）少女である。

「深雪《みゆき》さん、貴女《あなた》も私の敵よ！」

今にも血の涙を流しそうな勢いで叫ぶ真由美《まゆみ》を、

「元よりこの場は敵同士。お兄様には指一本触れさせせません！」

深雪《みゆき》は宥《なだ》めるのではなく、逆に目一杯煽《あお》ってしまう。

「みんな消えちゃえー！」

ファッションだけでなく精神年齢まで退行してしまっているような絶叫と共に放たれた真由《まゆ》美《み》の弾幕魔法を、

「させません、と言いました！」

深雪《みゆき》の減速魔法が残らずシャットアウトする。

この場はしばらく深雪《みゆき》に任せておいて良いだろうと判断して、達也《たつや》はほのかへ目を向けた。

彼女は修道尼のコスプレをした雫《しずく》と向かい合っていた。シスターとメイド、凄《すご》い絵面だ。

「ほのか、悪の陣営にいても虚《むな》しいだけだよ」

「達也《たつや》さんは悪なんかじゃないわ！　ただそういう役目を押し付けられているだけよ」

「他人《ひと》は裏の事情なんて理解してくれないよ」

「私が理解しているから良《い》いの！　私は達也《たつや》さんが悪ではないと理解しているわ！」

……二人は何だか次元の異なる（レベルが異なる、という意味ではない）芝居をしていた。

「正義は良《い》いよ、ほのか。美味《おい》しいお菓子も食べ放題」

「お菓子くらい自分で作る！　私が作ったお菓子を、達也《たつや》さんに食べてもらうの」

「この前、寄進があったメロン大福は絶品だった」

「そ、そのくらい」

「柿大福も美味《おい》しかったな」

「そ、そのくらい……ううう」

「ほのか、一緒に食べよ？」

「駄目よ、私は愛に生きるの！　高級なお菓子は食べられなくても、手作りのお菓子で幸せになるの！」

達也《たつや》はそろそろツッコミを入れたくなってきた。何故《なぜ》善悪とお菓子が同列で論じられているのか。「甘い物は正義」とでもいう理屈があるのだろうか。

達也《たつや》は一つ学んだ。この二人が同時にボケると、収拾が付かなくなるということを。

「雫《しずく》こそ、こっちにおいでよ。またバウムクーヘン、作ってあげるよ？」

「ほのかのバウムクーヘン……」

「善と悪に分かれていたら、もう雫《しずく》にバウムクーヘンを作ってあげられなくなっちゃうよ」

「それは困る」

「だから、ね？　私たちが争う必要なんて無いんだよ」

「……もっと良《い》い解決方法を発見」

「えっ、何？」

「ほのかが達也《たつや》さんを連れてこっちに来れば良い。そうすればほのかも貰《もら》い物《もの》の高級お菓子を食べられるし、私もほのかの手作りお菓子を食べられる」

「それ、ナイスアイディア！　さすがは雫《しずく》！　頭良《あつたまいー》い」

「えへへ……」

……どうやらほのかと雫《しずく》の「対決」は平和的に解決したようだ。いや、本当は何一つ解決にはなっていないのだが、これ以上どうしようもないという意味で、一つの結末を迎えたと言えるだろう。

達也《たつや》は最後の友人へ目を向けた。

「さて、レオ。残るは俺たちだけになったわけだが」

「なあ、達也《たつや》。やっぱ、やんなきゃいかんのかね？」

最後の一人はレオだった。今夜は幹比古《みきひこ》と美月《みづき》の姿がない。そういえば教室で、幹比古《みきひこ》が美月《みづき》の為《ため》に護符を作るとか言っていたから、それが効いているのかもしれない。俺も作ってもらえば良かったかな、と考えたのは、達也《たつや》とレオの両方だった。

「一つ確認しておきたい。レオ、お前は『西城《さいじょう》レオンハルト』なんだな？」

「ああ、そうだぜ。王国の騎士・レオンハルトじゃなくて、西城《さいじょう》レオンハルト、通称レオだ」

「今夜は最初から意識があったのか？」

「今夜？　ああ、そういやこれって、夢の中だったたか。本当はまだ、一夜も明けてないんだな……」

レオの感慨がこもった呟《つぶや》きに、達也《たつや》は引っ掛かりを覚えた。

「レオ、この城まで一体何日掛かったんだ？」

「俺たちの実感では、もう一ヶ月だな。実際にはシーンを飛ばし飛ばしの、総集編の一ヶ月だけどよ」

「なるほど、それで渡辺《わたなべ》委員長と七草《さえぐさ》会長はあんな状態に……」

広間の左側では、エリカと摩利《まり》が目まぐるしく動き回りながら剣を打ち合わせていた。エリカが不敵な笑みを浮かべているのはいつもどおりだが、摩利《まり》の様子はいつもとかなり印象が違う。摩利《まり》は高らかに哄笑《こうしょう》を響かせながら、獰猛《どうもう》な表情でエリカに斬り掛かっている。

夢の中と知りつつ、手や足を狙って戦闘不能に追い込むことを目的とするエリカのスタイルと比べれば、迷わず急所のみを狙っている摩利《まり》の戦い方は明らかな狂気を伴っていた。既に「自棄《やけ》になっている」というレベルを超えてしまった感がある。

一方、広間の右側では大人っぽいロングドレスの深雪《みゆき》と何処《どこ》までも可愛《かわい》いミニワンピースの真由美《まゆみ》が足を止めて魔法を撃ち合っている。深雪《みゆき》は神秘性すら醸《かも》し出《だ》す静謐《せいひつ》な表情、対して真《ま》由美《ゆみ》の口からは今にも「ウフフフフ……」という含み笑いが聞こえてきそうだ。

「お前は大丈夫なのか？」

「俺は元々、年中放浪していたって平気な質《たち》だからよ。意外だったのは北山《きたやま》だなぁ。あいつ、七草《さえぐさ》会長よりも、町長とか領主とかを転がすのが上手《うま》いんだぜ。さすがは巨大企業グループのご令嬢だって、初めて実感したよ」

「俺は夏の旅行の時に散々実感しているが」

「まっ、確かにあの時も金持ちだとは思ったがね。単に良《い》いトコのお嬢さんってだけじゃないんだなぁ……と改めて実感したわけよ。社長令嬢、ってのは、あのレベルになって初めて名乗れるもんじゃないのかね？」

「随分高い評価だな。そんなに大変な旅だったのか」

「そりゃ、あの二人を見たら想像が付くだろ？」

そう言われて、達也《たつや》は無条件に納得してしまった。

真由美《まゆみ》も摩利《まり》も、決して精神的に脆弱《ぜいじゃく》というわけではない。それが、本来の性格から多少離れたキャラクターを押し付けられているとはいえ、一ヶ月程度であそこまで失調してしまっているのだ。自分なら有無を言わさずこの世界を分解しようとしていたかもしれんな、と達也《たつや》は思った。――その結果は、単なる空振りに終わっていただろうが。この世界は霊子情報体《プシオン》で構成されており、彼の「分解」の力は及ばないのだから。

「……取《と》り敢《あ》えず、この場に呼ばれている以上は戦ったというアリバイだけでも残さなければならないんじゃないか？」

達也《たつや》は余計な雑念を振り払って剣を呼び出した。

昨夜も使った、漆黒の大剣。

「そうだろうな」

気が乗らないようなことを言っていたレオも、その剣を見て目の色が変わった。背負っていた大剣を抜き放つ。それは、達也《たつや》が持つ大剣以上に巨大な剣だった。

「じゃあ、怪我《けが》しない程度にやろうかね！」

レオが巨大剣を大上段から振り下ろす。

達也《たつや》はその剣の腹を漆黒の大剣で打った。

床に巨大剣の刃が食い込む。床の石材が飛び散るのを、達也《たつや》はマントを翻《ひるがえ》すことで防いだ。

達也《たつや》の大剣が、レオの巨大剣を上から打つ。床に斬りつけたダメージが残っているであろうレオの腕に、更なる衝撃を与えて巨大剣をその掌中からもぎ取ろうとしたのだ。

だがレオは剣を手放さなかった。それどころか達也《たつや》の大剣を上に載せたまま、巨大剣を床から引き抜いて振り上げた！

剣を奪われたのは達也《たつや》の方だった。

否、正確に言うなら、達也《たつや》は巨大剣の軌道から逃れる為《ため》、自分から剣を手放した。

その証拠に、頭上に翳《かざ》した達也《たつや》の右手には再び漆黒の大剣が握られていた。

「……どういう仕組みだ、そりゃ？」

反則だ、という顔でレオがぼやく。

「夢の中の設定だ」

達也《たつや》が面白くなさそうな声で答える。

「分かるか、レオ。今のは物質転移だ。現代魔法が十年以上の歳月を掛けて取り組み、遂《つい》には不可能と諦めなければならなかった有質量物体瞬間移動。それが夢の中ではこんなに簡単にできてしまう」

「……理不尽なこったな」

「そうとも、理不尽だ。魔法師でない人間は、魔法を同じように理不尽なものだと思っているだろう。だが一つの魔法を修得する為《ため》には、短時間であっても濃密な訓練が必要になる。決してこんな風に、お手軽に身につけられるものじゃない」

達也《たつや》は苦々しげに見詰めていた漆黒の大剣をレオに向けた。

「俺は、こんなむかつく場所から、さっさと出て行きたい」

「……同感だ。俺もこんなふざけた世界とはさっさとおさらばしたいぜ」

二人のセリフに、広間の左右から同調の声が上がる。

「賛成だ、大賛成だ！　こんな三文芝居、今すぐにでも幕を下ろしてやる！」

広間の左側で、霊子《プシオン》の波動が高まる。

「賛成よ、大賛成よ！　何が妖精姫《エルフィン・プリンセス》よ、人のコンプレックスを笑顔で抉《えぐ》ってるんじゃないわよ！」

広間の右側で、霊子《プシオン》の波動が高まる。

「神剣よ、その力を解き放て！」

「聖玉よ、その力を解き放って！」

その後の叫び声は、聞き取れなかった。高エネルギーが空気を振動させて、人の声どころではない大音響を発生させていた。

光が城の中に満ちた。

激しい破砕音、その直後、達也《たつや》は浮遊感に包まれた。

目を開けた時、達也《たつや》の身体《からだ》は瓦礫《がれき》に埋もれていた。上に見えるのはどんよりと曇った空。横に見えるのは寒々とした緑疎《まば》らな荒野。魔王城は完全に崩壊していた。

達也《たつや》は瓦礫《がれき》の中から右腕を引き抜いて天に向けた。その掌中に現れる漆黒の大剣。

「おい、まだ続けるつもりか？」

当たり前だが、剣は何も答えない。

剣が答えを返す代わりに、玻璃《はり》の砕ける音が天地に響き渡った。

◇　◇　◇

達也《たつや》は無事、自室で目を覚ました。時計を確認するより先に、彼は妹の想子《サイオン》情報へ「眼《め》」を向けていた。

ベッドの中でホッと安堵《あんど》の息を吐く。深雪《みゆき》も無事な状態で目を覚ましている。最後の瞬間、安否を確認できなかったので少々不安だったが、肉体的なフィードバックは起こらないという原則は守られていたようだ。

ベッドから降りて達也《たつや》はふと、右手を前に伸ばした。

何も起こらない。

当然のことだが、漆黒の大剣が出現するようなことはなかった。

「今回は随分ハードな結末だったたな……」

照れ隠しのように呟《つぶや》いて、達也《たつや》は顔を洗うべくバスルーム前の洗面所へ向かった。

（七日目へ続く）

## どりーむげーむ——だんじょんこうりゃくダウンロード——

早朝、八雲《やくも》の寺・九重寺《きゅうちょうじ》で体術を修行するのは達也《たつや》の日課だ。それは日曜日であろうと変わらない。旅行や仕事の都合があるので年中無休というわけにはいかないが、そうでない日は雨の日も風の日も九重寺《きゅうちょうじ》に通っている。

しかし修行の内容までいつも同じではない。例えば八雲《やくも》と組み手を行うのは五割前後だ。そうでない日は高弟に混じって忍術使い流の身体トレーニングを行っている。

この日、八雲《やくも》が顔を見せたのは、達也《たつや》がトレーニングメニューを消化し終わった後だった。

「達也《たつや》くん、ちょっと来てくれないか」

雨の中、身体《からだ》から湯気を立てながら息を整えている達也《たつや》へ、傘を差して庭に出て来た八雲《やくも》がそう声を掛けた。

「分かりました。少し待ってください」

達也《たつや》は僧坊の庇《ひさし》の下に移動して雨を避けると、発散系魔法でずぶ濡《ぬ》れになった服を乾かした。なお足元に泥は全く付いていない。これは達也《たつや》に限ったことではなく、彼が一緒に修行していた高弟グループは皆同様だった。歩いたり走ったりする際に泥を撥《は》ね上《あ》げて足を汚すのは、少なくともこの九重寺《きゅうちょうじ》では初心者だけだ。八雲《やくも》や一部の高弟は、所々水たまりができている湿った土の上に足跡も残さない。そのレベルと比較すれば、達也《たつや》の技はまだまだだった。

「第一高校が妙なことになっているようだね」

八雲《やくも》は達也《たつや》が腰を下ろしたと見るや、何の前置きも無く、そう言った。

「先日ご相談した奇妙な悪夢が生徒の間に広がっていることを仰《おっしゃ》っているんですか？」

達也《たつや》はそう問い返して、その直後、自分の解釈に違和感を覚えた。八雲《やくも》は「第一高校で奇妙なことが起こっている」とは言わなかった。もし生徒が夢に干渉を受けていることを指しているなら、「第一高校が奇妙なことになっている」という表現はおかしい。

「……それは第一高校に何か異変が起こっているという意味ですか？」

「かなり珍しい結界に覆われている、のかな」

八雲《やくも》の歯切れ悪い回答は、韜晦《とうかい》を目的としたものではない。彼にも事態を把握し切れていない為《ため》だった。

「ある意味で、異界化している、と思う」

「魔法的な『場』で覆われている、ということですね？　どのような性質のものか分かりますか？」

「想像でしかないけど」

「それで構いません」

達也《たつや》から言質《げんち》を得ながら、八雲《やくも》の答えは躊躇《ためら》いがちなものだった。

「おそらく、多人数を幻影の中に閉じ込める性質のものだろうね」

「閉じ込める？　物質不透過の障壁を作って、その中に幻影を構築するものですか？」

達也《たつや》の推測に、八雲《やくも》は首を振った。縦に、ではなく、横に。

「物質に干渉する効果は無いだろう。その代わり、結界の中に取り込まれた人間は強制的に眠らされるんじゃないかな。無理に起こしても半分眠ったまま、表面的に見れば夢遊病のような状態で幻影を見せ続けられる性質のものだと思う」

「睡眠状態で見せられる幻影……夢、ですか」

「そういうこと。多分、君から相談を受けた『悪夢』と同じ術ではないかと思う。はっきりしたことは、中に入ってみなければ分からないけど」

達也《たつや》は瞼《まぶた》を閉ざし、眉を顰《ひそ》めて考え込んだ。

今日は日曜日だが、クラブ活動は行われる。少なくない生徒が登校してくるはずだ。放置しておくわけにはいかないだろう。

もっとも、それだけなら達也《たつや》が対処する必要は無い。しかし八雲《やくも》の推測が当たっているなら、この一週間散々迷惑させられた悪夢の源である聖遺物《レリック》が一高内で活発に活動しているということだ。これは聖遺物《レリック》、仮称「ドリームキャスター」を見つけ出す、またとないチャンスかもしれない。

達也《たつや》は瞼《まぶた》を開けて八雲《やくも》と目を合わせた。

「行ってみます」

　達也《たつや》の返事に、八雲《やくも》は微《かす》かな笑みを浮かべた。

「そうか。気をつけるんだよ。君ほどの強固な精神なら、目を覚ましている状態で幻術に呑《の》み込まれることは無いと思うけど……どうにも得体が知れないからね」

「油断はしません」

　そう応えて立ち上がる前に一礼し掛けたところで、達也《たつや》は訊《き》いておかなければならないことに気付いた。

「ところで師匠、眠らされている人間を起こすにはどうすれば良いんですか？」

　八雲《やくも》は「そうだねぇ……」と呟《つぶや》きながら顎《あご》に手を当てた。

「術を解く方法は分からないけど、夢遊病状態で良《い》いなら、強いショックを与えるだけで半分は起きるはずだよ」

「強いショック、ですか」

「肉体が魂魄《こんぱく》から切り離されているわけではないだろうから、点穴で十分なはずだよ。痛みじゃなくても行けるはずだ」

　八雲《やくも》がニヤリと笑った。

　八雲《やくも》が自分に何をさせたいのか、達也《たつや》は何となく分かった気がした。だからといって、それで表情を変えるような「少年らしさ」を彼は持ち合わせていない。

「分かりました。ご助言、ありがとうございます」
真面目くさった顔で一礼し、今度こそ達也《たつや》は立ち上がった。

◇◇◇

一高に登校した達也《たつや》と深雪《みゆき》は校門の前で立ち止まった。立ち止まった理由は、日曜日だから門扉《もんぴ》が閉まっていた、からではなかった。日曜日にも拘《かか》わらず守衛がいないことに警戒を覚えたからでもなかった。

明け方から降っていた雨は、個型電車《キャビネット》に乗っている間に上がっていた。駅から学校まで、二人で一本の傘を使う機会が無くなったことを兄妹《きょうだい》の片方は心の中で残念に思っていたが、校内と校外の境界から漂ってくる異様な気配にそんな雑念は消え去った。

達也《たつや》は異変を目の当《ま》たりにして、やはり深雪《みゆき》を連れてくるのではなかったと考えた。元々彼は、深雪《みゆき》に留守番をさせておくつもりだったのだ。異常現象が第一高校の中だけに留まっているのであれば、深雪《みゆき》をあえて危険に曝《さら》す必要は無い。

それなのにこうして同行させているのは、「自分も被害者だから」という深雪《みゆき》の訴えに道理を認めざるを得なかったことと、深雪《みゆき》の魔法特性を考慮した結果だった。

一高生の間では、深雪《みゆき》の得意魔法は振動減速系魔法——分《わ》かり易《やす》い通称を使えば「冷却魔法」――と認識されている。多分、九校戦を見に来た研究者やスカウトの間でもそう思われていることだろう。

しかし彼女が本来得意とする魔法は系統外、精神干渉系魔法だ。彼女の冷却魔法は、生得の固有魔法である「精神凍結魔法」が物質次元に干渉する魔法に形を変えて現れているものにすぎない。

精神干渉系魔法に高い適性を持つ魔法師の常として、深雪《みゆき》も他者からの精神干渉に対する抵抗力が高い。睡眠中はまんまと「ドリームキャスター」に意識を乗っ取られたが、起きている状態ならば達也《たつや》と同等以上の抵抗力を示すだろう。そこを考慮して、深雪《みゆき》は「ドリームキャスター」に対する戦力になると達也《たつや》は判断したのだった。

「深雪《みゆき》、何か感じるか？」

「……学校の敷地《しきち》を囲む塀に沿って柔らかい膜のようなものがあります。弾力があって、簡単には破れないような感触です」

深雪《みゆき》は美月《みづき》のように霊子《プシオン》波動を見ることはできないが、精神凍結魔法の付随技能として霊子《プシオン》情報体を触覚的に知覚することができる。「柔らかくて弾力がある」というのは、深雪《みゆき》が一高を覆う結界の壁に覚えた手触りだった。

つまりこの結界は、例の悪夢と同じく霊子《プシオン》情報体で作られた舞台ということだろう。

「お兄様は如何《いかが》ですか？」

「物理的な効果を持つ魔法式は見えないな。お前が触れた結界は、純粋に精神的なものだろう」

「精神干渉系の魔法式も見えませんか？」

「ああ」

「お兄様に魔法式が見えないということは、この結界の中で作用している魔法は常駐型のものではなく、定期的に魔法式が出力されているということでしょうか」

「断定はできないが、その可能性が高い」

達也《たつや》の超知覚は、想子《サイオン》情報体をある意味で視覚的に認識する。たとえ霊子《プシオン》に干渉する魔法であろうと、想子《サイオン》情報体の魔法式を使ったものであれば達也《たつや》の「眼《め》」を逃れることはできない。

「ドリームキャスター」の作動原理が達也《たつや》たちの知る魔法と同じ仕組みのものであるとすれば、作動している現場が達也《たつや》には「視《み》える」。達也《たつや》の「眼《め》」に魔法式が映らないということは、「ドリームキャスター」の作動原理が現代の魔法とは全く別のものであるか、魔法式が今は出力されていないか、そのどちらかということになる。

現代の魔法とは別の原理で「ドリームキャスター」が動いているとすれば、どうあがいても達也《たつや》たちにそれを知覚することはできない。だからその可能性を考える意味は無い。この場における行動指針としては、悪夢を見せる魔法式が間欠的に出力されていると仮定するしか事実上の選択肢は無い。

「魔法式が出力されるタイミングを捉えられれば、その発信源を逆探知することも可能だと思うが……インターバルがどの程度の長さか分からないからな」

そう呟《つぶや》いて、達也《たつや》は前へ足を踏み出した。

「乗り込みますか」

緊張した顔で、深雪《みゆき》がその横に並ぶ。

「ああ。一番怪しいのは校長室だ。小野《おの》先生からの回答は残念ながら無かったが、目指すは校長室で良《い》いだろう」

「分かりました。お兄様、参りましょう」

達也《たつや》たちはそのまま真《ま》っ直《す》ぐ校長室へ向かうつもりだった。だが、校門から昇降口に続く並木道の途中で、いきなり方針変更を余儀なくされた。

テニスウェアを着た女子生徒が、集団で倒れていたのだ。

「エリカ!?」

その中に友人の姿を見つけて、深雪《みゆき》が側《そば》に駆け寄った。万が一のことを考えて口元に手を翳《かざ》し、呼吸を確認して安堵《あんど》する。

「エリカ。どうしたの？　エリカ」

深雪《みゆき》がエリカの身体《からだ》を揺するが、目を覚ます気配は全く無い。

女子テニス部員が倒れている場所は、コートへ下りる階段横の、芝生の上。もう少しグラウンドに近かったら斜面を転げ落ちていたという所に、十人前後が固まって横たわっている。

まだまだ日中は残暑が厳しい季節だが、朝晩は随分涼しくなっている。テニスウェアのような薄着で濡《ぬ》れた草の上に寝転んでいては、風邪を引いてしまう恐れがあった。

達也《たつや》が拳銃形態のＣＡＤを懐《ふところ》から抜く。エリカの横に膝をついていた深雪《みゆき》が、その気配を捉えて慌てて立ち上がった。

「お兄様、わたしが」

「いや、大丈夫だ」

達也《たつや》が発散系魔法に見せ掛けた分解魔法を四連続で発動した。

まず芝の表面に付着した水滴を水素と酸素に分解して芝を濡《ぬ》れていない状態にする。

次に、土の粒子の間に入り込んだ水分を分解することで土を乾かす。

その後でテニスウェアを乾燥状態にして、もう一度芝を乾かす。単純に発散系魔法を使えば一度で済む手順だが、達也《たつや》の特化された魔法演算領域では魔法力の無駄遣いであってもこの方が早くて確実だ。

「すみません、お兄様。気がつきませんで……」

恐縮した目を自分へ向ける妹に「いや」と短く応えて、達也《たつや》は深雪《みゆき》の隣、エリカの側へ歩み寄った。

「師匠の予測どおりなら、エリカは聖遺物《レリック》の力に囚《とら》われている」

達也《たつや》はエリカの頭の方へ回ってしゃがみ込んだ。

「どういたしましょうか？　お兄様のお心遣いにより、このままでも風邪を引いてしまう恐れは無くなったかと存じますが」

達也《たつや》と目線を合わせるように再び膝をついて、深雪《みゆき》が暗に「放っておきましょう」と提案する。

だが達也《たつや》はその点について――風邪を引く心配が無いという点だ――妹ほど楽観視していなかった。服も芝生も乾いているとはいえ、テニスウェア一枚で屋外に寝ていたら真夏でも風邪を引いてしまう可能性がある。それに雨が上がったとはいえ、空はまだどんよりと曇っている。今日はそれほど暑くならないかもしれない。

だが、達也《たつや》は全員を起こそうとも運ぼうとも言わなかった。

「強いショックを与えれば、取《と》り敢《あ》えず半分は起きるそうだからな。試してみよう」

彼はそう言いながら、エリカの上体を起こした。

活を入れるのか、とそれを見て思った深雪《みゆき》の予想は外れた。

達也《たつや》の指がエリカの背筋をゆっくりと二、三度往復し、ある一点でピタリと止まった。

その人差し指が想子《サイオン》光を放ちながら、テニスウェア越しに、エリカの背中に食い込んだ。

「んあっ！」

エリカの口から苦しげで、何処《どこ》か艶《なま》めかしい声が漏れる。

そして彼女は、ゆっくりと瞼《まぶた》を開いた。

「達也《たつや》くん……？」

達也《たつや》もあれで意識を取り戻すという確信は無かった。彼女が目を開けたことに、達也《たつや》だけでなく深雪《みゆき》もホッと一息ついた。

「……そっか。あたしまだ、夢の中にいるんだ」

しかし、次の一言に兄妹《きょうだい》は首を捻《ひね》ることになった。

「エリカ、何を言っているの？　ここは学校よ」

深雪《みゆき》の言葉を聞いて、今度はエリカが不思議そうに何度も瞬《まばた》きする。

「えっ？　だってそのドレス」

「ドレス？」

深雪《みゆき》が思わず自分の衣服を見下ろす。目に映るのは間違いなく、いつも着ている一高の制服だ。

「エリカ、ドレスって」「深雪《みゆき》」

ドレスって何のこと？　と訊《たず》ねようとした深雪《みゆき》を達也《たつや》が遮る。彼は八雲《やくも》に言われた「半分眠ったまま、表面的に見れば夢遊病のような状態で幻影を見せ続けられる」という言葉を思い出していた。

「エリカ、変なことを訊《き》くと思うかもしれないが、正直に答えてくれ」

達也《たつや》はエリカに手を貸して立たせ、右腰の辺りを気にする素振りを見せている彼女にこう問い掛けた。

「何？　改まっちゃって」

突然表情を引き締めた達也《たつや》に、エリカは誤魔化し笑いを浮かべようとした。だが自分へ向けられた真剣な眼差《まなざ》しに圧《お》されて、上手《うま》くいかなかった。

「エリカの目には、俺たちがどう見えている？」

「どうって……深雪《みゆき》は白いドレスの上から若草色の外用ガウンを羽織っているんでしょ？　お姫様、っていうより巫女《みこ》さん、いや聖女って感じかな。達也《たつや》くんは革鎧《かわよろい》の上に白いコートか。見た目の印象は制服とあまり違わないね」

「自分はどんな格好をしているように見える？」

「自分はって、あたし？　あたしは、何これ!?」

エリカは顔を顰《しか》めて「うげっ……」と苦々しげに呻《うめ》いた。

「……あたしはビデオゲームに出て来るお色気担当の女騎士みたいな格好だよ……。すっごく短いミニスカートだし、上も胸のすぐ上まで開いている襟付きシャツだし……」

情けなさそうな表情でスカートの――スコートの裾を引っ張っているエリカを前にして、達《たつ》也《や》と深雪《みゆき》は素早く視線を交わした。

「でも、何でそんなことを訊《き》くの……？　あっ、もしかして！」

エリカが「閃《ひらめ》いた！」という顔で目を見開いた。古典的なコメディ調の漫画やアニメなら、頭上に電球が点《とも》りそうな雰囲気だ。

「あたしが見ているものと達也《たつや》くんたちに見えているものは違う？」

「自分で気付くとはさすがだな、エリカ。大した観察眼だ」

「……何か褒められている気がしないんですけど」

実際のところ、達也《たつや》は内心で「まあ、気付くだろうな」と思っていたので、エリカの抗議らしきものには反論しなかった。

「だが正しくは、俺たちが見ているものとエリカに見えているものが違う、と言うべきだろう」

「どう違うの？」

歩き出した達也《たつや》に大人しくついていきながら、エリカが頭上に幾つもの疑問符を浮かべて質問する。

なお、深雪《みゆき》はいつものポジションで兄に合わせて移動中だ。

「さっき深雪《みゆき》も言ったが、ここは一高で俺たちは今、登校してきたところだ」

「嘘《うそ》……」

改めて告げられ、達也《たつや》たちの告げる現実と自分の認識との違いがようやく意識に浸透したのだろう。エリカの顔が青ざめる。

「俺たちが着ているのはドレスでも鎧《よろい》でもなく、制服だ。エリカが着ている服は女性騎士のコスチュームではなくテニスウェア。テニス部は毎週日曜日、こんなに朝早くから活動していたのか？」

「う、うん、強制参加じゃないんだけど。あたしも偶《たま》には真面目に顔を出さないと本格的に幽霊部員化しちゃうと思って、今朝はちょっと気合いを入れて……えっ？」

自分が口にしたセリフに、青くなっていたエリカの顔が強張《こわば》った。

「今朝？　今朝って……」

エリカは慌てて自分の着ている物を改めて見下ろし、確かめた。目で見るだけではなく、手であちこち触り、何を思ったのかスコートをまくり上げ――

「エリカ、何を血迷っているの!?　お兄様の前よ！」

――まくり上げようとして、深雪《みゆき》に慌てて止められた。

「どういうこと……」

呆然《ぼうぜん》と呟《つぶや》いた直後、エリカは達也《たつや》の袖に縋《すが》り付《つ》く。

「どういうことなの、これ!?　あたしは、学校に来てたよね？　ここは学校だよね!?」

パニックに囚《とら》われたエリカを「こういう顔もするんだな……」と思いながら、達也《たつや》は見返した。

「それで間違いない」

「じゃああたし、なんでこんな格好してるの!?　達也《たつや》くん、あたし今、テニスウェアを着ているって言ったよね？」

「それも間違いない」

達也《たつや》はエリカの瞳にしっかり視線を合わせたまま頷《うなず》いた。

「でもあたしにはそう見えない！　手で触ってみても、テニスウェアの感触じゃない！」

「エリカ、落ち着いて」

達也《たつや》の袖を掴《つか》んで揺さぶるエリカに、深雪《みゆき》が強い声を掛ける。

「貴女《あなた》は幻影の魔法に掛かっているの」

達也《たつや》を揺さぶる、エリカの手が止まる。

「ま、ほ、う……？　これって、魔法なの？」

自分が記憶している、あるはずの物が見えない。

自分の記憶に無い、あり得ない物が見える。

それが人の心に与えるダメージは、達也《たつや》の想像以上だった。次からはもう少し慎重に対処することにしよう、と達也《たつや》は少しばかり気が早い反省を心に刻んだ。

本来ならば、反省するのはエリカを落ち着かせてからだ。

無論、それも達也《たつや》は忘れていない。彼は分かっている限りの事態を正確に伝えることで、エリカのパニックを収めようと決めた。

「エリカが今体験していることは、昨日や一昨日の夢と同じだ。エリカは今、何ものかの干渉により白日夢を見せられているんだ」

「白日夢？　じゃあ、これってやっぱりあの夢の中なの？」

「さっきまではそうだったが、今は少し違う」

エリカが混乱して叫び出す前に、達也《たつや》は説明を続けた。

「エリカは他の部員と一緒に、テニスコートへ下りる階段の脇に倒れていた。それをさっき起こした。あれは夢の中の出来事ではなく、現実でのことだ。今は校舎に向かっている。ただ、エリカの身体《からだ》は現実の世界を動いているが、エリカの五感はあの夢と同質の幻影に囚《とら》われている状態だと思われる」

「あたしの肉体は起きているけど、あたしの意識は夢を見ている……そういうことなのね？」

「そう考えるのが分《わ》かり易《やす》ければ、その解釈でも問題無い。歩くのに不自由がないということは、幻影の地形も現実を反映したものが形成されているということだろう」

達也《たつや》の言葉に、エリカが目を足下へ向けた。

「見た目も足の裏から伝わってくる感触も石畳なんだけど、実際にはいつも歩いている舗装道路なのね……」

エリカが顔を上げた。不安は影を潜め、理不尽な干渉に対する怒りが滲《にじ》み出《で》ている。

「達也《たつや》くん、その『何ものか』って、何？」

「おそらく、精神干渉系の聖遺物《レリック》だろう」

本来であれば、またいつもであれば「まだ分からない」と答える質問だったが、達也《たつや》は現段階においてまだ推測にすぎなくても、それを隠さなかった。

「誰かの仕業じゃないの？」

「聖遺物《レリック》が自動的に動いている可能性が高いと考えている」

「そっか、残念」

エリカがいつもの口調で、物騒な笑みを浮かべた。

「誰か黒幕がいるなら、ボロ雑巾にしてやるのに」

それは不安に怯《おび》える女の子の姿より、いつもの彼女に相応《ふさわ》しい態度だった。

どうやらすっかり落ち着きを取り戻したようだ。パニックのままだと同行させるのは不安だったが、これなら問題無いだろうと達也《たつや》は思った。

「問題の聖遺物《レリック》、俺たちは仮に『ドリームキャスター』と呼んでいるが、ドリームキャスターは校長室にあると俺は睨《にら》んでいる」

「じゃあ、目的地は校長室だね。といっても、あたしには校舎が現実の通りに見えていないから、達也《たつや》くん、連れて行ってくれない？」

もちろん達也《たつや》は最初から、エリカを同行させるつもりで起こした。幻術にわざと囚《とら》われるのは論外だが、完全に無視してしまうのもリスクが全く無いとは言えない。だからエリカに幻影の中に設定されている危険物の見張りをさせようと考えたのだ。

「分かった。一緒に行こう」

「あ、でもちょっと待って。あたしのＣＡＤを取ってきても良い？」

そう言いながら、エリカは腰の辺りに手をさまよわせている。意識しての動作ではないようだ。彼女は自分が「女騎士」の格好をしていると言っていたから、「剣」を持っていないのに違和感があるのかもしれない。

「それは構わない。事務室は校長室へ行く途中だからな」

平日の登校時はＣＡＤを預ける生徒が多いので昇降口に自動施錠《せじょう》の機械式ロッカーがあって、始業後に事務室の職員がそれを回収し下校時まで保管する。だが休日は直接事務室の窓口に預けているはずだ。

しかし、達也《たつや》が「事務室は」と口にした辺りから、エリカが決まり悪げにモジモジし始めた。

「エリカ、もしかしてＣＡＤを事務室に預けていないの？」

深雪《みゆき》の問い掛けに、エリカは誤魔化すような、開き直ったような笑い声を上げた。

「いやぁ、面倒臭くってさ。部室に置きっ放しなのよね」

「……呆《あき》れた。見つかったら停学もあり得るのよ」

深雪《みゆき》に冷たい眼差《まなざ》しを向けられて、エリカが居心地悪そうに身動《みじろ》ぎする。

「だったらなおのこと、さっさと回収しないとな」

達也《たつや》はそう言って、各部の部室がある準備棟へ進路を変更した。


ある程度予想していたことだが、魔法で眠らされていたのは女子テニス部だけではなかった。前庭にはハイポスト・バスケットボール部がジャージ姿で倒れていた。スポーツバッグが散らばっているところを見ると、これから何処《どこ》かへ出掛ける予定だったのだろう。魔法大学で合同練習をさせてもらう予定だったというのが最も可能性が高い。レッグボール部が中庭で倒れていたのはグラウンドへ移動中だったと思われる。

そしてこれも「何時《いつ》かは」と予想されていたことだが、準備棟のすぐ手前でドリームキャスターの干渉を受けた。目の前の空間に魔法式が溢《あふ》れる。

「ドリームキャスターの魔法は対人型だったはずだが、これは領域型だな」

達也《たつや》は自分と深雪《みゆき》に干渉しようとした魔法式を術式解体《グラム・デモリッション》で砕きながらそう呟《つぶや》いた。――この魔法式に、術式解散《グラム・ディスパージョン》を使わなければならないほどの強度はない。

「お兄様、ありがとうございます」

「えっ、何が起こったの？」

達也《たつや》が放った対抗魔法に対して、深雪《みゆき》からお礼が、エリカから質問が同時に飛んだ。

「いや、俺が手を出さなくてもお前に実害は無かった」

達也《たつや》はまず深雪《みゆき》に向かって笑顔で首を振り、

「エリカにはどう見えたんだ？」

　エリカに対しては答えるのではなく、逆に質問を返した。

「どう見えたって……あっ、なるほど！」

　エリカがポンッと手を打つ。彼女の察しの良さに達也《たつや》は苦笑を浮かべ、深雪《みゆき》は何のことだか分からなかったという顔で小首を傾《かし》げている。

「達也《たつや》くんの全身がピカッて光って見えたよ。今のって、九校戦の時のアレだよね。グラム・デモリッション」

「そうだ。しかし全身が光る、か。そういう風に見えるんだな」

　魔法師は想子《サイオン》を知覚する五感以外の感覚を持っている。そして確かに達也《たつや》は、自分たちを取り巻く空間の性質を改変することで自分と深雪《みゆき》の意識に干渉しようとしていた魔法式を砕く為《ため》、全方位に向けて薄膜状に圧縮した想子《サイオン》を放った。

「深雪《みゆき》にはどう感じられた？」

「お兄様の術式解体《グラム・デモリッション》が、ですか？　硬い想子《サイオン》のドームがお兄様を中心にして広がったように感じられました」

　しかしそれは普通なら、深雪《みゆき》が答えたようなイメージで知覚されるはずのものだ。身体《からだ》から光を放つという風には見えないはずだった。

「ドリームキャスターの影響下にある生徒の前で魔法を使った場合、未知の異能力と勘違いされる可能性があるということか。気をつけなければいけないな」

「正体不明の魔法を使う未知の勢力の者と勘違いされる恐れがあるということですか？」

深雪《みゆき》の問いに、達也《たつや》は頭《かぶり》を振る。彼が考えていることは、もう少し深刻で、かなり荒唐無稽な内容だった。

「未知の勢力ならまだ良《い》いが、人間と認識されない恐れがある」

しかしどんなに荒唐無稽であっても、達也《たつや》が口にしたことを深雪《みゆき》が「馬鹿げている」と笑い飛ばすことはない。

「人間と認識されない？　それは、神とか悪魔とかに間違われるという意味でしょうか？」

「いや、神と間違われることは無いだろう。せいぜい魔物だな」

深雪《みゆき》と違い、エリカは達也《たつや》の言葉を笑い飛ばそうとした。しかしそれが声と表情になる前に、彼女は達也《たつや》が示唆したリスクに気付いた。

「魔物に間違えられるって、問答無用で攻撃を受ける可能性があるということ？」

エリカの質問に、達也《たつや》はニコリともせず頷《うなず》いた。

「例えばさっきの術式解体《グラム・デモリッション》だが、全身が光っているのではなく、全身が蒼白《あおじろ》い炎に包まれているように見えたとしたら、エリカはどうする」

エリカは答える前に、ゴクリと喉を鳴らした。

「もし達也《たつや》くんだと知らなかったら、一目散に逃げたんじゃないかな」

「もし逃げ場がない状況だったら？」

「……一か八かで攻撃しているでしょうね。話し掛けようとは思わないんじゃないかな。話をしようとしてやられました、じゃ馬鹿みたいだもん」

目を逸《そ》らしたエリカの代わりに、深雪《みゆき》が口を開いた。

「倒れている生徒を気に掛ける必要は無いけれど、起きて動き回っている生徒には要注意ということですね、お兄様」

「そうだ。特に魔法を使う際には注意が必要だと思う」

達也《たつや》が横顔で頷《うなず》きながら、準備棟の扉に手を掛けた。日曜日だからか、準備棟のドアは開放されていない。

「あれっ？」

達也《たつや》が扉を引こうとした時、エリカが声を上げた。

「どうしたの、エリカ」

そう問い掛けたのは深雪《みゆき》だ。達也《たつや》は一瞬手を止めたが、特に異常は無いと見てさっさとドアを開けた。

「うん、達也《たつや》くんが壁の何も無い所を引こうとしていたから。そこが準備棟の入り口だったのね」

「ちなみに訊《き》くが、エリカには準備棟がどんな風に見えている？」

「石造りの大っきな蔵。壁もきれいに切った石を積み上げて作られている」

「校舎は？」

「お城？　砦《とりで》？　ううん、迷宮だ！」

達也《たつや》はエリカの答えを聞いて、訝《いぶか》しげに眉を顰《ひそ》めた。

「……エリカ。どんな特徴から迷宮だと判断したんだ？　迷宮に決まった建築様式があるなんて、俺は聞いたことがない」

「何処《どこ》って言われても、見ている内にピンときたんだよ。これは迷宮だって」

そう言いながら、エリカも自分が何故《なぜ》この建物を迷宮だと判断したのか、分かっていない様子だ。

「なるほど、夢の、お、お告げか」

「お兄様、それは夢の中で知識が流れ込んできた、あの現象ですか？」

「あっ、そういえば昨夜、夢の中でそんなことを言っていたね。ふーん、これがそうか」

エリカのまるで他人事《ひとごと》のような態度に、深雪《みゆき》は疑問を覚えた。

「エリカ、気持ち悪くないの？」

「気分は悪くないけど、気味が悪い。洗脳魔法って、こんな感じなのかな」

「それにしては平気そうだけど」

深雪《みゆき》の指摘に、エリカは「まあね」と言って、笑った。

「もし聖遺物《レリック》、ドリームキャスター？　のことを聞いていなかったらすっごく不安だったと思うよ。気が狂っちゃったんじゃないかって、自分のことを疑っていたと思う。でもこれが、現代よりも魔法技術が進んでいた先史文明の産物による精神干渉だってあらかじめ教えてもらっていたから、自分を疑わずに済んでいるだけ」

「自分を疑わない……大事なことだわ。それなら大丈夫なはずね」

深雪《みゆき》が納得した、という声音で頷《うなず》いた。

「あれ？　深雪《みゆき》にも自分が信じられないことがあるの？」

エリカがこういう風に反問したのは、ちょっとした思いつきで深い意味は無かった。

「それはあるわよ。わたしだってまだ十五歳の女の子だもの」

しかし、軽く答えた深雪《みゆき》の、その笑顔の下に、底の見えない深淵《しんえん》が隠されている気がしてエリカは話題を変えずにいられなかった。

「深雪《みゆき》ってまだ十五歳なんだ」

「エリカはもう十六になったの？　お姉様って呼びましょうか？」

悪戯《いたずら》っぽくウインクした深雪《みゆき》に、エリカがブルッと身体《からだ》を震わせた。

「やめてよ！　深雪《みゆき》が妹だなんて考えたくない！」

「……どういう意味か気になるのだけど、わたしもエリカは姉というタイプじゃないと思うわ」

そろそろ脱線した会話を元の軌道に戻す必要を覚えた達也《たつや》が、ここで口を挿《はさ》む。

「急《せ》かすようですまないが、あまりゆっくりしているつもりもないんだ」

「すみません、お兄様」

兄の言葉に、深雪《みゆき》がすぐさま反応する。

「エリカ、部室の場所は分かる？」

「大丈夫、だと思う。一応廊下は見えてるよ。いつもの準備棟とは似ても似つかない、陰気な風景だけど」

「どう見えているのか興味を覚えないでもないが、今はそれより急ごう」

「了解」

ＣＡＤは部室で無事回収できた。今は伸縮警棒を延ばした状態で手に持っている。縮めたままだと「剣」と認識できないらしい。

部室から出て来たエリカはテニスウェアの上にジャージのジャンパーを羽織っていた。何故《なぜ》か制服に着替えることはできなかった。制服の見え方が現実と違い過ぎて、着方がどうしても分からなかったそうだ。

「早いとこ目を覚まさないと、着替えもできない……」

部室から出て来たエリカは酷《ひど》く打ちひしがれていた。同じ服をずっと着たきりかもしれないというのは、女の子としてやはりショックなのだろう。

「ずっとこのままということはないはずだ。最悪でも、学校から出れば良い」

それにしても今日はエリカの珍しい顔をよく見るな、と思いながら、達也《たつや》は取《と》り敢《あ》えず慰めの言葉を掛けた。

「学校から出れば良いの？　でも夢を見せられていたのは自分の部屋でだけど」

自分の家ではなく自分の部屋と表現したことに達也《たつや》は引っ掛かりを覚えたが、そのことについて詮索はしなかった。

「この白日夢は学校の中だけの現象だと見て間違いない。学校の敷地《しきち》を覆う形で霊子《プシオン》の壁が形成されていた。おそらく、この中で魔法的な場が形成されているんだ」

「ふーん……」

エリカが半分納得、半分理解できないという表情で頷《うなず》いている横から、

「あの、お兄様」

深雪《みゆき》が遠慮がちに口を挿《はさ》んだ。

「今ふと思ったのですが、ドリームキャスターの魔法は何処《どこ》まで及んでいるのでしょう？」

「有効範囲か？」

「はい。学校の敷地《しきち》と申しましても、演習林まで含めますとかなりの面積になります。如何《いか》に

聖遺物《レリック》といえど、そんな広い範囲を魔法の場で包み続けることが可能でしょうか」

「魔法はエネルギーを消費して作用するものではない、とはいえ、確かに限界はあるはずだ。……少し回り道になるが、確かめてみるか」

「どちらへ？」

「演習林の入り口へ。準備棟のすぐ裏だから、大したロスにはならないだろう」


「うわぁ……」

エリカが呆《あき》れ声を漏らしたのは、彼女の目に見えている演習林の様子に対してなのか、それとも演習林――第一高校野外演習場とそれ以外の敷地《しきち》を分けるフェンスの手前に倒れている多数の生徒に対してか。

「演習林に入ろうとしたところで眠らされたか」

フェンスに沿って形成された霊子《プシオン》の障壁を見上げてそう呟《つぶや》いた達也《たつや》は、演習林へ続く裏門へ足を向けた。

そのまま裏門を通り抜ける。

その瞬間、達也《たつや》の身体《からだ》から高密度の想子《サイオン》が放たれる。

エリカの目には、達也《たつや》が光になったように見えた。

深雪《みゆき》の感覚には、達也《たつや》が爆発したように映った。

「お兄様！」

「達也《たつや》くん！」

「大丈夫だ」

もちろん達也《たつや》は、燃え尽きてもいなければ爆散してもいない。

彼女たちが見たのは達也《たつや》がフルパワーで放った術式解体《グラム・デモリッション》の波動だった。

「どうやらこの『壁』を超えようとすると、悪夢に引きずり込む魔法が自動的に発動するようだ」

「びっくりしました……お兄様、もしまた同じようなことをされる場合は、前もって教えてください」

深雪《みゆき》が胸を押さえながらそう言うと、

「俺もここまで大袈裟《おおげさ》な対応をするつもりは無かった」

達也《たつや》は苦笑いのような、照れ笑いのような、誤魔化し笑いのような複雑な表情で弁解した。

「予想以上に強力な魔法だ」

今の一幕は、彼にとっても計算違いだったようだ。

もっとも、予想外に悪いことばかりではなかった。

「ふわぁああ」

そんな気の抜けた欠伸《あくび》と共に、もぞもぞと動き出した生徒が、一名。

「……あれっ？　達也《たつや》、そんな格好してどうしたんだ？　深雪《みゆき》さんに、エリカもか」

裏門のすぐ横で倒れていたレオが、身体《からだ》を起こした。術式解体《グラム・デモリッション》の余波を浴びた結果だろう。

レオが一人だけ起きた理由は達也《たつや》にも分からなかった。だが、どうせ叩《たた》き起《お》こす予定だったので、手間が省けたと達也《たつや》は思うことにした。

「こりゃあ、あの夢の続きか。もう起きたと思ってたんだが、勘違いだったみてえだな」

しかし、起きてはいても完全に目覚めてはいなかった。

「うわぁ……」

レオの言葉を聞いて、エリカは絶望感に満ちた呻《うめ》き声を上げた。

「あたし、こいつと同じレベルなの……？」

「いきなりご挨拶だな！」

「まあ待て、レオ」

エリカに食って掛かろうとするレオだが、達也《たつや》が素早く両者の間に入った。

「いきなり変なことを訊《き》くようだが、お前には俺たちがどう見える？　それと、お前は今どんな格好をしている？」

「本当に妙な質問だな。達也《たつや》はプロテクター？　いや革鎧《かわよろい》か。その上に白いコートを羽織っているんだろ。深雪《みゆき》さんは白いドレスに薄い緑色の上着か。深雪《みゆき》さんって何を着てもお姫様なんだな」

「まあ！　西城《さいじょう》君、お上手ですね」

「いや、それほどでも……」

「何照れてんのよ、気持ち悪い」

「何をぅ！」

「まあ待て」

達也《たつや》が再度仲裁に入る。

「それでエリカはどう見える？」

「エリカは、あれだろ？　お色気担当の女騎士」

「黙れ！」

自分で言うのと人に言われるのとでは勝手が違うらしい。エリカが真っ赤な顔で怒鳴り返したその時には、レオが頭を押さえて地面でのたうち回っていた。

「ツッコミに剣は止めろ……刃じゃなくても洒落《しゃれ》にならねえ……」

「うっ、悪かったわよ……」

流石《さすが》に警棒で――エリカには剣としか認識できていない――ツッコミを入れるのはやりすぎだったと思ったのか、エリカが素直に謝罪した。

「まあ手加減もしていたようだし、レオの言い方も不用意だった」

達也《たつや》が二人の間を取りなしたのは、気まずい空気を払拭《ふっしょく》する為《ため》ではなかった。

「それでレオ、お前自身はどういう格好だ?」

状況の確認を優先した為《ため》だ。

「もう少し心配してくれよ……俺は、一言で表現するなら猟師かな。弓矢は無いみてえだけど」

「エリカ?」

達也《たつや》がエリカに確認を取る。

「あたしにもそう見えるよ。もう少し薄汚れていたら山賊だけど」

エリカは達也《たつや》に向かって頷《うなず》いた。

彼女のセリフの後半に、レオは何故《なぜ》か反発を示さなかった。

「……あ〜、そうだな。どうやら俺の配役は『元山賊の兵士』らしいぜ」

どうやらレオの方にも、データが送られてきたようだ。いつものように言い返さなかったのはそれが理由らしい。

しかし達也《たつや》にとって、ここで重要なのはその点では無かった。

「どうやらエリカの見ている舞台と、レオの見ている舞台は同じもののようだ」

「そうみたいね」

渋々ではあったが、エリカが達也《たつや》の言葉を認める。

「どういう意味だ？　まるで達也《たつや》が見ている景色は、俺たちと違うみたいな言い方だぜ？」

「そのとおりだ、レオ。お前とエリカは、俺と深雪《みゆき》が見ているものとは別の風景を見せられている」

　そう前置きして、達也《たつや》がエリカにしたのと同じ説明を繰り返す。

「マジかよ……学校に来てたってのは、俺の思い違いじゃなかったんだな」

　レオはエリカほど取り乱さなかった。楽観的な性格なのか、それとも女の子を前に意地を張っているのか。それは本人に訊《き》いてみないと分からない。

「とにかく、聖遺物《レリック》の影響下にある生徒たちにどんな後遺症が残らないとも限らない。早く元凶を見つけ出そう」

「でもよ、達也《たつや》。校長室にその『ドリームキャスター』があるというのも仮説なんだろう？」

　レオの容赦無い指摘にも、達也《たつや》は動揺を見せなかった。

「間違っていると分かれば別の可能性を探す。正しくても間違っていても、結論はなるべく早く分かる方が良《い》い」

「ごもっとも」

　四人は校舎の昇降口に早足で向かった。

　現代の大規模施設では特に珍しくないことだが、第一高校の校舎各施設は集中管理室から遠隔操作することができる。この集中管理室の鍵と、管理用コンソールの鍵はハードキーが使われていて、通常であれば教頭がハードキーを保管し、当番の職員に貸し与えるという仕組みになっている。

だがこの日、そのハードキーが教頭室から盗み出されていた。

「魔王を神宝に近づけさせはしない……そうよ、私はこの迷宮神殿の守り人《もりびと》。迷宮の力を駆使して魔王軍を追っ払ってやる」

鍵を盗んだのは若い女性。彼女は「うふふふ……」と壊れ気味に笑いながら、防火扉の手動閉鎖コマンドを音声入力のマイクに吹き込んだ。

昇降口に到着した達也《たつや》たちは、いきなり出鼻を挫《くじ》かれた。

「何だよ、この頑丈そうな鉄扉は」

「防火扉だ」

夢の中でも金属製の扉には見えるんだな、と思いながら、達也《たつや》はレオの独り言に答えた。

「これって防火扉なの？」

「ええ。エリカにはどう見えているの？」

「表面にいっぱい鋲《びょう》が打ってある、いかにもな感じのごつい扉」

具体性に乏しい説明だったが、達也《たつや》にも深雪《みゆき》にも何となくイメージは摑《つか》めた。

「エリカはさっき校舎のことを迷宮と言っていたが……どうやら白日夢のテーマは迷宮攻略《ダンジョンアタック》のようだ」

ＲＰＧビデオゲームで遊んだ経験はあまり無くても「ダンジョンアタック」という言葉くらいは知っていたようで、「何それ？」と問い返す声は無かった。

「……しかしお兄様、防火扉が閉まっているのは何故《なぜ》でしょうか？」

幻術の仕組みとして、幻影で障碍《しょうがい》物を作り出すことはできても機械設備を動かすことはできない。

「夢に取り込まれた誰かが集中管理室から操作しているのだろう」

達也《たつや》も精神干渉系魔法で機械をコントロールできるとは思っていない。誰かが操られていると解釈する方が、彼にとって合理的だった。

「なるほど……。簡単には校長室に、たどり着けなさそうですね」

「管理室にいる誰かさんは、カメラでこちらの動きを見ているだろうからな。面倒なことになりそうだ」

ため息を吐いている達也《たつや》の背中をエリカが二度、軽く叩《たた》いた。

「階段は上れるみたいだよ。取《と》り敢《あ》えず、行ってみない？」

「窓ガラスを割って押し入るよりましか」

達也《たつや》はそんな言い方でエリカの提案を受《う》け容《い》れた。

言い出したエリカが先頭に立って階段を上りはじめる。だが、すぐに達也《たつや》が追いつき、深雪《みゆき》も妙にもたもたしているエリカを追い越した。

「エリカ、どうしたの？」

「レオも随分慎重な足取りだな。もしかして、苔《こけ》でも生えているように見えているのか？」

エリカとレオは、自分たちと見えている物が違う。「滑りやすい階段」の幻影でも見せられて、慎重になっているのかと達也《たつや》は考えたのだった。

「いや、そういうわけじゃないんだが」

「これは……、中々スリリングね」

「一体何が見えているんだ？」

だが、達也《たつや》の考えていた景色とは、少々趣が違うらしい。

二人は不自然に蛇行しながら階段を上っている。

「いや、階段がな、所々崩れているんだよ」

「達也《たつや》くんたちが登る後から後から崩れていくから、もう怖くって」

「……もしかして、お前たちが見ている校舎の中は廃墟《はいきょ》なのか？」

「……どっちかっつうと幽霊屋敷《やしき》だな」

「止めてよ！　幽霊屋敷《やしき》の迷宮なんて縁起でもない」

エリカの口調は、軽口をたしなめるというには少し強すぎるように達也《たつや》には感じられた。

「エリカ、幽霊屋敷《やしき》は苦手か？」

「そんなわけないじゃない！」

達也《たつや》があえて直球で訊《き》いてみると、ますます強い語調の否定が返って来た。

「あら、エリカ。別に幽霊が怖くても恥ずかしくなんてないのよ。女の子ですもの」

「違うって言ってるでしょ！　……兄妹揃《きょうだいそろ》ってサドとか、性格悪すぎない⁉」

激しく噛《か》み付《つ》くエリカに、達也《たつや》は「誤解だ」と嘯《うそぶ》き、深雪《みゆき》はクスクスと笑っている。

「……不本意だが、今回だけは同感だぜ」

レオが他の三人に聞こえないように、こっそり呟《つぶや》いた。


迷宮の守り人となった彼女は、魔法の鏡に映る侵入者を見て笑った。

「こちらから見られているとも知らずに……」

彼女は魔王の手先を閉じ込めるべく、祭壇に向かって呪文を唱えた。

「二階二番の防火扉を緊急閉鎖。同じく三番の防火扉、緊急閉鎖」

魔法の鏡の下にはめ込まれた宝玉が、緑色に光って彼女の命令に応えた。

四人は二階の廊下を中央階段へ向かっていた。

その、彼らのすぐ先の廊下に赤い線が投映され、短いサイクルの警報が繰り返される。

達也《たつや》と深雪《みゆき》は、その合図に足を止めた。

先を行くエリカとレオは、それに構わず——あるいは気付かず、そのまま足を進める。

「止まれ！」

エリカとレオが達也《たつや》の鋭い制止の声に足を止め、びっくりした顔で振り返った。

その直後、四人の前で激しい音を立てて防火扉が閉まった。

「……あっぶねー。達也《たつや》、これも防火扉なのか？」

達也《たつや》の「そうだ」という答えと、背後で激しい音を立てて防火扉が閉ざされたのは同時だった。

「何で防火扉がこんなに勢いよく閉まるのよ」

「有毒ガス発生時の、緊急閉鎖機構だ。作動前の警報が聞こえなかったのか？」

「——聞こえなかった。達也《たつや》くんが呼び止めてくれなかったらと思うと、ぞっとする」

その危機感は達也《たつや》も共有していた。彼は現実の景色が見えないことの危険性を分かっているつもりでいたが、まだまだ認識が甘かったと自分を責めた。

今のエリカとレオは、目隠しをされ、耳を塞がれて歩き回っているようなものだ。ドリームキャスターに見せられている視界は現実を反映しているようでいて、実際には恣意的に作り上げられた光景でしかない。

（それにしても……）

達也《たつや》は校舎設備の集中管理室へ意識を向けながら心の中で呟《つぶや》いた。

(小野《おの》先生……幾ら操られているといっても、生徒に怪我《けが》をさせるような真似《まね》は問題ですよ)

しっかり責任を追及しよう、と達也《たつや》が考えたのは、決して八つ当たりではない、はずだ。

「ところで達也《たつや》、ここはどうする？　一応、閉じ込められた格好だけど」

レオの声にあまり切迫感がないのは、いざとなれば窓から飛び降りれば良いと考えているからだ。彼の目には窓の外の景色が地上から何十メートルもある高所のものに見えていたが、実際にはここが十メートルもない校舎の二階だと分かっている。着地のタイミングが取れないのが難点だが、そのまま飛び降りてもせいぜい捻挫未満だろう。

「ここから出よう」

果たして達也《たつや》が示した脱出ルートは、廊下の窓だった。

しかしその手段は、レオと、そしてエリカの予想を超えていた。

達也《たつや》がポケットから小さなデバイスを取り出した。ボタンが二つついているだけの簡単なものだ。

「深雪《みゆき》、これを」

その正体は飛行デバイス。それを左右のポケットから一つずつ取り出し、右手に持っている方を深雪《みゆき》に手渡す。

「ありがとうございます」

深雪《みゆき》が小さく、丁寧に一礼する。

飛行デバイスのボタンを達也《たつや》が押し込む。

ただし、エリカとレオの目にはデバイスが映らなかった。二人には達也《たつや》がポケットの中に手を入れて、何も持たずに手を出し、目に見えない何かを深雪《みゆき》に授《さず》けて、親指を小さく動かしたようにしか見えなかった。

──その指の動きはまるで、何か神秘的な印を結んでいるようだった。

達也《たつや》の身体《からだ》がフワリと浮かび上がり、窓の外で静止する。

──石造りの壁に穿《うが》たれた窓の外に浮かぶ、コートを羽織った革鎧《かわよろい》の戦士。

深雪《みゆき》が兄に続いて飛行デバイスを作動させる。深雪《みゆき》の身体《からだ》が、達也《たつや》の横に並ぶ。

──白いドレスを纏《まと》い、空に舞う天女。

「深雪《みゆき》、誰も見ていないと思うが念《ねん》の為《ため》だ。先に屋上へ行っていなさい」

「分かりました、お兄様」

深雪《みゆき》の身体《からだ》が滑らかに上昇する。

──天女が仮初めの住処《すみか》だった地を離れ、本来の居場所である天に帰る。

エリカもレオも、自分が本物の魔法の国に迷い込んだような気分になっていた。

「レオ、窓枠に立って、手を出せ。エリカは少し待っていてくれ」

「んっ？　ああ……」

レオは夢見心地のまま、達也《たつや》の言うがままに行動した。見た目よりも随分狭い窓枠の上で器用にバランスを取って、片手を外に伸ばす。

その手を達也《たつや》が取った途端、レオの体重が消えた。

「うおおおぉ？」

突然足場の無い空中に投げ出されたような感覚に、レオが慌てて声を上げる。

「落ち着け、レオ。落としはしない」

だが達也《たつや》の、怒鳴っているわけでもないのに不思議と強く響く声を聞いて、レオが平静を取り戻す。

「すまん。もう大丈夫だ。……それにしても、これってどういう理屈なんだ？」

レオが何を訊《き》きたいのか理解できなかった達也《たつや》が、微《かす》かに眉を顰《ひそ》めた。

「飛行魔法の作動原理くらい知っているだろう？」

「重力制御魔法の連続発動なんだろ？　その程度のことは分かっちゃいるが……何で俺まで飛んでいるんだ？　飛行魔法は個人用じゃなかったのか？」

「何だ、そんなことか。レオは今、俺が持ち運んでいる荷物という扱いだ」

「はっ？」

言葉だけではなく、レオは顔中で驚きを表現した。

「そんなのありか？」

「あのな、厳密に言えば服もＣＡＤも荷物だぞ。自分の身体《からだ》しか飛ばせないのであれば、そもそも飛行魔法自体が成立しない」

心底呆《あき》れた口調で答えられ、レオが少なからず鼻白む。

「そりゃ、まあ、服とか小物はそうかもしれないけどよ」

「大きさも重さも関係ない。要は物理的な接触があり、それを『付属物』と認識できるかどうかだ。個人用と言われているのは、人間を自分の付属物と認識することに心理的な抵抗があるからにすぎない」

「……達也《たつや》は無いのか？」

「その必要があればな。そもそも認識なんてのはあやふやなものだ。レオが今まさにそれを実感中だと思うが」

「確かにな」

そんな無駄話をしている間に、二人は屋上に着いた。

「エリカを連れてくる。深雪《みゆき》、もう少しだけ待っていてくれ」

「ええ。お待ちしております、お兄様」

そんな言葉で見送られて、達也《たつや》は再び二階の窓に戻った。

そして、順序を逆にすれば良かったと後悔した。

「エリカ、その、行けるか」

「んっ、何が？」

達也《たつや》の問い掛けにエリカは笑って答えた。だが、その笑顔は少々血の気が乏しかった。

（そういえば幽霊屋敷《やしき》が苦手そうだったからな……）

達也《たつや》の目から見れば普通の校舎でも、エリカの目には廃墟《はいきょ》と大差の無い、今にも「何か」が出て来そうな石造りの建物に見えているのだ。それを彼は失念していた。

（まあいい。一刻も早く深雪《みゆき》たちと合流するのが、今のエリカにとってもベターだろう）

「エリカ、さっきレオがやったみたいに、窓枠に立って手を伸ばしてくれ。……できるか？」

できるか、と念押ししたのは、意識に上《のぼ》らない予感があったからに違いない。

「もちろん。あれくらい、楽勝楽勝」

そう言ってエリカは身軽に窓枠へ飛び乗った。

そのまま中腰で立ち上がり、外へ向かって手を伸ばした——ところで、震えていた彼女の足は、身体《からだ》を支えきれなくなった。

外へ向かって足を滑らせる。そのままエリカは、背中を下に、仰向けに落ちていく——。

エリカはギュッと目を瞑《つぶ》った。半分眠っている所為《せい》か、空中で体勢を整えることもできない。

そのまま落ちていく。

落ちていく。

落ちていく。

……落下に伴う浮遊感が何時《いつ》までも止《や》まないことにようやく訝《いぶか》しさを覚えたエリカが瞼《まぶた》を開いた。

間近に見えたのは、横向きになった達也《たつや》の顔。

そしてすぐに、横向きになっているのは——横抱きにされているのは自分の方だと気がついた。

「大丈夫か？」

悲鳴すら上げられず、ぱくぱくと口を開け閉めするエリカに、達也《たつや》は冷静そのものの顔で訊《たず》ねる。

「……何で」

「うん？　何だ？」

「何で、落ちているのに落ちていないの……？」

エリカがようやく形にしたセリフは、この質問だった。

「むしろ、上昇している？」

「飛行魔法は自分と自分の付属物に掛かる重力の強さと方向を改変する魔法だ。飛行魔法の対象になっている物体は改変された方向に対して常に自由落下状態にある。だからエリカが『落ちている』と感じているのは、ある意味で正解だと言える」

「そういうことか」

そこでエリカはやっと、自分の体勢に意識を向ける余裕を得た。

「ちょっ、ちょっと、何この体勢⁉　降ろしていますぐ！　お願い、降ろして！」

腕の中でもがくエリカの足を、達也《たつや》はあっさり解放した。

「きゃっ！」

落ちる、という思考が咄嗟《とっさ》に意識を過《よぎ》って、エリカが短い悲鳴を上げた。

だが達也《たつや》と手をつないだだけの彼女の身体《からだ》は、彼と同じ高さに留まっている。

「本当は抱えていた方が楽なんだが、手をつないでいるだけでも一緒に飛ぶことは可能だ」

そう言いながら笑っている達也《たつや》を前にして、エリカは拗《す》ねた。

「だったら最初からこれで良かったじゃん」

精一杯不機嫌な表情を作ってエリカがそっぽを向く。

しかし、その程度の悪ぶった態度も、実は赤くなっている頬も、達也《たつや》は気にしない。

「抱えた方が楽だ、と言っただろう？　まさかエリカが落ちるとは思わなかったから、咄嗟《とっさ》に一番確実な方法を採らせてもらった」

「うっ、……ありがと」

「まあ、弘法《こうぼう》にも筆の誤りと言うからな。さあ、着いたぞ」

さっきの状況にピッタリな「猿も木から落ちる」を使わなかったのは、女の子に対する達也《たつや》の気遣いだった。

それが無意識に分かったのか、エリカの態度がますますぎこちないものになっていく。

「エリカ、どうしたの……？　もしかして高所恐怖症だったりしないわよね？」

「あはは、そんなことないって」

心配そうな表情で話し掛ける深雪《みゆき》の質問を、屋上に着地したエリカは笑って誤魔化そうとしたが、あまり上手《うま》く行っているとは言えなかった。


「悪魔の手先め、何処《どこ》へ行った!?」

一階の集中管理室では、白日夢の中ですっかり役になりきった遥《はるか》が「魔法の鏡」に見えている監視カメラのモニターを次々と切り替えて達也《たつや》たちを探していた。

だが、監視カメラは屋上の物も含めて、達也《たつや》たち四人の姿を映し出さなかった。


「達也《たつや》、何やってんだ？」

「監視カメラにちょっと細工をな」

達也《たつや》はカメラの上に浮かんで、カメラのケーブル部分にケースの上から情報端末の端子を押し当てていた。彼はカメラに細工と言ったが、正確にはビデオサーバーに対して五分前から二分前までの映像を繰り返し再生するようにコマンドを送り込んでいた。

これは藤林《ふじばやし》から盗んだ技術だ。彼女ほど自由自在というわけにはいかないが、短時間、モニターに対して映像を反復再生させる程度のことはできるようになっていた。

もし監視員がまともな意識でいるならば、すぐにばれてしまう稚拙な工作だ。だが今の遥《はるか》には分からないだろうと達也《たつや》は考えていた。白日夢に意識を奪われてファンタジー舞台を漂っている人間に、科学技術を使いこなせるはずが無いという判断だ。

「お兄様、それでこれからどうなさるおつもりですか？」

細工を終えて屋上の床に戻って来た達也《たつや》に、深雪《みゆき》がそう問い掛ける。

その質問に対する答えを、他の二人も待っていた。

「そこの階段を一階まで下りる」

達也《たつや》が指差しているのは、すぐ側にある中央階段の出入り口だ。

「防火扉は階段と廊下を遮断するだけで、階段を遮断する機能は無い。そんなことをすれば避難できなくなってしまうからな」

「あっ、そうか」

「なるほど、直通ってわけか」

「ですがお兄様、一階まで下りることができても、やはり防火扉に阻《はば》まれるのではないでしょうか？」

「普通に考えればそのとおり」

達也《たつや》が深雪《みゆき》へ「良く気付いたな」という目を向けた。

もっとも、その程度のことは達也《たつや》も当然計算済みだった。

「だが、集中管理室のある側のフロアは、完全に閉鎖されない設定になっているんだ」

「それは、どういうことでしょう？」

深雪《みゆき》が小首を傾《かし》げる。

「教室がある区画は、さっきのように手動であれば左右から防火扉で塞ぐことができる。ただしその状態だと、窓は閉鎖されない。密室状態ではいざという時に逃げようが無いからね」

「それは……当然の配慮だと思います」

「ところが、集中管理室や校長室のあるあのフロアには窓が無い。重要物、重要データの盗難防止の為《ため》にそういう構造になっているんだ」

「窓が無いフロアを防火扉で閉め切ってしまうと、いざという時に避難ができない……だから両サイドから同時に防火扉を閉めることはできないということですね」

「そのとおり」

達也《たつや》がしっかり頷《うなず》いてみせると、深雪《みゆき》の顔が嬉《うれ》しそうにほころんだ。

「はいはい、ムードを作るのは後にして」

その雰囲気にいたたまれなくなったのか、エリカが乱暴に割って入った。

「要するに、生徒昇降口側の防火扉を閉めているから中央階段側の防火扉は閉められないってことでオーケー？」

ムード云々《うんぬん》について、達也《たつや》は何も反論しなかった。彼もそんなことで口論している場合ではないと自重したのだろう。

「そういうことだ」

達也《たつや》は一言頷《うなず》いて、ニヤリと人の悪い笑みを浮かべた。

「エリカ、階段が怖ければ、飛行魔法で下まで連れて行ってやるぞ」

「――うるさい！　要らないわよ！」

達也《たつや》のささやかな仕返しに、エリカは顔を赤らめて中央階段に突入した。


中央階段を駆け下りて一階まで、達也《たつや》が予想したとおり、障碍物《しょうがい》は何も無かった。

そして一階の校長室のあるフロアに続く廊下にも、防火扉は下りていない。

そのまま達也《たつや》は校長室へ向かうと深雪《みゆき》もエリカもレオも予想していたが、彼が向かった先は集中管理室だった。

インターホンのボタンを押しても、中から返事は無い。ただし、通話ランプはついている。

達也《たつや》は返事を待たずに、部屋の中へ話し掛けた。

「小野《おの》先生、出て来てもらえませんか」

背後でエリカとレオが「えっ？」という顔をしている。深雪《みゆき》もここで遥《はるか》の名が出て来るとは予想していなかったが、彼女は小野遥《おのはるか》に対して全く思い入れを持たなかったので、邪魔をしていたのが遥《はるか》であると聞いても、特に表情は動かなかった。

「小野《おの》先生、中にいるのは分かっています。昨日お願いした調査結果をうかがいたいんですが」

しかし、続くセリフには深雪《みゆき》も小さな意外感を示した。

『依頼なんか聞いていないわ！　校長室に忍び込めなんて無理よ！』

ようやくインターホンに応答があった。それにしても、達也《たつや》から押し付けられた無理難題が余程ストレスになっていたのだろう。ドリームキャスターにつけ込まれたのも、案外これが理由かもしれない。

「しかし、集中管制室のハードキーは手に入れたんでしょう？　だったら校長室にも入れるのではありませんか？」

『そんなことできないわよ！　私はこの迷宮の守り人よ。その私が禁を破って「神宝の間」に立ち入るわけにはいかないじゃない！　魔王の手先よ、早々に立ち去りなさい！』

「なるほど、『神宝の間』ですか」

白日夢と現実が混じり合った遥《はるか》の回答を聞いて、達也《たつや》はインターホンから離れた。

「どうやら校長室で間違いないようだ」

達也《たつや》は三人へ振り返って、そう言った。

「なあ、達也《たつや》……今のってインターホンか？」

レオの反応は、達也《たつや》のセリフとまるで関係が無いように思われるものだった。

「そうだが……何に見えたんだ？」

「聞かない方が良《い》いわよ」

顔を顰《しか》めただけで無く、そのまま視線を逸《そ》らしてエリカがそう吐き捨てた。インターホンは余程グロテスクな物に形を変えていたらしい。

「——ドリームキャスターは校長室で間違いなさそうだ」

達也《たつや》はレオとエリカの言葉を聞かなかったことにして仕切り直した。

「だが残念ながら、鍵は開けてもらえないようだ。完全な不法侵入になるが、お前たちはどうする？　無理に付き合う必要は無いし、付き合わせるつもりも無い」

「わたしはお兄様の行かれるところでしたら何処《どこ》へでも」

達也《たつや》の質問に、深雪《みゆき》はこう即答した。これは、まあ、分かり切った返事だった。

「不法侵入なんて今更だと思うけど」

エリカが少々捻《ひね》くれた表現で同行を申し出たのは、今日散々振り回された所為《せい》だったに違いない。

「もちろん、ついて行くぜ。ここまで来て結末を見届けられないなんてありえねえだろ」

レオの回答はエリカより素直なものだった。

正直に言えば、達也《たつや》は二人にここで待っていて欲しかった。彼は白日夢が見せている景色が分からないと不都合が生じる可能性を考えて二人を連れてきたのだ。しかしここまで、懸念《けねん》したような事態は起こらなかった。むしろ二人は足手纏《あしでまと》いになっていたと言って良い。

レオはともかくエリカは、眠っているところを起こして無理に連れてきたのだから邪魔者扱いするつもりは無い。だがはっきり言えば、今日のところは用済みだった。

「分かった。こっちだ」

無論そんな本音を言えるはずもなく、達也《たつや》は三人を引き連れて校長室へ向かった。

「これが校長室……魔王の部屋より立派じゃん」

校長室の扉を前にして、エリカが呆《あき》れ声で呟《つぶや》いた。隣ではレオが何度も頷《うなず》いている。

その「魔王の部屋」の主だった達也《たつや》にとっては微妙な評価だったが、今彼の目に映っているのは重厚な木製の扉だ。豪華ではあるが、現代の常識の範囲内と言える。

「それで達也《たつや》くん、どうやって開けるの？」

「ちょっとした秘術を使う。眩《まぶ》しいかもしれないから目を閉じていた方が良《い》いぞ」

そう言って達也《たつや》は、扉を「視《み》」た。機械式ロックの構造を分析して、何処《どこ》を外せば解錠状態になるか確定する。

分解魔法を発動、する前に、達也《たつや》は術式解体《グラム・デモリッション》の要領で強い想子《サイオン》の波動を放った。

「きゃっ！」「うおっ！」

あまりの眩《まぶ》しさに、エリカとレオが悲鳴を上げる。

視界を失った二人に、達也《たつや》は一瞬で踏み込んだ。

左右の人差し指を二人に突き出す。

八雲《やくも》直伝の点穴術。

後遺症を残さず、意識を奪うツボを突く。

崩れ落ちる二人の身体《からだ》を受け止め、ゆっくりと床に寝かせた。

「お兄様？」

その一部始終を、深雪《みゆき》が目を丸くして見ている。ただし、達也《たつや》を妨げようとはしない。彼女は兄が正当な理由も無く、友人に対してこんな非道を働くとは欠片《かけら》も思っていなかった。

「これからのことを二人に見られたくない。ドリームキャスターを沈黙させる為《ため》には、お前の、あの魔法が必要だ」

「そうだったのですか」

自分たちの秘密を守らなければならないというエゴイスティックなものであっても、深雪《みゆき》はそれを「正当な理由」と疑わなかった。

分解魔法で校長室の鍵を壊す。鍵は部屋を出る時に「再成」で元に戻しておくつもりだ。

部屋に入ってすぐ、二人は聖遺物《レリック》「ドリームキャスター」を発見した。

極めて強い想子《サイオン》波動を放つ木箱が一つ。

こんな物が一週間も見つからなかったということが、兄妹《きょうだい》には信じられなかった。校長室には国防軍のシェルターで使われているのと同じ、魔法探査を妨げる構造材が使われているということは二人とも知っていたが、これほど高性能な物だとは想定外だった。

だが今や聖遺物《レリック》を隠す物は、木箱一つ。

達也《たつや》はその梱包《こんぽう》を遠慮無く解いた。

中から出て来たのは「四神」を象《かたど》った金属製の香炉。達也《たつや》も見たことの無い合金でできていたが、重要なのは容《い》れ物《もの》ではなかった。四神、「青龍」「朱雀《すざく》」「白虎《びゃっこ》」「玄武」に囲まれた香炉の中に入っている玉《ぎょく》が、想子《サイオン》波動の発生源だった。

「深雪《みゆき》、封印されたままの状態だが、やれるか？」

「わたしの力は、結果的に阻害されているだけです。秘術はわたしの魔法を封印したものではなく、単なる副作用なのですから——」

そして深雪《みゆき》は、泣きそうな目を達也《たつや》に向けて、キッパリ言い切った。

「成し遂げて見せます」

達也《たつや》が深雪《みゆき》の背後に回り、両手を彼女の細い両肩においた。

深雪《みゆき》は腕を交差させてその手に自分の手を重ね、そのままドリームキャスターへ目を向けた。見詰める。

凝視する。

そして深雪《みゆき》は目を閉じ、

彼女の魔法演算領域から、

霊子《プシオン》の活動を停止させる魔法が放たれた。

ドリームキャスターから、想子《サイオン》が一気に放出される。
夢を作り出す為《ため》に蓄えられていた想子《サイオン》が、魔法の停止により解放されたのだ。
その眩《まばゆ》い光の中で、達也《たつや》は「夢の世界」が壊れる音を聞いた――。

（エピローグへ続く）

どりーむげーむ——たびはおわらない——

白日夢の世界が崩壊する音と想子光《サイオン》の散乱が収まった後、達也《たつや》と深雪《みゆき》の視界には、今までと変わらぬ校長室の風景が映っていた。

校長室というのは一般生徒にとって、あまり縁のある場所ではない。特に一高の百山《ももやま》校長は、権威主義的な傾向が強く、生徒会役員を立ち入らせることもほとんど無い。生徒会で書記を務める深雪《みゆき》も、校長室に入るのは今日が初めてだ。

だからいつもと何処《どこ》が違うのか、あるいは全く同じなのか、その区別はつかない。ただ分かるのは、肉眼で見る限り聖遺物《レリック》の動作停止前と停止後で室内の様子は何も変わっていないということだった。

「……お兄様。『ドリームキャスター』は止まったのですか？」

妹の質問に、達也《たつや》は一秒足らず考えてから——あるいは情報体次元《イデア》を観察していたのかもしれない——答えた。

「香炉から放たれていた想子波《サイオン》は止まっているな。学校を覆っていた霊子《プシオン》の力場も消えている」

四神——青龍、朱雀《すざく》、白虎《びゃっこ》、玄武を蓋の周りに配した四つ足の香炉。その中に収められた虹色の玉《ぎょく》が、おそらくは聖遺物《レリック》「ドリームキャスター」だ。

「では……？」

「この玉が『悪夢』の原因なら、これで解決だ」

達也《たつや》の答えは深雪《みゆき》の予想と少し違っていた。しかし、彼女は二度ほど瞬《まばた》きして、納得の表情を浮かべた。

「そうですね。この玉が『ドリームキャスター』だという保証はありませんでした」

「校内の異変はこの玉が原因だろう。これも『ドリームキャスター』には違いないと思う。だが活動中の『ドリームキャスター』がこれ一つとは限らない」

達也《たつや》の指摘に深雪《みゆき》が大きく頷《うなず》いた。

「そうしますと、解決したかどうかはしばらく様子を見る必要がありますね」

「いや、それほど結論を待つ必要は無い。今晩『悪夢』に引き込まれなければ、夜の方もこれが元凶だったと見て差し支えないと思う」

この場に同席していたのが真由美《まゆみ》や摩利《まり》だったら、達也《たつや》の出したこの結論を「早急すぎる」と非難したかもしれない。だがそれを深雪《みゆき》に望むのは無理だろう。

「ところで、エリカたちは如何《いかが》致しましょう？　何でしたら、わたしの魔法が跳ね返されてその巻き添えになったことにしても構いませんが」

その代わり深雪《みゆき》が気にしたのは、達也《たつや》が不意討ちを仕掛けて意識を刈り取った友人たちに対する言い訳だった。

「いや、お前を悪者にするつもりは無いし、その必要も無い」

深雪《みゆき》の提案はおよそ妹としての献身を超えているものだったが、達也《たつや》がそれを是とするはずもなかった。

彼はまず、エリカの横に片膝をついて彼女の頭を抱え上げ、軽く身体《からだ》を揺すった。

反応はすぐに見られた。

「う……ん、あっ、達也《たつや》くん……？」

「気がついたか、エリカ。自分で立てるか？」

「うん……大丈夫」

その言葉のとおり、エリカはまず横座りになって自分の上半身を支えた。

ただ、意識はまだはっきりしていないようだ。もっとも、そのお陰で達也《たつや》に抱きかかえられた格好だったことに気が回らなかったのは、二人にとって幸いだったと言える。

レオの方は廊下に倒れたままの身体《からだ》を軽く揺すっただけで済ませた。達也《たつや》もこの程度の男女区別はするのである。

「レオ、起きろ」

「おう……」

レオは自力で身体《からだ》を起こした。一度頭を振り、座ったまま達也《たつや》へ目を向ける。

「達也《たつや》、何がどうなってんだ……？」

レオの質問は要領を得ないものだったが、「何が起こって自分は倒れていたのか」と訊《き》きたいのだろうと達也《たつや》は理解した。だがその問い掛けに対して達也《たつや》が返したのは、直接関係の無い質問だった。

「その前に確認させてくれ。お前の目には今、俺がどう見えている？」

レオはすぐに達也《たつや》の質問の意図を覚《さと》った。

「ちゃんと制服姿に見えてるぜ」

つまり、白日夢から醒《さ》めているということだ。

「エリカはどうだ」

「あたしもよ」

振り返った達也《たつや》に、エリカも頷《うなず》きを返した。

「ジャージのジャンパーにテニスウェア。うん、自分が着ている物もちゃんと見えてる」

エリカがジャンパーの首元を引っ張って中をのぞき込んでいる。レオがそれを凝視しているのは、彼女の見ているものがテニスウェアなのか、それともその下なのか、無意識に気になっているからだろう。

「……何見てんのよ？」

「い、いや、何でもねえ！　何も見てねえぜ！」

「ふーん……」

この展開が分かっていたから、達也《たつや》はすぐにエリカから目を逸《そ》らしていた。

「気になる？」

エリカがニヤニヤ笑いながら、ジャンパーを少しだけ開いて、第一ボタンを外したポロシャツの襟を引っ張って見せた。

「ならねえよ！」

レオがむきになって言い返す。

「あはははは っ」

それで気が済んだのか、エリカはジャンパーのファスナーを元に戻して襟を整えた。

エリカにしてみれば軽いジョークかもしれないが、これは少しレオが気の毒だと達也《たつや》は感じた。

「俺は気になったがな」

彼がこんな軽口を叩《たた》いたのは、その為《ため》だった。

「えっ⁉」

しかし達也《たつや》のこの発言は、少女にとって意外すぎるものだったようだ。

驚きを表す同じ声が、二つの口から同時に漏れた。

「達也《たつや》くん、ま、マジ？」

「お兄様⁉　真《まこと》ですか⁉」

予想外の食い付きに、達也《たつや》の方が引いてしまう。

「いや、それは気になるだろう。同級生の女子が目の前で下着を見せようとしているんだから」

しかし達也《たつや》のこのセリフに、今度はエリカがむきになる番だった。

「そっ……そんなことしないわよ！」

赤くなって言い返すエリカへ、深雪《みゆき》が心なしか冷たい目を向けている。冷静に指摘されれば、確かにエリカの振る舞いは、若い娘として少々はしたないものだった。

「……達也《たつや》くんってつくづく苛《いじ》めっ子気質だよね」

上目遣いに恨みがましく告げられた愚痴に、達也《たつや》は笑ってみせるだけで否《No》とも応《Yes》とも答えなかった。

エリカが弄《いじ》られる様を見て溜飲《りゅういん》を下げたのか、落ち着きを取り戻したレオが達也《たつや》に話し掛ける。

「要するに、学校に掛けられた魔法は解けたんだな？　これで一段落ってことか？」

レオの問いに、達也《たつや》は頷《うなず》き掛けて頭を振った。

「校内に生じていた異変は解消された。だが本当に一段落しているかどうかは、明日の朝にならないと分からない」

「今晩妙な夢を見なければ一件落着ってことか」

「一晩程度では本当に確実とは言えないが、そう考えて差し支えないだろう」

「そうか……まあ、また何か起こったら、その時に考えりゃ良《い》いだけだしな」

レオが手を使わずに肩をすくめて頷《うなず》く。

「それで、俺たちは何で倒れていたんだ？　達也《たつや》に攻撃されたような気もするんだが」

レオの質問に動揺を見せたのは深雪《みゆき》で、達也《たつや》はため息を吐く寸前のような表情を浮かべた。

「覚えているのはそれだけか？　お前たちは俺に、二人掛かりで襲い掛かってきたんだぞ」

レオとエリカが揃《そろ》って目を見開く。

「ウソ……」

「全然覚えてねえぜ……」

覚えていないのも当然で、これは達也《たつや》のでっち上げだ。達也《たつや》の隣では深雪《みゆき》まで目を丸くしているのだが、幸いなことに（？）エリカたちの目にはそれが入っていなかった。達也《たつや》がとても演技とは思えない目付きで睨《にら》んでいて、その眼差《まなざ》しから目を逸《そ》らせなくなっていたからである。

「聖遺物《レリック》に操られてのことだとは思うが……俺もいきなりのことだったんで、急所を外すのが精一杯だった」

眼光を和らげて「すまんな」と謝る達也《たつや》に、エリカとレオは見事なシンクロで勢いよく首を左右に振った。特にエリカの顔色が悪い。

急所を外して、気絶させられた。

それは即《すなわ》ち、下手をしたら殺されていたかもしれないという意味だと彼女は考えたのだ。

無論、これはエリカの考えすぎだ。後始末が手間なので達也も不必要な人殺しはしない。そもそも、達也《たつや》が深雪《みゆき》の固有《ユニーク》な魔法を隠す為《ため》、一方的に攻撃を加えたというのが真相で、達也《たつや》のセリフも表情もそれを誤魔化す為《ため》の嘘《うそ》であり演技だ。レオとエリカはまんまと丸め込まれたというわけだった。

「それよりお兄様。この後、どうなさいますか」

深雪《みゆき》が間を置かず口を挿《はさ》んだのは、兄の嘘《うそ》が見破られるのを防ぐ為《ため》というより自分がボロを出すのを恐れたからである。さすがにそこまでは達也《たつや》も察することができなかった。それでも、回答はすぐにもたらされた。

「魔法大学にこの聖遺物《レリック》を引き取ってもらおう。あそこなら聖遺物《レリック》の取り扱いも多いから、この『ドリームキャスター』も非活動状態のまま保管できるはずだ」

「魔法大学ですか……そうですね、妥当だと思います」

深雪《みゆき》が頷《うなず》いた後、エリカとレオも同意を示した。

「あたしも賛成」

「俺もだ。でもよ、何て言って連絡するんだ？　俺たちゃ、ある意味不法侵入者だろ」

「ある意味も何も、不法侵入者そのものよ。で、どうするの？」

レオのセリフに真面目なツッコミを入れて、エリカが達也《たつや》の顔を見上げた。

「こういう時は大人の出番だ」

達也《たつや》の答えに、迷いは無かった。

魔法大学への連絡係に任命されたのは遥《はるか》だった。

「何で私がこんなことまで……」

「校内に生じた異変の原因を見つけ出して解決したんです。お手柄じゃないですか」

白々しいセリフを吐いた達也《たつや》を、遥《はるか》がキッと睨《にら》みつける。だがそこに、迫力は無かった。

達也《たつや》が遥《はるか》の眼差《まなざ》しを受け止め、見返す。鋼よりなお無機質な眼光を湛《たた》えた目で。

先に目を逸《そ》らしたのは、遥《はるか》だった。彼女はしょんぼりと肩を落とし、ヴィジホンの前に腰を下ろす。

「遥《はるか》ちゃん、憐《あわ》れだな……」

「達也《たつや》くんに目を付けられたのが運の尽きなのよ」

達也《たつや》が遥《はるか》の背中を見下ろす、更にその背後でレオとエリカが遥《はるか》に同情的な囁《ささや》きを交わした。

囁《ささや》きといっても、一メートルも離れていない達也《たつや》に聞こえないほどの声量ではない。達也《たつや》はこの程度のことを言われても怒ったりしないと見極めた上での会話だ。

達也《たつや》に対するエリカとレオの評価は、間違っていなかった。

二人が間違っていたのは、今の状況に対する認識と判断だった。

「エリカ？　それは一体どういう意味かしら」

振り返った深雪《みゆき》が、優しい声で問い掛ける。

エリカがビクッと身体《からだ》を震わせた。深雪《みゆき》の猫撫《ねこな》で声《ごえ》が、エリカには敵を威嚇する虎の唸《うな》り声に聞こえていた。

「えっ、えっと、その……やだぁ、深雪《みゆき》。そんな意味じゃ無いって」

咄嗟《とっさ》に上手《うま》い言い訳が思い浮かばず、エリカは笑って誤魔化そうとする。

「百年前の女子高校生の物真似《ものまね》なんてしなくて良いのよ、エリカ。わたしは『お兄様に目を付けられたら運の尽き』という言葉の意味を訊《き》きたいだけだから」

「えっと、それは、その……」

隣でレオが「バカだな、コイツ」という目で見ているのにも気づかず、エリカは必死に逃げ道を探した。

天は彼女を見放していなかった。

「深雪《みゆき》、こっちに来てくれ」

「はい、お兄様」

達也《たつや》の声が掛かった途端、深雪《みゆき》の意識は余すところなく兄へ向かった。走り出しこそしないものの、軽やかな足取りで兄の許《もと》へ向かう深雪《みゆき》の背中を見送ってエリカはホッと安堵《あんど》の息を漏らす。

「そんな態度取ってっと今度は氷づけだぞ」

「う、うるさいわね。ちょっと気が抜けていただけよ」

ボソッと囁《ささや》く声で油断を戒めるレオに、エリカは声を潜めて言い返した。


達也《たつや》が深雪《みゆき》を呼んだのは、聖遺物《レリック》を収めた箱の傍《かたわ》らだった。

「魔法大学から引き取り手がやって来るまで、一時間ほど掛かるそうだ」

「それでしたら、わたしたちで運ぶ方が手早くはありませんか？」

達也《たつや》の説明を聞いて、深雪《みゆき》が兄の用件を先取りする。

「話が早いな」

完全に先回りされて、達也《たつや》としては苦笑するしかない。

「もちろん、わたしもご同行いたします。万が一、聖遺物《レリック》が再起動するようなことがあってもその場で対処できますから」

「完全に読まれてしまったか……」

「それはもう。お兄様のお望みを叶《かな》えるのが深雪《みゆき》の務めと心得ておりますので」

「全てお見通しというわけだ」

「ええ。お兄様が本当はわたしに何をお望みなのか、口にされなくても深雪《みゆき》には分かっておりますから」

「調子に乗りすぎだ」

達也《たつや》が人差し指で深雪《みゆき》の額を突《つつ》く。

深雪《みゆき》が首をすくめながら嬉《うれ》しそうに笑った。

「……あたし今、凄《すご》く突っ込みたい気分なんだけど」

「……その気持ちはよく分かるが、止めとけよ。馬に蹴られるくらいじゃ済まないぜ」

少し離れた所で、エリカとレオが顔を見合わせてため息を吐いた。

◇　◇　◇

達也《たつや》は深雪《みゆき》と二人で聖遺物《レリック》をしまった箱を持って魔法大学へ向かった。

聖遺物《レリック》の持ち出しについては、遥《はるか》が教頭の許可を取った。彼女は事情説明に凄《すご》く苦労していたが、達也《たつや》は余計な口出しをしなかった。教員同士の会話に生徒が口を挿《はさ》むのは礼を失している、というのが彼の主張だ。もちろん遥《はるか》は納得しなかったが、達也《たつや》の方でも別に納得してもらう必要を覚えなかった。

魔法大学には、無人運転のコミューターを呼んだ。一高と魔法大学の間は交通システムの管制下にあるので、運転免許を持っている同乗者がいなくても問題無い。――そう言って遥《はるか》は予防線を張ったが、達也《たつや》にも最初から同行させる予定は無かった。

予定外と言えば、レオとエリカに同行を断られたことか。

「あたし、まだ部活の最中だから」

「俺もだ。そろそろ合流しないと、先輩たちから罰ゲームを喰《く》らっちまう」

二人を魔法大学へ連れて行く必要は無かったので、断られたこと自体に不都合は無い。だが必要以上に強く避けられている気がして、達也《たつや》としては釈然としなかった。

そんなこんなで、達也《たつや》と深雪《みゆき》を乗せたコミューターは魔法大学に到着した。深雪《みゆき》はもちろんのこと、達也《たつや》も魔法大学の中へ入るのはこれが初めてだ。民間研究施設だけでなく、軍の研究所にも頻繁に出入りしている達也《たつや》だが、魔法大学の雰囲気はそのどちらとも違っていて、いささか勝手が違う。門の守衛に指定された研究室の名を告げて、入構許可証を受け取ったところまでは同じだったが、その後は特に監視の目が無い。そのことに達也《たつや》は、逆に面食らっていた。

各建物に万全のセキュリティシステムが備わっているので、敷地《しきち》を隈《くま》無く監視する必要は無いということなのだろう。達也《たつや》は好意的にそう解釈した。とはいうものの、こうも無警戒を貫かれると逆に警戒心を刺激される。物珍しげに辺りを見ながら歩く深雪《みゆき》と同じ歩調で、達也《たつや》はゆっくりと目的の建物へ向かった。

目指す研究室は、三階建ての小規模な建物の中にあった。

「君たちが電話をくれた一高の生徒さん？」

建物の前に立っていた二十代後半の女性に声を掛けられても、達也《たつや》は意外に思わなかった。

多分、守衛から訪問先へ連絡が行く仕組みになっているのだろう。入構許可証に無線タグが仕込まれているのは受け取った時に分かっていた。

それに達也《たつや》と深雪《みゆき》が着ているのは一高の制服だ。これだけの材料が揃《そろ》っていて二人が訪問を約束した相手だと分からなければ、そちらの方が不思議だった。

達也《たつや》が意外感を覚えたのは、研究室のソファで待っていた壮年男性の顔を認めた時だった。

「紅林《くればやし》さん、ご無沙汰しております」

「こちらこそ。深雪《みゆき》様もお元気そうで何よりです」

五十歳前後の外見を持つその男性は、紅林《くればやし》という名の、四葉家《よつばけ》の執事だった。

「……では、この研究室は四《よ》、いえ、本家の？」

驚きから脱した深雪《みゆき》が、「四葉《よつば》の息が掛かっているのか」と訊《き》き掛けて、危ういところで固有名詞を誤魔化す。

「はい。こちらの皆様は、先生を含めて当家の協力者です」

その必要があったのか無かったのか、紅林《くればやし》執事はこの研究室が四葉《よつば》の影響下にあることをあっさり認めた。

「魔法大学にまで手を伸ばしているとは知りませんでした」

「中立が魔法大学の建前ですから。当家だけでなく、七草家《さえぐさけ》も大っぴらにはしておりません」

つまり七草家《さえぐさけ》も魔法大学に足場を築いているということだ。達也《たつや》は十師族の力を再確認するよりも、中立を徹底することの難しさを改めて感じていた。

「では、紅林《くればやし》さんがこの聖遺物《レリック》を預かってくださるということですか？」

「ええ。それは元々、ここに送られるはずの物だったのです」

つまり、この研究室を通して四葉《よつば》に送られるはずの物だったということだ。一高へ誤って配送されたことまでは推測の範囲内だったが、達也《たつや》は驚きを禁じ得なかった。

「いつまで待っても到着の報が無かったので、一昨日から探していたところだったのですよ。まさか一高へ送られていたとは思いませんでした」

紅林《くればやし》の言葉遣いは、達也《たつや》に対しても丁寧だ。これは紅林《くればやし》の性格でもあり、また彼が四葉《よつば》の内情を詳しく知る使用人序列三位以内の「内陣《インナー》」だからでもある。

「校長の私物と勘違いしていたようです」

「ああ、なるほど」

一高に限らず魔法大学関係機関へ送られたのであれば、誤配送物を隠匿するはずがない。すぐに発送元へ連絡が入ったはずだ。紅林《くればやし》が「まさか」と言い「なるほど」と頷《うなず》いたのは、そういう理由によるものだった。

「自分も安心しました」

聖遺物《レリック》の入った箱を紅林《くればやし》に渡しながら、達也《たつや》が意味ありげにそう言った。

「安心したとは？」

意味ありげと言っても、注意していなければ気づかない程度の弱いものだったが、紅林《くればやし》はそれを聞き逃さなかった。

「いえ、何者かが一高生を実験台にした可能性も考えていたのですが、杞憂《きゆう》でしたか」

「そうですね。考えすぎです。私たちが深雪様を実験に利用するなどという畏れ多い真似《まね》をするはずがありません」

紅林《くればやし》は正面から達也《たつや》の目を見ながらそう答えた。

そして、達也《たつや》から受け取った箱の紐《ひも》を解《ほど》き、中の香炉を取り出す。彼は香炉をテーブルに置いて四神の小像を青龍、朱雀《すざく》、白虎《びゃっこ》、玄武の順番に捻《ひね》った。

捻《ひね》ったといっても、香炉と一体の鋳物になっている各小像に可動部分は無い。四神は回転もしなければ外れもしなかった。

ただ何となく、青龍の、朱雀《すざく》の、白虎《びゃっこ》の、玄武の目が、香炉の内側へ向いたように見えた。

「前の持ち主がこれのことを知らなかったのでしょうね。安全装置が外れていました。暴走したのはその所為《せい》でしょう。まったく、価値を知らぬ素人《しろうと》の好事家《こうずか》にも困ったものです」

「そういう仕組みがあったんですか。『ドリームキャスター』は暴走していたんですね」

「ドリームキャスター、とはこの聖遺物《レリック》のことですか？　なるほど、面白い名だ」

紅林《くればやし》が頻《しき》りと頷《うなず》いていたのは、『ドリームキャスター』の仮称が気に入ったからに違いない。

「この聖遺物《レリック》は我々の間で『邯鄲《かんたん》の枕』シリーズと呼ばれている物の一つです。言う迄《まで》もなく唐代の故事に由来する名称なのですが、実際に枕の形をしている物は一つも無いので適切な呼び名ではないと言われておったのですよ。『ドリームキャスター』ですか……少し軽々しい印象もありますが、遊具であるこの聖遺物《レリック》にはかえって相応《ふさわ》しいかもしれませんな」

「これはやはり、遊具なのですか」

遊具という言葉に達也《たつや》は失笑を漏らすのみで、こうして反応したのは深雪《みゆき》だった。

「我々はこれをある種のゲーム機と考えております。仕組みが解明できれば、シナリオや配役もある程度コントロールできるはずです」

「しかし、この聖遺物《レリック》をゲーム機として使うつもりは無いのでしょう?」

「まあ、確かにそんな贅沢《ぜいたく》は、少なくとも現状では不可能です」

紅林《くればやし》の声は、結構本気で残念そうなものだった。

「紅林《くればやし》さんの御仕事を考えれば仕方が無いですね」

それを感じ取った深雪《みゆき》が、慰めの言葉を掛ける。

四葉家《よつばけ》内における紅林《くればやし》の担当は魔法師調整施設の管理。調整体魔法師の製造設備だけでなく後天的な魔法力強化施設も紅林《くればやし》は管理している。精神干渉系魔法を利用して魔法力の引き上げを図るという四葉家《よつばけ》の性質上、精神干渉作用を持つ聖遺物《レリック》の利用方法は魔法演算領域の強化に限定される。

「深雪《みゆき》様の仰《おつしや》るとおりです。この『ドリームキャスター』は私の職務において、責任を持って預からせていただきます」

紅林《くればやし》が——四葉家《よつばけ》が引き受けるなら、今後この聖遺物《レリック》が暴走するようなことは無いだろう。感情的な好悪《こうお》は別にして、四葉家《よつばけ》の実務能力に疑いの余地は無い。

達也《たつや》にとって懸念《けねん》材料があるとすれば、

「ところで、この類の聖遺物《レリック》は数が多いのですか？」

似たような代物が暴走して、またそれに巻き込まれる恐れが無いかということだった。

「ご存じのとおり、聖遺物《レリック》は稀少《きしょう》な存在です。アンティナイトのような物は例外で、『ドリームキャスター』も十年に一度見つかるか見つからないかですよ。もっとも」

思わせぶりにセリフを切った紅林《くればやし》を、達也《たつや》が強い眼差《まなざ》しで見詰める。

「……聖遺物《レリック》を探しているのは我々だけではありません。他の魔法師集団が『ドリームキャスター』をコレクションしていて、故意か偶然か作動させてしまう、という可能性は決して小さくないと思います」

困ったような声から察するに、紅林《くればやし》もこんなことは言いたくなかったのだろう。達也《たつや》もできれば、こんな不吉な予言は聞かなかったことにしたかった。

◇　◇　◇

西暦二〇九五年九月十九日、月曜日。達也《たつや》は久々に夢見が悪くない目覚めを迎えた。彼が朝の修行へ出掛けるべく着替えて部屋の外に出ると、パジャマから部屋着に着替えた深雪《みゆき》と鉢合わせた。

「お兄様、おはようございます」

いつものように、丁寧に一礼する深雪《みゆき》。だが妹の声が少し弾んでいるのを達也《たつや》は聞き逃さなかった。

「おはよう、深雪《みゆき》。悪い夢は見なかったか？」

達也《たつや》が悪夢を見ていないのだから、深雪《みゆき》も同じであるのは分かっている。二人が別々の夢を見る可能性は達也《たつや》の思考の中に存在していなかった。

そしてそれは、確かな事実だ。

「はい。お兄様のお陰で、久し振りにぐっすり休めました」

「俺のお陰というのは大袈裟《おおげさ》だ。だが、どうやら一段落したと見て間違いないようだ。やはりあの聖遺物《レリック》が原因だったたか」

「ええ。そして、あの『ドリームキャスター』を見つけ出したのはお兄様なのですから、やはり事件が解決したのはお兄様のお陰です」

「分かった分かった」

達也《たつや》が押さえるようにそう言うと、深雪《みゆき》が少し不満げな表情を浮かべた。

深雪《みゆき》にしてみれば、深雪《みゆき》は自分のことを過大評価していると考えている。

達也《たつや》にしてみれば、達也《たつや》はもっと自分の功績を誇るべきだと思っている。

客観的に見れば、「ドリームキャスター」の真相にいち早く気づいてそれを発見したのは達《たつ》也《や》だ。しかし、あの聖遺物《レリック》を停止させることができたのは深雪《みゆき》の力があってこそだ。要するに、お互い様だった。

「朝練のついでに師匠へ礼を言ってくる」

「行ってらっしゃいませ」

深雪《みゆき》が早起きした朝は、いつも見られた風景だ。

いつもどおりであること――「日常」が如何《いか》に貴重なものか、達也《たつや》はこの朝、再確認した。


「おっはよー、達也《たつや》くん」

教室に入るなり、達也《たつや》は上機嫌なあいさつの歓迎を受けた。その陽気な声の主はエリカだ。

ただし、笑顔で手を振っているのは彼女だけではなかった。

「おはようございます、達也《たつや》さん」

エリカと一緒に、美月《みづき》も笑みを浮かべていた。彼女は幹比古《みきひこ》の術で悪夢から守られていたはずだが、エリカから悪夢の夜が終わったことを教えられたのだろうか。

「おっす、どうやら終わったみてえだな」

レオの声は背後から。彼が後ろから歩いて来ていたことは分かっていたので、いきなり話し掛けられても達也《たつや》は驚かなかった。

「ああ。これで終わったと言って良いだろう」

自分でもそう確信していただろうが、達也《たつや》の口から終結宣言が出てエリカと美月《みづき》がホッと安堵《あんど》の息を吐《つ》く。

「何だか、久々にゆっくり眠れた気がするよ」

エリカのセリフに、美月《みづき》が何度も頷《うなず》いている。

それを見て、エリカが意味ありげにニヤリと笑った。

「あれっ？　でも美月《みづき》は土曜日の夢に出てこなかったよね」

美月《みづき》が「あっ⁉」という表情を浮かべた。美月《みづき》は何事か言い訳を口にしかけたが、エリカがその暇《いとま》を与えず畳み掛ける。

「そういえばミキが御札《おふだ》を作るとか言っていたけど、美月《みづき》、実は」

「えっと、あの、吉田《よしだ》くんにはお世話になったというか、吉田《よしだ》くんからもらった御札《おふだ》のお陰で確かに土曜日は大丈夫だったみたいだけど……私はその、元々どんな夢を見ていたのかエリカちゃんみたいにはっきり覚えていないから」

エリカの口調に不穏な空気を感じ取ったのか、美月《みづき》が強引にセリフをかぶせる。

「おはよう。どうしたんだい？　皆《みんな》、何だかご機嫌みたいだけど」

そこへタイミングが良《い》いのか悪いのか、幹比古《みきひこ》が登校してきた。

「おはよう。ミキ、上手《うま》くやったじゃない」

「僕の名前は幹比古《みきひこ》だ……一体何のこと？」

ミキというあだ名に定番のセリフを返して、幹比古《みきひこ》はエリカから飛んできた冷やかしに首を捻《ひね》った。彼は決してとぼけたのではなく、本気で何のことか分からなかったのだ。

「ミキと美月《みづき》、土曜日の夢に出てこなかったでしょ」

「僕の名前は……土曜日？　ああ……柴田《しばた》さん、護符が上手《うま》く効いたんだね。良かった」

「はい、ありがとうございます。吉田《よしだ》くんのお陰です」

幹比古《みきひこ》と美月《みづき》が良《い》い雰囲気になりかけたところで、

「本当に御札《おふだ》だけなのかなぁ？」

エリカが口を挿《はさ》んだ。彼女も決して馬に蹴られたいわけではないはずだが、こういう雰囲気をどうしても放置しておけないようだ。

あるいは、片方が幹比古《みきひこ》だから、なのかもしれない。真相はきっと、本人に訊《き》いても不明のままだろう。

「な、何だよ」

もっとも突っ込まれる幹比古《みきひこ》には、そんなエリカの心情を推し量る余裕などあるはずもない。

「あたしもさ、その手の術式に全くの素人《しろうと》ってわけじゃないんだけど」

千葉《ちば》家の「剣術」は剣技に現代魔法を組み合わせたもの。魔法技術の側面から見れば現代魔法の一分野にカテゴライズされる。だが剣技の面から見れば、伝統宗教の影響を無視できない。座禅や水垢離《みずごり》は日常的な稽古の中に組み込まれているし、九字切り祓《はら》いのような術法も少数だが取り入れられている。

呪符も、作るのは無理だが、使い方だけならエリカは理解している。「素人《しろうと》じゃない」というのはそういう意味だ。

「護符ってさ、持っているだけでそこまで強い効力を発揮できるような、お手軽な物じゃなかったと思うんだよねぇ」

「……何が言いたいんだよ」

問い返す、というより言い返す幹比古《みきひこ》の声は険しい。だがエリカはそんなことで恐れ入ったりしなかった。

「美月《みづき》が前から護符の使い方を知っていたとも思えないし、相当親身になって指導しないと……ね？　それとも、護符を通じてミキが結界を張っていたのかな？　一晩中、つきっきりで」

「そんなことはしてない！」

幹比古《みきひこ》がエリカの言葉をむきになって否定する。何故《なぜ》そこまで必死になるのか、理由は続くエリカのセリフで分かった。

「うんうん、紳士なミキがそんなことするはずないって、あたしも思ってるよ？　離れた所から結界を張る為《ため》には、御札《おふだ》を通して五感の一部をその場に移さなきゃならないもんね」

「えっ……!?　あの、まさか吉田《よしだ》くん……」

「だからそんなことはしてないって！」

ショックを受けている目と、面白がっている目。

性質こそ違っているが、二人の少女から疑惑の眼差《まなざ》しを向けられて狼狽《ろうばい》する友人を、達也《たつや》は「気の毒に」と思いながら傍観していた。

「……あれって、恩を仇《あだ》で返してねえか？」

レオのツッコミに達也《たつや》も同感だったが、レオも達也《たつや》も、犬も食わない争いにあえて首を突っ込むつもりはなかった。

昼休みの生徒会室でも、悪夢終結の話題で持ちきりだった。

「そう……聖遺物《レリック》は、やっぱり校長室にあったのね」

傍迷惑《はためいわく》な、という気持ちを隠しもせずに真由美《まゆみ》が嘆息する。

「元はと言えば、運送業者の誤配が原因です。春の一件でも配送車を利用されましたし、当校も全面自動配送への切り替えを検討すべきかもしれません」

鈴音《すずね》が冷静に事態を分析する、と見せ掛けて愚痴をこぼす。

「全面自動化は費用がねぇ……」

しかしこれは、真由美《まゆみ》の指摘を待つまでもなく生徒レベルではどうにもならないことだ。だからこそ、「愚痴」なのだが。

「それは言っても仕方がない。それに、取《と》り敢《あ》えず事件は解決したんだ。そうだな、達也《たつや》くん？」

真由美《まゆみ》と鈴音《すずね》の間でループが発生しそうな気配を察知して、摩利《まり》が話題を変えるべく達也《たつや》へ話し掛けた。

「ええ、同じ性質の聖遺物《レリック》が再度校内へ持ち込まれるようなことがなければ、今回のように全校生徒を巻き込んだ事態にはならないと思います」

「……何だか含みのある言い方だな」

「そうですか？　失礼しました。単に、『ドリームキャスター』があれ一つとは限らないということと、この中の誰かを標的にして故意に『ドリームキャスター』が使われる可能性がゼロではないということを申し上げたかっただけなのですが」

「……縁起でもないことを言わないでよ」

達也《たつや》の指摘に、真由美《まゆみ》がブルッと身体《からだ》を震わせる。

「確かにぞっとしますね。霊子《プシオン》ベースで作用する『ドリームキャスター』は、通常の情報強化や領域干渉では防げませんから」

「しかしお兄様。吉田《よしだ》君たちは護符で聖遺物《レリック》の干渉を遮断できたようですが」

「精神干渉系魔法の領域では、古式魔法に一日の長があるということだろうな」

「私も神社で御守《おまも》りを作ってもらおうかしら」

深々とため息を吐く真由美《まゆみ》を、摩利《まり》が可笑《おか》しそうに見詰める。

「真由美《まゆみ》の家と懇意にしている神社なら、間違いなく御利益《ごりやく》がありそうだな……。しかしあれは、そんなに警戒するほどの代物だったか？　今にして思えば、単なる悪戯《いたずら》道具か、遊戯用の魔法具にすぎなかった気がするんだが」

摩利《まり》の感想に、真由美《まゆみ》が口を尖《とが》らせる。

「過ぎてしまったから、そんなお気楽なことが言えるのよ」

「そうかぁ？　確かに最終日のようなシナリオはもう二度と御免だが、結構面白い体験もさせてもらったぞ」

「そりゃあ、摩利《まり》は面白かったでしょうよ。『勇者様』だものね」

「それを言うなら、真由美《まゆみ》はお姫様だったじゃないか」

「止めて！」

今回の嫌味合戦は、多分に真由美《まゆみ》の自爆気味だったが、摩利《まり》に軍配が上がった。

「あんな、スカート丈が太腿《ふともも》までしかないお姫様なんて認めないわ！」

真由美《まゆみ》が激しく首を振って机に突っ伏す。

その反応はいささか大袈裟《おおげさ》すぎると達也《たつや》には感じられた。

「タイツは穿《は》いていましたし、そこまで気にするほど露出が激しかったとは思いませんが」

「露出の問題じゃないのよ、達也《たつや》くん。あんな小さな子供がするような格好をさせられていたのが嫌なの！」

がばっと顔を上げて、真由美《まゆみ》は激しい口調で達也《たつや》に反論した。

それに対し、達也《たつや》はあくまで冷静な口振りで応えを返す。

「考えすぎではないでしょうか。三十代や四十代のご婦人でも、プ、ロ、ポ、ー、シ、ョ、ン、に、自、信、の、あ、る、方はあの程度の丈の服なら着こなしていると思いますが」

「え……っ、そう、かな？」

達也《たつや》がアクセントを付けて告げた箇所に、真由美《まゆみ》は思惑どおり喰《く》いついた。

「……プロポーションの問題かしら？」

ちょろい、と言ってはいけない。容姿体型に関するコンプレックスは、男女の間で程度の差はあれ容易に人を罠《わな》に掛けるものなのだ。

「ええ。そもそも子供服は、あんなに立体的な構造になっていません」

「立体的って……達也《たつや》くん、そんな所まで見ていたの？」

胸元を両手で押さえて身体《からだ》を引き、真由美《まゆみ》は少し赤くなった顔で上目遣いに達也《たつや》を睨《にら》んだ。

ただしその表情は、明らかに満更でも無さそうだ。

「お兄様。そのご発言は、女性に対して少し不躾《ぶしつけ》ではありませんか？」

深雪《みゆき》が真面目な顔で達也《たつや》をたしなめる。

真由美《まゆみ》たちには見えていないが、机の下では深雪《みゆき》の指が達也《たつや》の足をきつく抓《つね》っていた。

「そうだな。会長、申し訳ありません。失言でした」

しかし、妹から暴力行為を受けていることなど露程も覚《さと》らせない涼しい顔で、達也《たつや》は真由美《まゆみ》に頭を下げた。

◇　◇　◇

それから一高内で魔法的に作られた夢が問題になることは無かった。一般生徒たちが時々、あの一週間のことを思い出して話のネタにしていた程度だ。月末の生徒会選挙も無事に――とは言えないが予定どおりに終わり、達也《たつや》たちは次の事件が起こるまでの短い平穏な時間を享受していた。

表面的には。

「西暦二〇九五年十一月二十日、日曜日。時刻、午前零時。夢想空間魔法実験、第三十五回を開始する」

自宅地下の実験室で、達也《たつや》はマルチセンサーレコーダーに向けて、実験の開始を宣言した。

八雲《やくも》から買い取った敷物《しきもの》に腰を下ろし、半跏趺坐《はんかふざ》の姿勢で背筋を伸ばしたまま身体《からだ》の力を抜く。

厚い敷物《しきもの》の表面には、法曼荼羅《ほうまんだら》（絵画ではなく文字で記された曼荼羅《まんだら》）に似た、だが明らかに別物の文字と紋様が刺繍《ししゅう》されている。その文字の部分が、想子《サイオン》の光を帯びた。

そのままの状態が三十分間、継続する。達也《たつや》は身動《みじろ》ぎ一つせず、敷物《しきもの》の想子《サイオン》光は途切れるどころか明滅することもなかった。

タイマーが電子音を奏《かな》でる。

達也《たつや》は閉ざしていた瞼《まぶた》を上げて足を伸ばし、大きく息を吐き出して仰向けに身体《からだ》を倒した。

「第三十五回実験、成果無し。観測終了」

達也《たつや》は寝転んだまま、音声コマンドでレコーダーを止めた。

息を整え、身体《からだ》を起こす。

「入っておいで」

立ち上がって、達也《たつや》は分厚い気密ドアへ声を掛けた。

相当な騒音でも室内から外へ漏れない仕組みになっているのだが、達也《たつや》の言葉と同時に扉がスライドする。そこにはパジャマの上から厚手のガウンを着た深雪《みゆき》が立っていた。

「あの……すみません。お兄様がこちらにいらっしゃるような気がして」

こんな時間まで起きていることを咎《とが》められると思ったのか、深雪《みゆき》の声は緊張気味だ。

「何時だと思っているんだ」

果たして、自分を咎《とが》めるセリフに深雪《みゆき》が身を固くする。

「と言いたいところだが、それは俺も同じだしな。心配を掛けたか？」

しかしすぐに柔らかな声で訊《たず》ねられて、深雪《みゆき》は肩の力が抜けるのを感じた。

「いえ。心配ではありませんが、少し不思議に思いまして」

「不思議？」

「はい、その……こちらの部屋から、精神干渉系魔法の気配を感じたものですから」

達也《たつや》に精神干渉系統の適性は無い。正確に言えば適性が凄《すご》く低いということで、フラッシュキャストを使えば術式自体は発動させられる。だがそれでも、意味のあるレベルにはならない。

だから達也《たつや》のいる実験室で精神干渉系魔法が未完成のまま霧消しても、あり得ないことではない。深雪《みゆき》が疑問を覚えたのは、達也《たつや》が何故《なぜ》そんな無駄なことをしているのか、という点だった。

「お兄様、もしお差し支えなければ、深雪《みゆき》がお手伝いいたしましょうか？」

達也《たつや》の答えを待たず、遠慮がちに深雪《みゆき》が提案する。達也《たつや》が何をやろうとしているのかはまだ分からないが、兄が不必要な実験をするはずがないことを彼女は知っている。そして自分には精神干渉系統に対して高い適性があることも、深雪《みゆき》は知っていた。

「そうだな……」

達也《たつや》が考え込んだ――迷った時間は、いつもよりずっと長いものだった。それだけ、深雪《みゆき》を実験台にするのが躊躇《ためら》われる魔法なのだろう。深雪《みゆき》は兄が望むなら実験動物《モルモット》でも愛玩動物《ペット》でも何にでもなるつもりだったが、余計な口出しはせず大人しく達也《たつや》の回答を待った。

「俺がやろうとしているのは、ドリームキャスターの魔法を自分がコントロールできる形で再現することだ」

「人工的な夢の世界を作り出そうと？　理由を、いえ、用途をうかがってもよろしいでしょうか」

達也《たつや》が魔法を良からぬことに使うはずがないと深雪《みゆき》は確信しているが――ちなみに無頭竜の幹部を殲滅《せんめつ》した一件や「灼熱《しゃくねつ》のハロウィン」は兄の行為として見る限り「良からぬこと」に該当しない――ドリームキャスターで嫌な思いをした記憶はまだ新しい。自分の目の前で達也《たつや》が死にかける光景など、深雪《みゆき》は二度と見たくなかった。

「ドリームキャスターが作り出した世界は体感的に現実とほぼ変わりなく、その中で負傷しても現実の心身に影響は無い。戦闘や魔法のシミュレーションに最適だと思わないか？」

「なるほど……。仮想現実《バーチャルリアリティ》シミュレーターとしての使い途《みち》をお考えなのですね」

「そうだ。俺のような能力を持っていない限り、実戦に近い形式で魔法を試すのは危険すぎるからな」

達也《たつや》が高い熟練度を誇るのは「再成」の恩恵によるところが大きい。あらゆる負傷を無かったことにできるからこそ、彼は真に命懸けで技術修得に臨むことができる。

ドリームキャスターの魔法を仮想現実シミュレーターとして実現できれば、達也《たつや》はそのアドバンテージを失うことになる。しかし自分の優位よりも、味方魔法師の全般的レベルアップを優先するのは兄らしい思考だと深雪《みゆき》は思った。

「お兄様、そういうことでしたら是非お手伝いさせてください」

抱き合うほどの距離まで近づいて自分の顔を見上げる深雪《みゆき》を前にして、達也《たつや》はなおも迷っていた。そして結局、彼は首を縦に振った。

深雪《みゆき》の顔が華やかに綻ぶ。達也《たつや》は意識が引き込まれる前に、妹から目を逸《そ》らした。

いつもであれば実験は一回で終わりにして自室のベッドに向かう。だが今は日曜日に曜日が変わったばかりだ。今日はＦＬＴに行く予定も無い。達也《たつや》は早速、深雪《みゆき》の手を借りてみることにした。

達也《たつや》が再び敷物《しきもの》に腰を下ろして半跏趺坐《はんかふざ》を組んだ。深雪《みゆき》は兄と向かい合わせに正座する。この部屋の床は硬いフローリングだが、敷物《しきもの》は十分厚い。

「深雪《みゆき》、クッションを用意しなくても良いのか？」

それでも、こう訊《たず》ねた達也《たつや》に、

「大丈夫です。お兄様、お気遣いありがとうございます」

深雪《みゆき》は嬉《うれ》しそうな顔で答えた。

「そうか。では始めよう」

そう言って、達也《たつや》は目を半分閉じた。

深雪《みゆき》もそれに倣《なら》って、ただし彼女は完全に、目を閉じる。

「起動式の作製にはまだ分からないことが多すぎるから、現段階では師匠に用意してもらった魔法具を使っている。この敷物《しきもの》が一つの巨大な呪符だ」

「はい」

この説明を受けるのは二度目だが、深雪《みゆき》は最初の時と同じくしっかり頷《うなず》いた。

「呪符に夢想空間を作り出す機能はない」

夢想空間というのは達也《たつや》が夢の仮想現実世界につけた仮称だ。

「これは思考を抑制した精神状態、師匠によれば『明鏡止水の境地』に至る手助けをする為《ため》の魔法具らしい。これを使えば半睡眠・半覚醒状態を作り出すことができる。そこまでは実験済みだ」

「はい」

「想子《サイオン》を流して呪符を発動させる部分は俺がやる。深雪《みゆき》は何も考えず、俺が刻む想子《サイオン》のリズムに合わせてくれ」

「分かりました」

目を閉じたまま深雪《みゆき》が応える。深雪《みゆき》の声は、既に夢見心地な感じだ。

「では始める」

深雪《みゆき》はそのまま、達也《たつや》の放つ想子《サイオン》の波に没入していく。彼女はすぐにα波優勢の半睡眠・半覚醒状態、いわゆる入神状態（トランス状態）へ移行した。

幾ら兄妹《きょうだい》といえど、ミドルティーンの少女が同じ年頃の異性と二人きりでこれほどまで深くリラックスできるというのは、第三者から見れば奇異な光景に違いない。だがこの面では深《み》雪《ゆき》だけでなく達也《たつや》の感性も常識から外れている。彼は自分一人で試行していた時よりも速やかに瞑想《めいそう》状態へ入った。


——気がつけば達也《たつや》は、一面に広がる草原に立っていた。空は赤く染まり、一方には巨大な太陽、もう一方には白い満月。現実でないということは記憶をたどらなくても、寒さも暑さも感じないことで判別できる。

「深雪《みゆき》」

取《と》り敢《あ》えず危険な状況ではなさそうなことが確認できたので、達也《たつや》は目の前で立ち尽くす妹に声を掛けた。

「……お兄様？」

微動だにせず、まるで天上の名匠の手になる美神の彫像のように立ち尽くしていた深雪《みゆき》が、その静かなたたずまいを崩すことなく両目を開いた。

「ここは……？　成功したのですか？」

深雪《みゆき》が達也《たつや》の腕を掴《つか》み、ホッとした表情を浮かべる。手応えがあったことに安心したのだろう。仮にこれが夢の世界であれば手応えの無い方が正常なのだが、妹の手の感触と温《ぬく》もりに自分も安堵《あんど》しているのを達也《たつや》は感じた。

「成功したかどうかは断言できないが、ここが現実世界でないということだけは確かだ。風景から見ても、俺たちの服装を見ても、な」

そんな場合ではないと思いつつ、達也《たつや》は苦笑いを止められなかった。

「……そうですね」

深雪《みゆき》も少々苦い失笑を漏らす。二人が身に着けているのは部屋着でもパジャマでもなく、一高の制服だった。おそらくこれが今の二人に最も馴染《なじ》んでいる服ということだろう。

「ままならないものです」

深雪《みゆき》がそうこぼしたのは、達也《たつや》の左胸と両肩に八枚花弁のエンブレムが見当たらないことに対してだった。妹の視線からそれを覚《さと》って、達也《たつや》の唇は苦笑では無い失笑を刻んだ。

「些細《ささい》なことだ。そんなもので俺の価値は決まらない。だから深雪《みゆき》も気にするな」

「……失礼しました。仰《おっしゃ》るとおりです」

深雪《みゆき》は学校の中だけの評価に過ぎない一科生のエンブレムに拘《こだわ》ってしまったことを、兄に対する侮辱に当たると反省して頭を下げた。そして、自分の思考がいつもどおりのものであることに気づいた。

「お兄様、意識が影響を受けていません」

「そうだな。俺も意識に対する干渉を感じない。どうやらここは、ドリームキャスターの影響下に有る空間ではないようだ」

達也《たつや》のその言葉に、突如出現した第三者の声が応じた。

「全く無関係というわけでもないがな」

その声は深雪《みゆき》にとって酷《ひど》く聞き覚えのあるものだった。

「お兄様？　えっ？　お兄様が、二人？」

達也《たつや》の背後から声を掛けた人物は、達也《たつや》と同じ声で、同じ姿をしていた。

「そういえば、俺はこういう声だったか」

深雪《みゆき》の前の達也《たつや》が、振り返りながらそう呟《つぶや》く。彼がすぐに自分の声だと分からなかったのは、達也《たつや》が鈍いからではない。自分の声を耳だけで客観的に聞く機会というのは、意外に少ないものだ。

「それで、お前は誰だ？　俺自身か？」

その男は、達也《たつや》の質問に対し直接には答えなかった。

「深雪《みゆき》、俺はお前の兄の達也《たつや》ではない」

彼は深雪《みゆき》に向かってそう告げることで、達也《たつや》の質問に否を返した。

「だが赤の他人というわけでもあるまい」

「人ではないから『他人』には当たらないな」

その男は達也《たつや》と同じ顔に仮面のような無表情を浮かべて淡々と答えた。

それを見て、自分は普段こんなに無愛想なのかと、達也《たつや》は少し反省した。

「俺はこの世界が作り上げた影だ」

達也《たつや》〔その二〕の答えは、あまり親切なものとは言えなかった。言いたいことは何となく分かるが、色々な解釈が可能だ。

「影というなら、俺と深雪《みゆき》も実体ではないはずだ。俺たちが地球とは異なる異世界に転移してしまったということは、まさかあるまい」

「無論違う。だがいきなり異世界か。日本ではない何処《どこ》かの国という発想が普通なら先に出て来ると思うが」

「地球上なら月齢は何処《どこ》も同じだ。あいにく、満月は八日前に過ぎている」

達也《たつや》〔その二〕は表情を動かさないまま両手を挙げた。

「お見事。だがそれはこの際、どうでも良《い》い」

「同感だな。今はどうでも良《い》いことだ」

　そんな二人（？）を見て、深雪《みゆき》は何故《なぜ》かニコニコ笑っている。

「深雪《みゆき》、どうしたんだ？」

　達也《たつや》が振り返って訊《たず》ねると、深雪《みゆき》はますます笑みを深くした。

「だって、まるでお兄様がお二人、いらっしゃるみたいなのですもの。深雪《みゆき》が嬉《うれ》しくなってしまっても仕方が無いでしょう？」

　そう言って深雪《みゆき》は達也《たつや》〔その二〕へ、一転して冷たい眼差《まなざ》しを向けた。

「どうやら貴方《あなた》に悪意は無いようですし、お兄様のお顔で誰かを騙《だま》そうという意図も無いようですので、その姿については不問とします。ですがもし、他の姿に成れるならお兄様に化けるのは止めていただけませんか」

「なるほど、深雪《みゆき》には俺と達也《たつや》の区別がつくんだな」

　達也《たつや》〔その二〕が感心した口調で呟《つぶや》いた。

「だが、その要求には残念ながら応えられない。俺は『影』だと言っただろう？　影は本体の姿を映すだけだ。自分で姿は変えられない」

「それはもう良《い》い」

　なおも何か言いたそうだった深雪《みゆき》を遮って、達也《たつや》が〔その二〕へ話し掛ける。

「それより、この空間がドリームキャスターと無関係ではないという言葉の意味を説明しろ」

「いいとも。元より俺は、それを説明する為《ため》にアウトプットされた影だからな」

そう前置きをして、〔その二〕は解説を始めた。

「この空間とドリームキャスターが作り出した劇場空間の関係を理解する為《ため》には、その前提条件として俺がどのような存在であるかを知っておく必要がある」

「影ではないのか？」

「確かに影だ」

達也《たつや》の揚げ足取りに、〔その二〕は動揺の欠片《かけら》も見せずに頷《うなず》いた。

「だがそれは単なる名称だ。俺の核は、司波《しば》達也《たつや》の無意識領域から抽出された『知識』だ」

「知識が何故《なぜ》俺の姿をしている」

「この空間は俺たち魔法師が『ゲート』と呼ぶ領域に隣接している。意識と無意識の狭間《はざま》、意識の最下層にして無意識の最上層。個人の精神とイデア情報次元が接触するゾーン。そこに隣接する領域だから、お前と深雪《みゆき》の精神が分身《アバター》を通してコミュニケートできる」

「つまり俺と深雪《みゆき》は自分の精神の内部から、意識を与えた分身を情報次元に飛ばして意思疎通しているということか」

「その理解で大体良《い》いと思う。何故《なぜ》断言しないのか、とは言うなよ？　俺はお前の知識に過ぎないのだから、お前が知らないことは俺も知らない。覚醒時であれば無意識領域からデータという形で引っ張ってくる知識が、分身《アバター》の前では同じ人身を形作っているだけなんだからな」

「ふむ」

達也《たつや》――の分身《アバター》――は起きている時と同じ仕草で頷《うなず》いた。

「精神感応《テレパシー》にも応用できそうな技術だな。お前が俺の姿をとっている理由と、この空間の性質については理解した。つまりドリームキャスターが作り出す『劇場空間』も、『ゲート』の隣接領域に作られていたということだな」

「そのとおり。お前の無意識は最初からドリームキャスターの仕組みを理解していた。ただお前が自分の無意識領域を探してみなかっただけだ」

「耳が痛いな。まさか自分の『知識』に説教されるとは思わなかった」

「同情の余地はある。そもそも人は無意識領域の能力を自由に使いこなせない。無意識領域に存在する魔法演算領域を活用する術《すべ》を知っている魔法師であっても、俺たち無意識領域に眠る知識を自在に引き出すことは不可能だ。その点お前はよくやっているよ。限定的ながら、無意識領域の思考力を意識的に使えているのだから」

「自分に説教されるのも変な気分だったが、自分に褒められるのはもっと変な感触だ」

「そうだな。こんな非生産的なことは止めておこう。知識を分身に伝えるという俺の役目も終わった。この知識をどう活《い》かすか、後はお前の役目だ」

影が背中を見せた。

一歩を踏み出すだけで、その姿は急速に遠ざかっていく。夢の中ならではの不条理な光景だ。

「……ドリームキャスターは、最初から存在する『ゲート』前の庭《ガーデン》を使っていただけだ。『ガーデン』の利用は、聖遺物《レリック》でなくても現代の魔法技術で十分に再現可能。俺たち『知識』はそう結論している」

「『ガーデン』か。センスが無い命名だ」

「俺たちはお前だからな」

〔その二〕の声は、もうほとんど届かなくなっていた。

最後の最後で嫌味の応酬というのは、いかにも自分らしいと達也《たつや》は思った。

「人の精神は『ゲート』を通じて情報次元《イデア》に影響を及ぼす。人の見る夢が情報次元《イデア》に投射されるということも十分あり得るだろう。その夢は、『ガーデン』に次々と新しい世界を生み出す」

達也《たつや》は〔その二〕が口にしたであろうセリフを、自分で呟《つぶや》いた。

「つまり聖遺物《レリック》が暴走しなくても、また夢の世界に引き込まれる可能性があるということですか？」

「ああ。さしずめ、『旅に終わりは無い』とでもいうところか」

深雪《みゆき》の声に振り返った達也《たつや》は、明らかに面白がっていた。

◇　◇　◇

西暦二〇九六年八月某日。
「……また巻き込まれたようだな」
「……そうですね、お兄様」
兄妹《きょうだい》は再び聖遺物《レリック》の作る「劇場空間」に巻き込まれていた。
達也《たつや》は自分が約九ヶ月前に夢の中で深雪《みゆき》に告げた言葉を覚えている。
それを持ち出さないのは、多分妹の優しさだ。
（……何が「旅に終わりは無い」だ）
他人事《ひとごと》のように語っていた当時の自分が、実に忌々《いまいま》しい。
（取《と》り敢《あ》えず、何故《なぜ》このような事態に陥っているかだな……）
幸い今度は二人とも最初から意識がある。
達也《たつや》一人ではどうにもならない状況でも、深雪《みゆき》と二人なら必ず切り抜けられるだろう。
達也《たつや》は脱出の手掛かりを探すべく、この「世界」に「眼《め》」を向けた。

（おわり）

# あとがき

この『魔法科高校の劣等生 Appendix』は『魔法科高校の劣等生』シリーズ十周年企画として、BD・DVDのパッケージ特典及び劇場特典として執筆した番外編・短編を再収録するものです。その内、第一巻はTVアニメ『入学編』から『横浜騒乱編』(1)までのBD・DVD特典小説になります。

この番外編には『ドリームゲーム』というシリーズタイトルが付いています。内容についてはお読みいただいたとおりです。未実現科学技術ではなく魔法でゲームの世界に吸い込まれるというだけで、実質的にはVRゲーム小説ですね。

ただ、多くの作品で採用されているMMORPG(大規模多人数同時参加型オンラインロールプレイングゲーム)ではありません。複数のプレーヤーを同時に巻き込むRPGですが、MORPG(複数プレイヤー参加型オンラインロールプレイングゲーム)ですらありません。「オンラインではない」というテクニカルな問題ではなく、この番外編の『ドリームゲーム』はプレイヤーが「役」を選択できないからです。

システムが参加者に役を押し付け、参加者は与えられた役の演技を強制される。ゲームより演劇に近いと言えるでしょう。参加者はプレーヤーと言うよりアクター&アクトレスと言うべきですね。

強制的に役を割り振られ強制的に演技をさせられるのでは、ゲームとして成り立っていないという気がします。もっとも、この夢の世界を作り出す聖遺物《レリック》をゲーム機と考えているのは作中の現代文明人であって、製作者である先史文明人がゲームに使っていたかどうかは分からないのですが。

一方的に役を割り振って、その役を演じるよう強制する。役からの逸脱を許さない――。現実社会にも見られる風景ですね。サラリーマン社会がまさにそうでした。現在は以前に比べて少しだけ自由になっているような気もしますが、自由を購《あがな》う対価を考慮すると「役」から逸脱できる人は少数ではないでしょうか。

最近は――と言っても随分前からですが――少年少女の世界もこの風潮に侵されている気がします。スクールカーストとやらはまさにこれだと思うのですよ。「役」を自由に選べるオンラインゲームが流行《はや》るのは、この風潮の裏返しかもしれません。

もしそうであるならば、「一方的に役を割り振って、その役を演じるよう強制する」小説は、さらに工夫が必要なのかもしれない……。そんなことも考えてしまいます。

校正作業の為《ため》にこの原稿を読み返していて疑問に感じたことがあります。「自分は小説家として劣化しているのではないだろうか……」という疑念です。細かいことを気にせずに書いたこの番外編が、最近の作品よりも面白さの点で勝っているような気がするのです。

最近は辻褄《つじつま》合わせにばかり気を取られてユーモアを忘れてしまっていたかもしれません。猛省したいと思います。

このあとがきを書いている令和四年三月末現在、まだまだ予断を許さない状況が続きますが、皆様もユーモアを忘れずにいられる日々を送られますように。

第二巻もよろしくお願い致します。

（佐島《さとう》　勤《つとむ》）

## ◉佐島　勤著作リスト

「魔法科高校の劣等生①～㉜」（電撃文庫）
「魔法科高校の劣等生SS」（同）
「魔法科高校の劣等生　Appendix①」（同）
「続・魔法科高校の劣等生　メイジアン・カンパニー①～④」（同）
「新・魔法科高校の劣等生　キグナスの乙女たち①～③」（同）
「魔法科高校の劣等生　司波達也暗殺計画①～③」（同）
「ドウルマスターズ1～5」（同）
「魔人執行官《デモーニック・マーシャル》　インスタント・ウィッチ」（同）
「魔人執行官《デモーニック・マーシャル》2　リベル・エンジェル」（同）
「魔人執行官《デモーニック・マーシャル》3　スピリチュアル・エッセンス」（同）

**本書に対するご意見、ご感想をお寄せください。**

ファンレターあて先
〒102-8177　東京都千代田区富士見2-13-3
電撃文庫編集部
「佐島 勤先生」係
「石田可奈先生」係



『ドリームゲーム』／『魔法科高校の劣等生 入学編1』～『魔法科高校の劣等生 横浜騒乱編1』Blu-ray&DVD完全生産限定版

文庫収録にあたり、加筆、訂正しています。

電撃文庫

# 魔法《ま》法《ほう》科《か》高校《こうこう》の劣等生《れっとうせい》 Appendix①

## 佐島《さとう》 勤《つとむ》

2022年6月10日　初版発行
2022年11月20日　4版発行

| | |
|---|---|
| 発行者 | 山下直久 |
| 発行 | 株式会社KADOKAWA<br>〒102-8177　東京都千代田区富士見2-13-3<br>0570-002-301（ナビダイヤル） |
| 装丁者 | 荻窪裕司（META＋MANIERA） |
| 印刷 | 株式会社暁印刷 |
| 製本 | 株式会社暁印刷 |




●お問い合わせ
https://www.kadokawa.co.jp/（「お問い合わせ」へお進みください）
※内容によっては、お答えできない場合があります。
※サポートは日本国内のみとさせていただきます。
※Japanese text only

※定価はカバーに表示してあります。


ISBN978-4-04-914334-8　C0193　Printed in Japan

電撃文庫　https://dengekibunko.jp/

# 電撃文庫創刊に際して

文庫は、我が国にとどまらず、世界の書籍の流れのなかで〝小さな巨人〟としての地位を築いてきた。古今東西の名著を、廉価で手に入りやすい形で提供してきたからこそ、人は文庫を自分の師として、また青春の想い出として、語りついできたのである。

その源を、文化的にはドイツのレクラム文庫に求めるにせよ、規模の上でイギリスのペンギンブックスに求めるにせよ、いま文庫は知識人の層の多様化に従って、ますますその意義を大きくしていると言ってよい。

文庫出版の意味するものは、激動の現代のみならず将来にわたって、大きくなることはあっても、小さくなることはないだろう。

「電撃文庫」は、そのように多様化した対象に応え、歴史に耐えうる作品を収録するのはもちろん、新しい世紀を迎えるにあたって、既成の枠をこえる新鮮で強烈なアイ・オープナーたりたい。

その特異さ故に、この存在は、かつて文庫がはじめて出版世界に登場したときと、同じ戸惑いを読書人に与えるかもしれない。

しかし、〈Changing Times,Changing Publishing〉時代は変わって、出版も変わる。時を重ねるなかで、精神の糧として、心の一隅を占めるものとして、次なる文化の担い手の若者たちに確かな評価を得られると信じて、ここに「電撃文庫」を出版する。

**1993年6月10日**
**角川歴彦**

# 電撃文庫DIGEST　6月の新刊

発売日2022年6月10日

**第28回電撃小説大賞《金賞》受賞作**

## 竜殺しのブリュンヒルド

著／東崎惟子　イラスト／あおあそ

第28回電撃小説大賞《銀賞》受賞作。竜殺しの娘として生まれ、竜の娘として生きた少女、ブリュンヒルドを翻弄する残酷な運命。憎しみを超えた愛と、愛を超える憎しみが交錯する！　電撃が贈る本格ファンタジー。

## 姫騎士様のヒモ2

著／白金 透　イラスト／マシマサキ

進まない迷宮攻略に焦る姫騎士アルウィン。彼女の問題を解決したいマシューだが、近衛騎士隊のヴィンセントによって殺人事件の容疑者として挙げられてしまう。一方、街では太陽神教が勢力を拡大しており……。大賞受賞作、待望の第2弾！

## とある科学の超電磁砲《レールガン》

著／鎌池和馬
イラスト／はいむらきよたか、冬川 基、ほか

『とある科学の超電磁砲』コミック連載15周年を記念し、学園都市を舞台に、御坂美琴、白井黒子、初春飾利、佐天涙子の4人の少女の、平和で平凡でちょっぴり変わった日常を原作者・鎌池和馬が描く！

## 魔法科高校の劣等生 Appendix①

著／佐島 勤　イラスト／石田可奈

『魔法科』10周年を記念して、今となっては入手不可能なBD/DVD特典小説を電撃文庫化。これは、毎夜繰り広げられる、いつもの『魔法科』ではない『魔法科高校』の物語——『ドリームゲーム』を収録！

## 虚ろなるレガリア3 All Hell Breaks Loose

著／三雲岳斗　イラスト／深遊

暴露系配信者の暗躍により龍の巫女であることを全世界に公表されてしまった彩葉と、連続殺人の冤罪でギルドに囚われたヤヒロ。引き離された二人を狙って、新たな不死者たちが動き出す——！

## ストライク・ザ・ブラッド APPEND3

著／三雲岳斗　イラスト／マニャ子

寝起きドッキリや放課後デートから、獅子王機関の本拠地で起きた怪事件まで。古城と雪菜たちの日常を描くストブラ番外篇第三弾！　完全新作を含めた短篇・掌編十五本とおまけSSを収録！

## 声優ラジオのウラオモテ #07 柚日咲めくるは隠しきれない？

著／二月 公　イラスト／さばみぞれ

「自分より他の声優の方が」ファン心理が邪魔をするせいでオーディションに弱く、話芸で台頭してきためくる。このままじゃ駄目だと気づきながらも苦戦する、大好きで可愛い先輩のため。夕陽とやすみも一肌脱ぎます！

## ドラキュラやきん!5

著／和ヶ原聡司　イラスト／有坂あこ

父・ザーカリーとの一件で急接近したアイリスと虎木。いつもの日常を過ごしていたある日、二人は深夜の街で少女・羽鳥理沙をファントムから救出する。その相手はまさかの"吸血鬼"で……!?

## 妹はカノジョにできないのに2

著／鏡 遊　イラスト／三九呂

雪季は妹じゃなくて、晶穂こそが血のつながった妹だった!?　自分にとっての"妹"はどちらなのか……。答えが出せないまま、晶穂が兄妹旅行についてくると言い出して!?　複雑な関係がついに動き出す予感が——！

## 友達の後ろで君とこっそり手を繋ぐ。誰にも言えない恋をする。2

著／真代屋秀晃　イラスト／みすみ

どうかこの親友五人組の平穏な関係が、これからも続きますように。そう心から願っていたのに、恋仲になることを望んでいる夜瑠と親密になっていく。バレたらいまの日常が崩壊するのは確定、だけどそれでも——。

新作

## 明日の罪人と無人島の教室

著／周藤 蓮　イラスト／かやはら

未来測定が義務化した世界。将来必ず罪を犯す《明日の罪人》と判定された十二人の生徒達は絶海の孤島『鉄窓島』に集められる。与えられた条件は一つ。一年間の共同生活で己が清廉性を証明するか、さもなくば死か。